玉琮迷踪

从良渚到金沙考古探秘

〔加拿大〕
文章 著

浙江文艺出版社
Zhejiang Literature & Art Publishing House

图书在版编目(CIP)数据

玉琮迷踪:从良渚到金沙考古探秘 / (加拿大)文
章著. —杭州:浙江文艺出版社,2021.6
ISBN 978-7-5339-6485-6

Ⅰ.①玉… Ⅱ.①文… Ⅲ.①长篇小说—中
国—当代 Ⅳ.①I247.5

中国版本图书馆CIP数据核字(2021)第078709号

著作权合同登记号 图字:11-2019-292号

策划统筹 邱建国
责任编辑 余文军
责任校对 陈 玲
责任印制 张丽敏
装帧设计 杨 龙
营销编辑 赵颖萱

玉琮迷踪:从良渚到金沙考古探秘

[加拿大]文章 著

出版发行 浙江文艺出版社
地　　址 杭州市体育场路347号
邮　　编 310006
电　　话 0571-85176953(总编办)
　　　　 0571-85152727(市场部)
制　　版 杭州天一图文制作有限公司
印　　刷 浙江新华印刷技术有限公司
开　　本 710毫米×1000毫米　1/16
字　　数 245千字
印　　张 19
插　　页 1
版　　次 2021年6月第1版
印　　次 2021年6月第1次印刷
书　　号 ISBN 978-7-5339-6485-6
定　　价 68.00元

谨以此书

致敬在废墟中找寻人类文明足印的考古工作者

前　言

　　文章女士的《玉琮迷踪：从良渚到金沙考古探秘》历经数年写作和修改打磨，终于要在2021年5月付梓出版，是值得祝贺的事情。

　　凑巧的是，就在小说出版期间，从2021年3月20号开始，央视等各路媒体对三星堆遗址新发现的6个祭祀坑开始了规模史无前例的考古现场直播报道，三星堆迅速登上热搜，金面具、铜器、象牙等精美文物图片刷屏，其中还直播了一件玉琮的出土情况。央视征集观众提问，选了四个最具代表性的问题让专家作答，其中一个就是这些玉琮与长江下游良渚文化的关系。

　　而这部小说正是以出土于三星堆文化金沙遗址的一件良渚玉琮为主要线索展开故事的。

　　考古学家可以根据出土物对发端于良渚的玉琮扩散现象做一些理论解释，但是对具体何人何时因何传入四川的历史细节，考古学基本无能为力，只能留白。因为在没有文字的时代，根据实物证据进行的考古学研究总是碎片化的，对于一般读者而言，无法形成直观和完整的认识。而这部小说正是通过文学创作和艺术虚构，形成符合逻辑的叙述闭环。因此我觉得这部小说是值得一读的。

　　说起来我与这部小说的渊源还是挺久的。2019年9月，浙江文艺出版社的编辑余文军先生辗转联系上我，说让帮着审读一部与良渚考古相关的小说稿，身为与文学界全无联系的考古学者的我，当时比较意外。长期以来，考古一向门庭冷落不为人知。倒是前些年盗墓类小说和影视风行，变相满足了读者对这个行业的好奇心。但是也在公众心目中，造成考古等于盗墓、考古学家等于摸金校尉的错误印象。所以考古学家对盗墓小说往往嗤之以鼻，一听到有写考古小说的，立刻会警惕起来。

比如这次央视直播中，插进了对一位盗墓小说知名作家的采访，尽管作家的现场回答其实并无不妥，认为考古和写小说没啥关系，但是仍然激起了考古界强烈的抗议，认为将考古和盗墓两个标签放在一起，是对考古工作的侮辱。其实这位作家我在前些年有过短暂接触，因为有与良渚相关的创作意向，良渚管委会为慎重起见，让我在水坝遗址现场给他做过简短介绍。我讲得很短，几十分钟吧，作家本人很淡然地听，最后他助手问了一个问题：良渚发掘中有没有过很神奇的事情，我的回答是没有。我只是建议如果涉及考古史真实的人和事，最好不要过度演绎。至于盗墓小说的情节，大可不必拘泥于考古，否则就会失去其天马行空的独特魅力。

我觉得那次碰面双方分寸感把握得很好，都站在自己专业边界内，保持着舒适的距离，不逾矩。所以我一直以为考古和盗墓文学，最合适的关系就是彼此敬而远之。

所以我答应浙江文艺出版社审稿，前提是编辑说这不是盗墓小说，是很严肃正向的作品。

不久稿子寄到，与我想象的大有不同。作者显然阅读了大量的文物考古专业资料，有些段落几乎直接引用专业文字，这让我相当吃惊。首先是这个作者明显不同于吸引眼球的猎奇写法，而属于一种比较传统的现实主义风格的写作。小说相当于把良渚和三星堆的文物故事，通过想象和人物设定，联系了起来。我同时也发现这个作者的知识背景并非文史专业，从网络收集的材料中还有些民科观点掺杂其中。另外，作者可能因为长期生活在国外，对国内几十年前的社会环境缺乏感性认识。但是瑕不掩瑜，看得出作者很用心在写作。因此我很有好感。到了11月，出版社组织了一次规模很小的审稿会议，会上见到了从国外回来的作者文章女士，得知她是一位长年生活在加拿大、从事环境分析研究的科研人员，还是我南京大学的校友。会议上，文章女士的创作热情和认真态度使我很受感动。会上我对人物关系、时代背景、文史掌故等都很直率地提出了自己的看法，建议并安排她参观了良渚博物院和良渚遗址，请同事做了专业讲解。

此后，我们一直保持着通信联系，作者不时会提出一些考古问题来咨询。听她说，2020年新冠疫情期间，她关在家里不能去单位，又多次对全书进行了修改，某些章节基本上是推倒重来。后来的稿子我读起来，就再也没有初稿中那些瑕疵和生涩了。其中有的段落，我甚至能看出有某些真实考古学者的影子，很有亲切感。

2020年9月，书稿大致完成，作者告诉我书中使用的多幅文物高清图片需要考古单位给予授权。涉及良渚这里的没有问题，所以我帮着向四川三星堆和金沙遗址的同行介绍了这本书的情况，获得积极的支持，最终圆满完成所托。可见考古学者对这部小说都是认可的，都很愿意提供帮助。

前几天文章女士联系我，嘱我作一前言。作为考古学者，对文学艺术当然是个门外汉，但是通过对这本书的写作修改过程的了解，以及对小说内容的认可，我不揣冒昧写下这些，代表一个考古人对其工作的赞赏。我想，文学也是一种方式，可以更生动地让更多人了解历史，了解遥远而传奇的中国文明。

王宁远

2021年3月24日于良渚考古与保护中心

目 录

在 21 世纪人工智能成为新物种，即将部分取代人类的喧嚣中，我怀着一颗虔诚的心，跟随那尊神秘的玉琮，跨越千年时光尘埃，去追寻人类童年时曾拥有的奢华、优雅、高贵、辉煌。我从反山的贵族墓地、莫角山的王城宫殿出发，来到三星堆的祭祀坑，最后，停在了古蜀国都金沙。我一遍又一遍地在心里发问：在青山绿水、纤尘不染的史前，我们的先民生活在怎样的世界？这些瑰丽奇幻的陶、石、玉、青铜器的身上是否蕴含着中华文明起源的最大秘密？那尊出自良渚、现身金沙的十节玉琮，究竟是以何种方式连接起了两个伟大的文明……

上部

琮出良渚

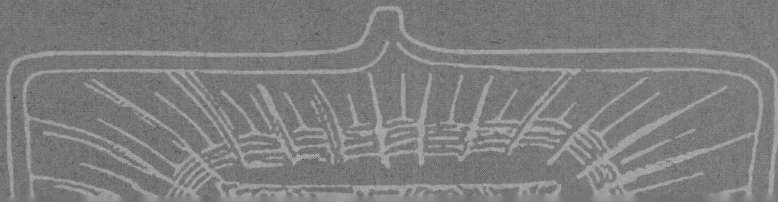

西倚绵延的天目山脉，东临浩瀚的东海，美丽的杭嘉湖平原，从距今6000多年前始，滋养了天真烂漫的马家浜文化、富足精致的松泽文化，和高度文明的良渚文化。在这片山色苍茫、水网密布的沃土上，良渚先民饭稻羹鱼、编麻治玉，顽强存续了1000多年。在距今4300年这个时间节点，强势的良渚文化突然神秘消亡。

　　它深藏于土层深处，湮没在时光的尘埃里，直到有一天，一个叫施昕更的人在古荡老和山的出土物里发现了一只有孔石斧……

第一章

余杭良渚镇　1936　被低估的文明

1

1936年6月1日，施昕更从古荡赶回了良渚。

昨日，吴越史地研究会的卫聚贤氏组织了古荡老和山古墓试掘，施昕更原本是作为西湖博物馆地质矿产组助理被董聿茂馆长派去负责记录地层的，却偶然见到搜集物里有一只长方形有孔石斧，这只石斧唤醒了他儿时的记忆。没错，这个东西他见过，在他的家乡良渚。

在良渚，挖玉是农闲时农民赚钱的一种方式，几乎家家都在挖。有一次，他跟几个孩子在村东头挖玉时挖到过一个跟这只石斧一模一样的物件，当时他们一看是石头的，估计不值钱，随手扔到了旁边的池塘里。古荡是新石器时期遗址，莫非良渚有远古遗存？

施昕更家都顾不上回，直奔记忆中的池塘。池塘已经干涸，散落着各种生活废弃物，废弃物上满是泥迹雨痕，显然好久没人光顾了。他搜索了几个时辰，找到一件残缺的石锛、一件陶罐。陶罐很完整，基本没有被破坏。虽说没找到童年时淘气的小伙伴们扔在那里的有孔石斧，施昕更还是很兴奋。

他马上带着这两件东西回杭州，找到董聿茂馆长，请他鉴别。董馆长仔细查看之后，沉吟片刻，说：陶器看上去年代很古，说不定真的是个重大发现哪。"我看看能不能帮你搞个采掘执照，你先行去探探路。"董聿茂摸摸下巴，这个严肃的人此时脸上有股隐藏不住的笑意。

施昕更欢天喜地地走了。目送他瘦瘦的背影消失在院墙拐角，董聿茂若有所思。6年前在西湖办博览会，人手不够，有人推荐当地村民施昕更做历史厅的讲解员，那个理由说起来让人发笑。说他挖过玉，有最基本的考古技能。这后来成为大家的笑料。不过博览会结束，他真的把无任何考古背景和最基本的考古知识的施昕更留在了西湖博物馆，担任自然科学部地质矿产组的助理干事。

董聿茂发现这个文弱的年轻人身上有一种优秀的考古工作者所需要的潜质。当时他刚满18岁，却对古物有着与生俱来的热忱与专注。而从事像田野考察这样一个餐风饮露的行业，对未知执着的探究热忱尤为可贵。

西湖的那次博览会，董聿茂还发现了另一个好苗子，他就是何天行。杭州人何天行，好古敏求，18岁在公学读书时，就对考古和文物产生了兴趣。假期常常跟古玩商一起外出采集古物。那次博览会，何天行送展一件蛋圆形黑陶盘，是他在干涸的河沟中挖到的，器口有清晰的刻纹。何天行认为，此刻纹是与远古享食有关的符号。相比谦逊儒雅的施昕更，何天行文采飞扬，笃定自负。

冥冥之中，这两个人同时登场，是上苍格外眷顾他的西湖博物馆吗？他当然不知道，若干年后，他管辖的太湖地区注定要成为考古学科中一个重要的里程碑。

2

11月，施昕更又回了趟良渚，这次他去了棋盘坟。

冬天的田野，光秃秃的树干在寒风中挣扎，收割过的稻田，短短的稻茬与枯草混杂，一片荒芜。施昕更寻觅的目光停留在了水稻田旁那个狭长的洼地上。这是一个蓄水池，因为乡民车水灌田的缘故，里面的水已经干涸。他小心地拨开上面的杂物和浮土，突然，眼前一亮：光陶片！

他的脑电波马上定格在山东的城子崖频道。城子崖位于黄河下游龙山镇，是一处被当地人称为"鸭鹅城"的黄土高阜，几年前中央研究院对这个遗址进行发掘，发现一段板筑城垣，因此名之"城子崖"。遗址下层出土了大量新石器时代中晚期的石器、骨器、蚌器和陶器。特别是黑陶，质地坚硬，薄如蛋壳，造型精美，可谓该文化的代表。良渚的黑陶和山东城子崖出土的黑陶有着怎样的关联呢？

不管是怎样的关联，黑陶的发现都是令人振奋的。过去村民们挖到的玉器一直被当成汉玉出手，如果良渚也有类似城子崖的黑陶，那岂不是印证了自己的猜测，良渚其实有更早的遗存，村民们拿去换钱的也不是汉玉，而是几千年前的古玉？有孔石斧、黑陶，都直指新石器时代！

阵阵寒意随着北风袭来，施昕更却浑身发热，他看到一扇神秘之门正在他眼前缓缓打开。他为良渚的新石器遗址即将在自己手上重见天日而兴奋不已，恨不得马上开始挖掘。他一分钟都不愿等了！

12月1日至10日间，利用池水枯竭的便利，施昕更进行了第一次试掘。他先在四周观察、试掘、钻探，见有红烧土之迹甚广，石器亦多，便用轮廓求法推知黑陶之集中点，利用池沼的方向为坑的方向往下挖掘。池沼上部虽经扰乱，而数公寸以下仍是完整。池的方向为东北—西南向，他从东北部顺序开掘，至底部白灰色粉泥土而止，深达两公尺多。那次挖掘比较有意义的是一周之后在黑陶文化层下部出土了一只粗制石锤、一柄狭长切刀。这两件东西都比较完整，坚固锐利，足信是实用利器。这次挖掘，使遗址的相对年代有了依据，再由黑陶蕴藏的情形，因为没有居住的痕迹，他断定只是一个单纯的窑址。

12月底，他雇了几个帮工，在同一地点又做了第二次试掘。这一次，在黑陶文化层的中部获得较多形式多样的陶瓶、陶壶、陶豆。这让他惊喜不已，特地请董聿茂馆长和历史文化部主任胡行之来实地考察。

董聿茂依古物保存法第八条规定，呈请中央古物保管委员会发给的采掘执照终于批下来了。此时已是1937年3月中旬，挖掘日期定在了3月20日至6月20日。于是，便有了施昕更生命中最重要的杭县第三次试掘。

3

第三次试掘的范围，他原本定在了良渚、荀山四周，兼及长明桥、钟家村一带。在良渚，他开了五个小坑，仅为观察地层及其遗物。坑长都为南北方向，十五公尺左右，深度不同，平均两公尺左右。在长明桥，他在一个乡人挖玉的旧坑内略作观察。显然那个人在这个坑里没有挖到玉，坑不深，表面除了散落的几块碎陶片，没有什么有价值的发现。施昕更把坑壁的土层做了记录，又在旁边开了两个坑，也只是发现少数陶片，没什么可注意的东西。他断定，黑陶蕴藏地点仍以棋盘坟为中心，当即决定返回棋盘坟。这时已经过去了五天之久。

沉浸在自己世界里的施昕更不知道，此时的良渚已不是几个月之前的良渚。他不知道，在棋盘坟，等着他的将会是什么。

1937年3月26日，良渚镇附近的棋盘坟村。施昕更开始试掘的第三天，来了一队村民，手上都拿着铁锹、锄头之类的"武器"。来了之后二话不说就将施昕更团团围住，并将他手上的挖掘工具全部收缴。施昕更不知道发生了什么事，拼命挣扎，结果头部中了一拳头，鼻子也出血了。他估计这其中必定有误会，一边挣扎，一边跟村民沟通：各位父老乡亲，我是西湖博物馆的馆员，请大家不要动手，有话可以好好说嘛。话音刚落，有个声音从人群中传来：别信他的鬼话，他到处不让我们挖，就是为了留给他自己挖。昨晚他偷偷在我家地里挖，把我家田里庄稼都毁了。

施昕更一听差点没气晕过去，急得话都说不利索了："我是国家考古人员，我的工作是发现并保护文物，怎么可能到你家田里盗挖呢？"他看到人群有一点骚动，但那个声音又一次响起："我们不会相信你，有人亲眼看到的。"另一个嘶哑的声音叫了起来："别跟他废话了，兄弟们，上！这下面肯定有宝贝。地是我们大家伙儿的，地里的宝贝当然也归我们，凭什么让他挖走。"施昕更刚想开口，那几个身强力壮的汉子一拧胳膊把他按倒在地上。施昕更，一介文弱书生，如何是这些乡民的对手？他腾出没被控制的那只手拼命护住自己的眼镜，脑子里只有一个念头，眼镜若是丢了自己就真成瞎子了。

村民们趁机呼啦一下涌进了地里。眼见村民们挥舞着锄头和铁锹在那里东一榔头西一棒地乱挖，施昕更心都碎了。他深吸一口气，推开身边的大汉，直起腰，提高嗓音对人群方向大声说道："乡亲们，我是西湖博物馆的施昕更。我就是咱们良渚人，你们当中肯定有人认识我。现在，我向你们保证，我是代表国家来的，我一件也不会拿回家。地下的这些宝贝是老祖宗留下的无价之宝，保护这些文物完整地返回地面就是爱国，挖掘不当造成任何损坏都无异于犯罪。请大家一定不要听信谣言。我们博物馆就是因为发现有人盗挖，怕文物被损坏，才申请了采掘执照来挖掘的。"说到这里，突然想起一件重要的事。他从衣服里层的口袋里掏出采掘执照："你们看，这就是采掘执照。"

一些村民听了迟疑地停下来，静观事态发展。比较胆小怕事的收拾家伙悄悄离开了。肇事者一看施昕更有执照，哑口无言，也陆陆续续操起家伙走了。这场来势汹汹的骚乱就此平息。

施昕更遵从母亲的吩咐回家一趟。老人家听了他的遭遇又是一通管教：上次回来挖有孔石斧，妈就提醒过你，你不听。晓得的说你是为国家寻宝，不晓得的还以为你自肥腰包。现在黑陶这么值钱，你却要断别人的财路，不遭人记恨才怪。这差事再做下去，小命都要丢了。赶紧想法换个工作吧。

施昕更听罢，仰天长叹。连娘这样知书达理的人都不理解，他还能说什么呢？

事后董聿茂馆长告诉施昕更，他向上反映了，杭县政府派人调查此事，说是有人煽动，但到底是何人，村民说法不一，草草结案。公安倒是发了严禁私挖的禁令，但杭县政府执行无力。"由于前两次的试挖，杭县的黑陶在杭州的古玩市场上已经身价倍增。如果良渚真的有大遗址，现在就已经暴露在危险中了。现在民间私挖成风，我担心良渚的黑陶遗址会被破坏殆尽。"董聿茂的脸上流露出深深的忧郁。

4

在开坑试探地层大致明了之后，施昕更来到前两次挖到石锤和陶瓶的大坑前。由于两次重点挖掘，这个坑比其他坑要深得多。只是连日大雨使得这个坑里注满了雨水。这让他的试掘变得异常艰难。

对这次试挖，施昕更有一个期待，就是希望得到更多的黑陶，完善他的报告。可眼前的情景给了他当头一棒，这一棒比那群野蛮村民的拳头还要狠。真是出师不利啊，施昕更站在被水淹的大坑前一筹莫展。正在这时，他看到远处几个小小的黑点正在缓缓向这边移动。待黑点走近，才知是董聿茂馆长带着南京中央研究院历史语言研究所的董作宾来了！

"这就是我跟你提到的施昕更馆员。"董聿茂把施昕更介绍给来宾。

"馆长说你刚拿了个挖掘执照，就猴急猴急地开挖了。怎么？听说触犯众怒了，被人揍了一顿？看来这行饭也不好吃呢。不过看上去还好，全须全尾的。"董作宾一把握住施昕更伸过来的手，大笑道，"你发掘的出土物我看了，有点意思!"尽管走南闯北，这个河南安阳的汉子依然保持着中原人耿直豪爽的个性。这位仁兄曾先后15次参加安阳小屯村殷墟发掘，获得七百多件甲骨残片，后来又参与了山东城子崖的发掘，发现了龙山文化，正是施昕更此刻最想见到的人。

"先生看到良渚的黑陶了吗？它们跟城子崖可属同类?"施昕更急切地问。

"不急，待回博物馆你给我们详细讲讲。你这是要在这儿挖吗?"董作宾环顾四周。

"水又漫上来了。今天挖不成了。"施昕更沮丧地说。

董作宾循着他的目光，看到了一池的春水荡漾，顿时明白了："你在为这个发愁啊？找个村民来把水抽干不就得了？这个季节，放水插秧，田里正需要水哩。你们南方人不是擅长干这个?"董作宾半开玩笑半认真地说。

"水可以抽掉，只是要耽误进度了。本来想尽快完工的。"施昕更依然情绪不高，前几天村民们的表现让他有一种紧迫感。他必须尽快完成试掘报告，引起考古界乃至整个社会的重视，才能更好地保护良渚可能蕴藏的珍贵遗存。

这时，董聿茂的司机，一个挺精神的小伙子走过来："两位老师站好了别动，我给你们拍张照。"小伙子手上端着个不知从哪儿弄来的徕卡相机，快门咔嚓一声，水塘对岸的两位便被收了进去。早春的天气，依然有一丝寒意，两位男士身着深色长衫，一副谦谦君子风度。水塘岸边的树木草丛，点缀在他们周围，颇有几分诗情画意。

这张珍贵的照片被放在了施昕更的《良渚》一书里。棋盘坟那个后来世人皆知的水塘旁，两位学者的身影被永远定格在中国的考古史上，良渚文化这一页。

施昕更在棋盘坟的第三次试掘，所得遗物有巨大的陶鼎，及陶壶、陶皿、陶豆、陶瓶等十余件，都比较完整，外加碎片五百余件，是三次试掘中收获最大的一次。在《良渚》一书中，他这样写道："一般人对于浙江发现远古文化遗址的观点颇多不同。其实对于时代的问题，不过是一种相对的假定，在遗址本身上只是次要的地位。最重要的是把地层蕴藏的情形研究明了，物证的收集亦丰富之后，其结论自然会出来。杭县文化层上层到下层，深达二公尺到三公尺不等。由文化遗物的层位及其相互关系，它的绝对年代虽不能确定，而文化遗物产生的先后顺序，乃历历可考。就它相对的年代来说，就是粗制石器及黑陶为最早，印纹陶片为最晚。设使我们认为最上的印文陶片为汉代物，而其下的黑陶层，造成的时代很久，认为新石器时代文化层不为过。从地层的淤积率来讲，短时间极难造成一二公尺之厚，并且与粗制石器共存，更为有力的实证……"

5

1937年的中国，黑云压城。7月7日，日本制造了卢沟桥事变，开始全面侵华。中国的大门已经被日本人撞开，杭州的沦陷已是不可避免。西湖博物馆接到中央通知，要他们南迁到兰溪。

刚刚到达兰溪，杭州沦陷的消息就跟了过来。大批的文物还未及转移，一部分毁于战火，另一部分肯定是落到了日寇手上。得到消息那一天，博物馆的馆员集中在会议室，所有人都默默无语。

施昕更白皙的脸涨得通红，两只手交叉着撑住下巴，看得出在极力控制自己的情绪。这段时间他生活动荡，头没理，胡子没剪，显得有点憔悴。良渚挖掘到的那些文物，每一件都不知在他的梦里出现了多少次。

他还清楚地记得当时为了避免损坏，他几乎是一寸一寸地刮着地皮。他小心加小心发掘的宝物，现在全部落到日本人手上，他的心疼得都快痉挛了。

1938年5月，施昕更离开永康方岩转道温州来到瑞安，却没料到，在这里遇到了他的天敌——松本信广。

这时南京也已沦陷，日本人盗掘活动开始向南方蔓延。

这天，施昕更上街买东西，随手买了一份报纸，报纸上的一则新闻引起了他的注意：1938年5月，松本信广、保坂三郎、西冈秀雄从东京出发，到达南京，在日军的护卫下，"调查"了南京国立中央研究院历史语言研究所、古物保存所、六朝墓、西湖博物馆，挖掘了杭州附近古荡石虎山遗址以及吴兴钱山漾遗址，发现了很多珍贵的遗存。

看到"西湖博物馆"几个字，施昕更的眼睛一阵刺痛。文末的一句话更让他气得七窍生烟："日前的记者招待会上，松本信广说：这一切都将运往大日本庆应义塾大学文学部。"本来在瑞安，施昕更并没有确定的目标，无非是想在西湖博物馆解散之后找一份薪水好一点的工作，养活在良渚的妻儿。看到这条消息，他知道自己该干什么了。

几个月之后，瑞安的抗日自卫队多了一位面色有些苍白的斯文青年，他就是施昕更。

6

瑞安县立医院。

施昕更病卧床榻，他染上了猩红热。这个病最好的治疗方法是注射猩红热血清，但是战乱时期，连这个药都成了稀缺品。医院跑遍了全市各大药房，最后才在九成药房购得10毫升猩红热血清注射液，这无疑是杯水车薪。一段时间以后，猩红热没好，又感染了腹膜肠炎，雪上加霜，施昕更病情越来越重了。

可能是预感到自己已不久于世，施昕更跟护士要了纸和笔，给良渚的父亲写信。他眼里含着泪，写到最后一句时无力地歪躺在病床上，似乎这封信已经把他全身的力气都耗光了。正在照顾他的房东老万接过笔，帮他署上名字和日期。信不长，只寥寥数语，却能看出施昕更的思亲之情：

父亲大人膝下：

　　敬禀者：来谕早经收悉，因男自上月份起患病，迄今无力执笔，致劳廑念，深为不安。男自四月初起，身体时感不适，曾赴永嘉医治，费去数十元，并未见效。讵料至四月下旬，突发猩红热病，病势颇危，中西医束手，且当时时局颇紧，药品亦无法购到，男以为已无望矣。后幸有中医胡君，愿负责医治，经一星期左右，病情脱离险境，猩红热全退，全身脱皮，日渐愈可，庆幸间而发皮疯病状，系面部肿胀出脓水，全身脱皮屑，愈脱愈多，迄今将有一月未能医治；肛门又因热毒郁积，大便出血，痛苦万状，且元气大伤，身为瘫痪，未能离床褥一步，不知何日可以复原，心中异常焦急，现仍在服药诊疗。谨请
钧安

男昕更叩禀

民国二十八年五月二十七日

老万扶施昕更躺下，掖了掖被头。为保险起见，他把施昕更的信抄写了一份，原件交给抗日自卫队的同志，然后拿着抄好的那一份起身去邮局寄信。施昕更叫住他，吩咐道：万一我有不测，家里老的老，小的

小，生活肯定难以维持。届时只能寻求奥特曼牧师的帮助了。奥特曼牧师是加拿大人，是我多年的老朋友。夫妇俩有一对儿女，杰瑞和麦秸，一家人都特别善良，而且乐善好施。他们若能照顾我的家人，我就放心了。奥特曼牧师一家住在良渚镇基督教堂，很容易找，而且他也见过我的父母。万伯，这件事就拜托你了。

老万含泪点头。当时的他绝对想不到这竟是他和施昕更的诀别，更想不到他和施昕更都已命在旦夕。

两天之后，施昕更病逝，年仅28岁。

在施昕更的遗物里，人们发现了5万余字的《良渚——杭县第二区黑陶文化遗址的初步报告》（又称《良渚》），制图100余幅，详细介绍了他在良渚三次试掘的经过与收获，这是施昕更第一部也是最后一部学术专著。在那个动荡的年代，这本书的出版颇费周折。文稿付排后，抗日战争爆发，印刷被迫中止。后经董聿茂呼吁，浙江省教育厅才同意出资付印。1938年秋，《良渚》一书在战火纷飞的上海问世，引起国内外学术界瞩目。《良渚》一书付印时，施昕更已流亡到浙江瑞安工作。随着日军的进逼，施昕更投笔从戎，担任瑞安县抗日自卫队秘书。

1939年5月29日下午2时30分，这个来自良渚的民国青年，永远闭上了那双睿智的眼睛。他在短暂的生命里为世人留下的那本《良渚》，揭开了良渚遗址挖掘的序幕。良渚，这个意为美丽的水中小洲的小村子，就这样成为新石器时期太湖地区古文化的名字……

第二章

反山　1986　王者至尊

7

一件很不起眼的小事。20世纪70年代，有个农民拿着几块古玉来到文物市场，打算卖个好价钱，结果被警察抓了。玉器也被送到考古专家手上，鉴定结果让人大为震惊：这是5000多年前的玉器！公安局赶紧把已经放了的农民提回来接着审。农民交代是在浙江余杭良渚镇一个叫反山的地方无意中捡到的。物在，地点也清晰明了，这简直就是要让历史铭记的节奏。要知道，良渚文化的原始发掘物里只有黑陶，玉器是少之又少的，这几件玉器身上藏着怎样的惊天秘密可想而知。然而，当时国门刚刚打开，改革开放的浪潮几乎将所有的中国人都卷入其中。那是个人人下海淘金的年代，估计考古学家们也在奋起学英语吧。总之一个伟大的发现就这样跟我们擦肩而过。

历史的车轮转到了1986年。这一年，对浙江省文物考古研究所的研究员杭天旭来讲，是一个值得记一笔的年份。他正值壮年，是男人最好的年华。而正当年的他恰好被任命为良渚遗址考古工作站的站长，专门从事良渚遗址的探查和挖掘。这个职位等于给想飞的杭天旭装上了一对翅膀。从来到浙江的第一天起，他就毫无理由地认定这里应该是能出大遗址的。

当时的情形是这样的：70年代后期，江苏吴县草鞋山、张陵山相继发现良渚文化的大墓，上海也在青浦福泉山发掘到了随葬玉器的良渚大墓，唯独良渚文化的发现地浙江一片沉寂。浙江的考古工作者坐不住了。他们猛然想起那个被抓的农民在反山捡到的几块古玉，当即把目标锁定在了反山。

反山是一座东西长约90米，南北宽约30米，相对高4米左右的土墩。反山的西端有条通往雉山村的路，从路边暴露的断面看，完全是一座人工堆筑的熟土墩，但奇怪的是，堆土中找不到任何可以断定年代的遗物。1982年上海福泉山遗址发掘后，土墩被认为和大墓关系密切，"土筑金字塔"的说法不胫而走。这也是浙江的考古工作者把目光投向反山这座大土墩的原因之一。

当时反山上面有个生产刹车片的材料厂，正打算扩建。考古所的一位技工，家住雉山附近，恰好每天上班都要经过材料厂，一看他们要动工，赶紧跑来跟杭天旭通风报信。按照惯例，这种情况比较简单的办法是考古所去做抢救性挖掘，费用由材料厂负担。但这种村办的企业很穷，根本拿不出钱来。而考古所一年的考古发掘经费也只有8000块钱，上半年在海宁挖了三官墩遗址，用掉2000多块，现在手上只剩5000多块钱了。单位领导说：要不你先挖条探沟吧，看有没有再说。

杭天旭不肯，打了个发掘申请，直接定性为"良渚贵族墓地"，一语成真！

1986年5月8日，对，就是这一天，挖掘正式开始。杭天旭带领浙江省文物考古研究所的挖掘小组进入了反山工地。队员们对这次行动非常期待，不只制订了详细的挖掘计划，连万一发掘到良渚文化大墓，应该做怎样的现场保护都考虑到了，甚至想着或许将来可以在良渚建一个西安半坡那样的遗址博物馆。

他们先从反山的西端向东布了六个10米见方的探坑。探索阶段像以往一样，是很让人绝望的。直到发掘进行到了第22天，他们才在表土之下发现了11座汉代的墓葬。但是堆土中除了汉墓，只有红烧土，说明这座土墩堆筑于汉代以前，这让大家怀有一线希望。

挖到90厘米深的时候，已不见任何晚于良渚文化的遗物。杭天旭判断此墩必定是良渚人的堆筑，他指挥队员一遍遍地在这一平面上刮铲。在编号为T3的探方中部，他们首先找到了一个南北长约3.1米、东西宽约1.65米的像墓葬形状的遗迹。从遗迹的形状尺寸以及细碎的花斑土，杭天旭判断这很可能就是他们要寻找的良渚墓葬，随即决定按挖墓的方式向下清理。可是挖了五六十厘米，依然不见任何遗物。这已经超过了以往认知的良渚文化的深度，信心满满的一干人开始狐疑起来。挖土的队员也停下了，所有目光投向领队杭天旭。

杭天旭的眼中闪过一丝犹豫，但随即果断地做了个继续的手势。事后大家回忆起当时的情景，都说杭站长绝对的大将风度，谁说鏖战沙场、马革裹尸才是英雄？废墟之上杭站长的一个手势就能决定一个惊天遗址的命运。

继续往下清理了几十厘米，突然，在坑下作业的队员大喊一声，高高举起手里的铁锹。铁锹翻起的泥土中露出一个带有温润光泽的绿色器物的一角。杭天旭二话不说"咚"地从1.6米高的横梁上直接跳入了墓坑，大叫："挖着了，挖着了！"这个动作其实违反了考古的操作规程，但此时的杭天旭已经顾不上许多了，他太激动了，直觉告诉他挖着东西了。他当时还不知道，那里其实是一只玉琮的射口。

跳下墓坑的时候，头顶上有个黑影闪了一下，带起一股冷风。杭天旭一惊，眨眨眼，仰头看去什么都没有，却见远处的乌云正在快速聚拢，几乎遮蔽了所有的日光，天空瞬间暗如锅底。根据经验，他知道这是大暴雨即将来临的征兆，赶紧吩咐队员们火速拿来塑料布，把墓坑严严实实地盖住，再搬几个大石块压住。刚刚收拾完，豆大的雨点已经噼里啪啦地砸下来。

那天傍晚，考古队借住的老乡家，响起猛烈而杂乱的敲门声。房主打开门，看到一个完全失态的疯子，他浑身湿透，嘴里含混不清地嚷着："老酒有没有？拿一坛来，今晚好好喝！"在他身后，跟着一群疯子，同样症状，眼睛贼亮，满脸喜色，傻傻地笑着、叫着要喝酒。

8

这里稻田似海。春天，是一片蓝色的海，天光水影蓝湛湛亮晶晶，天上的云朵落在水田里，跟鱼儿捉起了迷藏；夏天，是一片绿色的海，秧苗齐齐地站在水田里，细腰随清风摇曳，比谁更靓更媚；秋天，是一片金色的海，饱满的稻穗在阳光下顾盼生姿，浅笑盈盈，腹中有物气自华；冬天，是一片白色的海，一切都不见，一切都还在，只待明春花开。

这里是良渚，此时是史前。在良渚，有山也有湖，有古城也有村落。良渚人着麻衣、穿木屐，吃米饭、甜瓜、蚕豆、两角菱、鱼和螺蛳。良渚人用陶器、木器、骨器、竹编器，原料皆取自大自然，无毒无污染。古城里水道四通八达，类比今日之高速公路，而且无尘无烟，天然环保。古城居民堆土临河而居，乘舟楫出行、串门，简朴而舒适。

农耕、治玉、祭祀，是良渚人生活中的三件大事，他们专注于此，满怀虔诚，独具匠心。他们信天拜神，事死如事生，祭坛和墓地与居址等重，玉琮、玉璧与玉钺，是礼器亦是葬品。

人类尚在童年，良渚人一派童真，他们沉浸在自己的世界里，牧羊狩猎、刀耕火种，和泥烧陶，采石治玉，单纯而快乐。但是，人总是要长大的……

良渚国大祭司夷吾的宫殿里很安静。

夷吾一早就离家去玉器作坊选玉坯了，八婆正在教虞姑绣云袍。云袍是阿爸主持祭祀仪式的时候穿的。上面的云纹需要用最好的蚕丝线、最细的骨针，和最柔软的巧手来绣。阿妈生虞姑和蒲姑的时候出了好多血，用乌骨粉都止不住，最后血流尽了，撒手西去。阿妈去世后，淳于王给夷吾物色了好几个美丽的姑娘，但夷吾担心两个宝贝女儿受委屈，婉拒了王的好意，执意从此不娶。淳于王没办法，只好派了他的贴身女佣八婆来照顾夷吾的生活。

今天早上出门前，夷吾对八婆说，虞姑今年12岁了，该学学绣云袍了。夷吾的云袍还是阿妈在世时为他缝制的。用的是上等丝绸，袖口和领口绣着回字纹，前胸和后背各绣一片云纹，前襟右下角缀有一只展翅欲飞的玉鸟。当时缝好试穿时，夷吾高兴地夸阿妈是良渚国最美丽灵巧的女子。这件云袍夷吾只在祭祀的时候才穿，平时从来不上身。八婆告诉虞姑，丝线是用蚕吐出的丝做的，蚕是活物，是有灵性的，所以丝织的衣服不能随便穿。先王在的时候，只有两种情况下可以穿丝绸，巫师祭祀与神沟通的时候，和人死后入棺下葬的时候。因为蚕会在作茧自缚后，破茧升天，用丝绸包裹下葬，寓意逝者重生。现在人都乱了，什么珍贵就穿什么，不讲究老礼儿了。

虞姑是一个安静的姑娘，她的眼睛像湖水一样清澈柔和，盛满善意。对针绣、竹编、织麻之类的事情永远都有耐心。妹妹蒲姑却是个行动派，虽然出生的时间跟虞姑只差一个时辰，脾性却完全不同。她动作敏捷，八婆稍不留神她就溜出了宫门去城外闲逛。偌大的宫殿似乎都放不下她的那颗心。

蒲姑出城是去找阿牛玩。阿牛会很多好玩的事情。他把阿妈编的竹篓放在小河里，第二天里面就多出了好多活蹦乱跳的鱼。河里也不是总有鱼，但是阿牛知道鱼什么时候来，所以他从来不会扑空。河里有各种鱼，阿牛知道哪种鱼的肉又鲜又嫩，多大的鱼才能吃。他把钻进竹篓的小鱼苗放回河里，嘴里还嘀嘀咕咕地跟它们说着话：回去玩吧，长大点再来。见蒲姑在一边笑，便很认真地向她解释：小鱼秧子不能吃的，吃了要遭天谴的。

他把捉来的鱼放养在他家的水稻田里，想吃了就去捉一条。阿牛家的鱼是最新鲜最好吃的。她还爱跟阿牛去他家的水田捉螺蛳，如果正好玩到午饭时间，她就赖着不回家，跟他们一起吃。她对阿牛的妈妈说，婆婆，你家的菜比八婆做的好吃多了。

婆婆说，蒲姑你真是拿我们说笑了，我们穷人家粗茶淡饭，哪里比得上你家的山珍海味？你呀，是隔锅饭香！

蒲姑不说话了。她知道阿牛的爸爸为了给良渚国消灾用自己的身体祭祀山神了。从那以后，家里的田地就荒废了。他家的茅屋顶早就该添新草了，木骨泥墙上东一块缺口西一道裂缝的，也没人修理。阿牛很小就学会了农活儿，是他家唯一的劳力。他划出一小块田种了水稻，一小块田种了蔬菜，帮助妈妈维持生计。可是他还小，抵不了大人用，生活的担子全部落在婆婆一个人身上。因为太多操劳，婆婆的背都有点驼了。蒲姑常常想，我们家的房子这么大，为什么不能把阿牛和婆婆接到我家去住呢？但是她知道那是不可能的，不管是在城里还是在村子里，都是只有自己家的人才同住一处。

疯了一整天回到家，看到姐姐和八婆还在绣云袍，连姿势都没变。她嘀咕一句：真是服了你们了。突然，她注意到黑鹞正慌慌张张地从东面飞过来，见到她，扑打着翅膀落在院门的竹栏杆上。它大口大口地喘着粗气，好像飞了很远的路。

她一惊："黑鹞，你看到什么了？"

"不好了，先王的墓被人挖开了！"黑鹞终于开口说了一句话。

虞姑和八婆同时停下了手里的活儿。

9

暴雨整整下了三天。第三天下午，雨过天晴。

发掘队的全体人员都聚集到了那天有玉器露头的墓坑边上。所有人都屏住呼吸，紧盯着坑下的几双手，生怕错过了这个历史性的时刻。面上的泥土一点一点清理干净，一件精美的玉琮展现在众人面前！现场的所有人都惊呆了。紧接着，一件更大的玉琮出土了。坑里的队员擦干涌出的泪水，紧紧拥抱在一起，地上的队员激动地跳了起来，多年来梦寐以求的愿望终于实现了！玉琮是良渚文化墓葬等级的重要标志，他们真正挖到了良渚文化的大墓！

以往的良渚文化遗存中也有玉琮出土，但像这么大、这么精美的玉琮却从没有见过。玉琮6.5公斤重，分上下两节，四面直槽内用浅浮雕和细线刻画技法上下各雕琢了一个神人兽面纹。他们给这只玉琮起名为"玉琮王"。除此之外，这座墓地还出土了一件玉质精美的"钺王"，它的表面也同样刻有浅浮雕的神人兽面纹和鸟纹，相比其他墓里出土的素面玉钺，显得霸气华贵得多。

清理玉钺时，杭天旭注意到它上方的穿孔部位附近散布着几颗比绿豆还小的黄色玉粒，一面平整，另一面弧凸。这些小玩意是做什么用的呢？他用小竹签一点点仔细地剔去表面的塌泥和淤土，小心保留每一颗玉粒的发现位置。许久之后，一条由近百颗玉粒组成的长达70厘米的玉粒带呈现在面前，它通过玉钺刚好与其上下方所见到的"舰形饰"相连接。他这才恍然大悟，所谓的"舰形饰"原来是镶嵌在木质的玉钺把柄两端的装饰物呀！他给它们起了个名字，玉瑁和玉镦。密集的玉粒镶嵌

反山王陵出土的玉琮王

反山王陵出土的玉钺王

　　玉琮是良渚文化的原创器型，这种内圆外方，蕴涵着"天圆地方"原始宇宙观的筒形玉器与神人兽面纹一起构成神灵崇拜时期王权的重要象征。琮王重达6.5公斤，出土于反山十二号墓葬，为良渚玉琮之首（浙江省文物考古研究所供图）

　　玉钺是良渚玉器中的重要器类，被认为是军事统帅权的象征物，主要出土于高等级的男性墓葬。反山十二号墓出土的玉钺，器身两面都雕琢着完整的神人兽面纹饰，是"王权神授"的直白表露（浙江省文物考古研究所供图）

或粘贴在把柄表面，让这只"钺王"更加豪华非凡。虽然有机质的把柄已经腐烂，但循着保存下来的玉粒这一蛛丝马迹，他们终于弄清了"舰形饰"的用途以及玉钺的完整组合关系。原来，象征军权的玉钺其实是由玉钺、玉瑁、玉镦以及已经朽烂的木质秘组成的，玉瑁和玉镦是玉钺把柄上、下两头的端饰！以往在其他地区的良渚贵族墓葬中常常会发现这两样东西，但一直不清楚它们的功能，更没有想到它与玉钺的使用会有什么关系，因而考古报告一般按它的形状特征称之为"舰形饰"。

就因为多看了一眼，玉钺就有了把柄和端饰，世上再无"舰形饰"，考古就是这么神奇！

在良渚文化里，琮代表神权，钺代表军权，琮钺合葬，并且上面都雕刻神人兽面纹，极尽王者至尊。所以他们推测十二号坑的墓主人是反山贵族墓地中地位最高的人，很有可能就是良渚国的国王。而同葬于一个墓地中的贵族当为王室的重要成员。分列于十二号坑两侧的4个墓坑随葬品数量也很多，而且都拥有玉钺，说明生前的地位也很显赫。根据钺、琮从男，纺锤、圆牌、璜饰从女的原则，这5座墓的主人都是男性贵族。

位于十二号墓坑的北面的墓坑，随葬有璜和雕琢龙首纹的圆牌，杭天旭推测墓主应为女性贵族。因为它是反山所有墓葬中唯一在玉璜上雕琢神人兽面纹的墓，而且离十二号坑最近，所以墓主应该是国王的配偶，相当于王后。另外还有两个坑位于墓地西侧稍远，墓穴比较浅，随葬品数量和器种都逊于上面的几个墓，但既然有资格入葬反山墓地，而且随葬有玉琮、雕琢神人纹的玉梳背等数十件玉器，墓主的身份地位应该也不会低，很可能是上层贵族的"臣僚""巫师"一类的人物。

特别耐人寻味的是，在两排墓葬的正北方向，他们发现一块十多米见方的红土区。开始他们以为这里还有一个大墓，后来才发现不是墓，是一个举行仪式的台面。很可能当时每一个墓主下葬的时候，送葬的人都要在这块红土区举行一个仪式，或者每年的某个时刻，生者会到这里祭奠死者。相当于我们今天扫墓时烧纸钱、与死者沟通的区域。

"反山墓地的11座墓葬，彻底颠覆了以往认为良渚文化就是流行'不挖墓坑、平地掩埋'葬俗的传统认识。从随葬品可以看出，良渚文化时期等级鲜明，一切都有章可循，包括墓地的规格，葬器的种类和数量。从器物露头到清理完毕，考古队员们一共花了三天多的时间。但是这是个多么让人享受的过程啊。土翻起来，你不知道下面会显露出怎样的一件器物来，当你怀着无比的好奇与期待把手中的竹签插进土里，碰到玉器时那种硬硬的感觉，真的太让人心醉了。这就是考古，一切都未知。正如英国考古学家巴恩所言：考古未必能带给你财富，但一定能带给你快乐。这是一种多么健康和幸福的生命状态！"在当天的考古日记里，杭天旭这样写道。

10

夷吾沐浴之后，在榻台上盘腿坐定，闭目静思，一动不动，禅定一般。

面前的木几上就放着刚刚完成的十节玉琮。黄绿色半透明的石体里游丝般飘着几缕绿莹莹的水纹，摸上去光滑油润。阳光透过窗棂照进来，正落在玉琮的右上方，整个玉琮被罩上了一圈神秘的光环，处子般娴静端庄。

这里是他用来治祭祀用玉礼器的专有密室，除了神灵和阳光，没有任何人踏进半步。连淳于王都不行。密室的案桌上常年点着一支艾香，幽幽的香气从那里袅袅上升，然后慢慢地扩散到整个房间。左厢房是他的工作室，里面有全套的制玉工具和材料，包括弯弓、管钻、解玉砂，和刻阴线用的尖锐燧石、石英等小工具，还有一块抛光用的水牛皮。右厢房是他的寝室，生活用品，一应俱全。

6年前，淳于王要他另做一只玉琮，说现在用的这个太矮了，有损大国威严。就算为了讨神喜欢，也应该换一只大的。还再三吩咐，要尽着玉料的大小，越高越好。于是就有了眼前的这只十节玉琮。玉琮从玉料到雕刻工艺都堪称完美。他的刀工来自父亲的严格训练，是无可挑剔的，雕琢风格更是与父亲一脉相承。但是他知道，与父亲的作品相比，他的玉器缺少一个至关重要的东西。

昨天黑鹳过来告诉他，先王的墓被人发现了，那么里面的玉琮估计也回到了地面。那只玉琮是父亲无杜一生中最得意的作品。当年的自己还是个不谙世事的少年，亲眼见到父亲生命的最后10年是如何精心制作了一批玉器，其中就有那只硕大的玉琮。为了赶在先王升天之前完成这一批葬玉，父亲不舍昼夜，每一件都精雕细琢、尽善尽美。它们之所以看上去那么生动、充满灵性，是因为每一道纹饰都融进了父亲对先王的崇敬与仰慕。

先王的一生，可谓"其仁如天，其知如神，就之如日，望之如云"。接近他如太阳一般温暖，远望他如云霞一样灿烂。富有而不骄横，高贵而不傲慢。这就是先王。立国之初，先王事必躬亲，穿着粗麻布的衣服，带着乡民开河沟、种水稻、堆土盖房、割麻织布，每天跟乡民一起在田头地垄吃夫人送来的茶饭，晚上就住在村子里的茅草屋里。后来，王归纳出一套稻田耕作流程，还发明了耘田器、石犁和石镰，水稻的收成越来越好，乡民的日子也愈加富足。他们甚至有了多余的粮食圈养家禽家畜，不再依靠猎杀野猪获得肉食。

先王曾设置谏言之鼓，让天下百姓尽其言；立谤议之木，让天下百姓攻讦他的过错。他治天下900年，问天下治与不治，百姓爱戴自己与否，左右不知，朝野不知。他于是微服访于民间。有一位老人含着食，鼓着腹，敲着陶碗唱道："日出而作，日入而息，凿井而饮，耕田而食，帝力于我何有哉！"让百姓忘掉他的存在，这就是先王的治国之道。

如此过了很多年，直到有一天，人们突然发现，他们的王老了。他的眼睛花了，耳朵也听不见了，坐在太阳底下都会睡着。先王活了999岁，最后的100年，乡民从八方涌向良渚国，为了有足够的稻米，村子里的土地大部分改成了水稻田，可住的地方越来越少了，先王便在古上顶建了城池。玉器作坊、漆器作坊、竹器作坊、果品铺、麻布店相继开张，除了王者巫师之外，城里聚集了越来越多的手艺人和生意人，巷陌水道、居住宅院，越来越舒适、豪华。

父亲一生追随先王，亲历了良渚从一个小山村渐变为土地广漠、人口庞大的王国的全过程，也眼见先王渐渐衰老。有一天，他突然意识到有一件事情必须尽快做了。他要集中制作一批玉器，作为先王和自己升天时殓葬之用。先王因为简朴的天性，竟连一件有点分量的玉器都没有。

按说这并非难事。浮玉山上就有王的玉矿，每个玉矿都有岗哨、矿坑、选料作坊，雇了数量众多的采玉人，吃住在山里，专事宫廷玉料的采集加工。但是采玉这种事却不是人多就可以的，能不能得着玉很多时候要看天意。

而且，此时的良渚已非彼时的良渚了，贵族们对玉器的爱好已经到了狂热的程度，浮玉山、会稽山的玉都已接近枯竭，一块像样的玉料不费点功夫已经很难寻着了。相比之下，在民间反倒有可能寻着一些美玉。民间的采玉人一般只熟记一个玉矿的位置，为了卖出高价，他们每次采的玉量很少。这些掌握了玉矿位置的人家，代代相传，能保证几代人衣食无忧。

那段时间，无杜连做梦都想着如何获得上好的玉料来做这批玉器。除了去王的玉矿，他还去了钟家港的玉器作坊。他知道，要让先王在天上过得好，一只完美的玉琮是必不可少的。在所有的玉礼器里，玉琮是重中之重。对于活着的人，它是与神沟通的天梯。对于死者，它是让亡灵顺利上升至天界，从现在进入未来，从暂时进入永恒的时空隧道。最后，父亲用一个玉工做活祭，才在神灵的指点下从山里获得一块超大的玉石。父亲用自己生命的最后10年制作了这只大玉琮。

玉琮完成那天，父亲从密室回到家时脸上那份无法言说的喜悦，至今想来依然清晰如昨。

"我现在是在重走父亲的路了。"他苦笑了一下。眼前的这只玉琮，当年能得到它的玉料不也是因为一个活祭吗？

11

反山墓地出土物清理登记完毕都收入考古所的库房了，十二号墓坑出土的那尊大玉琮的影像却一直停留在杭天旭的脑子里，挥之不去。

在考古所这么多年，专事良渚遗址的挖掘，大大小小的玉琮他见过不少，今天的这只玉琮有种说不出的韵味儿，让人过目难忘。有个爱好摄影的队员迷上了琮身的纹饰，用各种光线拍了，冲洗了拿了过来。杭天旭顺手从一堆照片里拿起一张仔细端详。突然，他叫了起来："快来看啊！兽面的两边还有手！"

队员们都放下手里的活儿，围过来，确实是两只手，大拇指向上跷起！杭天旭赶紧叫人去库房拿来玉琮，侧光下，那只手那么清晰，所有人都兴奋地惊叹着，考古真的太奇妙了，你根本没法想象下一秒钟有什么在等着你。

这才是神人兽面纹的真实面目！琮身的四面直槽内，上下各刻一个，两节的玉琮王身上总共有八个完整的神人兽面复合纹饰。线条流畅，生动，近乎完美。

这些完整的神人兽面图像，高仅约3厘米，宽仅约4厘米，大小与火柴盒相当，由两大区块组成。上端的神人部分，浅浮雕着弓形的羽冠，羽冠中部的倒梯形为人脸，脸框内有圆圈眼、蒜形鼻和露牙嘴。下部的浅浮雕是兽面，由一对椭圆形巨目、弓形鼻和獠牙阔嘴构成。羽冠下的细阴线是神人平伸内折的双臂，十指内张，拇指上翘。兽面下的细阴线表现的是蹲伏的兽爪。整体看上去，"神人"戴着巨大的羽冠骑在"兽面"之上，"神人"的弯肘将"兽面"环绕其间，显示了两者和谐而亲密的关系。兽面圆形重圈眼的外圈边、底都较整齐平滑，为管钻碾成，其余阴线均为"刻刀"多次"推蹭"形成。如此方寸之地，线条纤细如毫，纹饰繁缛密集，肉眼根本无法细细辨认，放在现代似乎也只有微雕大师才堪胜任。这样的鬼斧神工除了需要应用当时最高、精、尖的技术与设备外，还需要经过长期培训和传授后获得的专门知识和

神人兽面纹

神人兽面纹在良渚古城遗址内被大量发现，也遍布环太湖地区良渚文化的分布范围，并且形象统一，形态稳定，在玉器上位居核心位置，应当是良渚先民共同尊奉的地位最高，乃至唯一的神祇，标志着当时社会有着高度一致的精神信仰（浙江省文物考古研究所供图）

高超技艺，"刻纹"时的心无旁骛和对神灵的虔诚敬畏，更是成功的关键。

在人类对自身力量还缺乏足够自信的原始时期，各类动物就被赋予神性，成为人顶礼膜拜的图腾。这只玉琮王上的"兽面"应该就是良渚人心里的神兽形象。

有考古学家偏向于兽面是虎，因为远古时期虎常常被认为是一种灵兽，人可以乘着虎升天。"巫蹻说"认为巫师与神沟通常常要借助于神兽，神兽与健行、迅行有关。所以神像通常分为人像和兽像两大母题，上部人像表现的是巫师的形象，下部兽像则是协助巫师沟通天地的伙伴——"蹻"。

《抱朴子》《道藏》认为，可以上天入地，与鬼神来往的神兽有龙、虎、鹿。其中跟人同时出场的通常是虎，比如殷墟妇好墓出土的商晚期虎食人纹青铜钺，和殷墟出土的后母戊大方鼎的鼎耳，都有两只张着大口的老虎中间有一人头的纹饰。法国塞努齐博物馆收藏的一尊商晚期虎食人纹青铜卣，与日本泉屋博古馆藏的虎食人纹卣相似，造型皆为踞座的老虎与人相抱的情形。虎以后足及尾支撑身体，构成卣的三足，虎前爪抱持一人，人朝虎胸蹲坐，一双赤足踏于虎爪之上，双手伸向虎肩，虎欲张口啖食人首。比较奇怪的是所有这些纹饰中，被吃的人都神色安详，甚至面带笑容，不仅不挣扎，就连害怕的感觉都没有。所以，专家们认为，这里虎口里的人其实是借着灵兽虎而灵魂升天。

杭天旭觉得，除了虎食人纹饰中神兽所起的"蹻"的作用之外，良渚神人兽面纹有着更深一层的含义——人与神的关系。大约在良渚文化早期晚段，由龙首纹变异而来的兽面纹，开始出现在张陵山玉琮与瑶山的一些玉器上，表明良渚文化自己的玉器纹饰初步形成。发展到中期，兽面纹演化为冠帽、颜面、四肢俱全的神人和卵目獠牙的兽面结合在一起的完整的神人兽面图像。最完整的神人兽面图像，就发现于反山十二号墓的"琮王"、"钺王"、柱形器与"权杖"冠饰这四件玉器上。

良渚中期之后，根据载体的不同，形成了两种不同趋势的省减。一种载体为琮、琮式管、锥形器等方柱体形玉器。神人兽面图像首先简化为神人面居上、兽面居下的分节格局，然后进一步简化和省略，到晚期常见由弦纹凸棱、凸鼻和小圆眼构成的神人头像，体现出强调神人而抹杀兽面的倾向。相反，在平面或圆柱上，神人兽面图像则逐渐隐藏神人而凸显兽面。

如果说"羽冠"人脸代表的是人性的威严，"兽面"代表的就是神性的力量。这个神人兽面纹至少可以告诉我们一个事实：良渚文化中期，王权和神权是并驾齐驱的，他们各司其职，管理着这个庞大的王国。这一点与早期有显著不同，那时玉器上出现最多的是龙首纹，和由龙首纹变体的"兽面"纹，这是不是可以说，良渚人在构建生活的过程中，逐渐意识到了自身的潜力，人性的尊严渐渐苏醒，对神灵也由完全的依赖变为有限度地祈求神灵的庇佑？而这个发展趋势的结果，就是到了晚期，人和兽产生了分离。有的地方兽面彻底隐去，意味着人对于神在人类生活中所起的作用产生了怀疑，至少在内心深处，人成了这个世界的主宰。有些场合人脸被抹去，只剩兽面，这说明对于某些人群，神依然是高高在上的存在。

一番苦想，终于理清了思路，杭天旭有点兴奋。他展开考古日记，写道：此次在反山出土的琮、璧、玉璜、玉梳背上首次出现了完整的神人兽面"神徽"，这背后可能隐藏的真相是：良渚文化中期发生了某种社会学意义上的重大变革，这种变革很可能是伴随着王朝更替或某种新生力量的加入而完成的。此时王权与神权并驾齐驱、关系良好。到了晚期，神人与兽面分离，这是否意味着王权与神权也从此分道扬镳了呢？

12

浮玉山林木茂密，流水淙淙，站在山顶远眺，向北可以看到波光粼粼的具区泽，向东可以看到诸毗山。苕水从它的北麓发源，向北流入具区泽。浮玉山上有东西两峰，峰上各有一池，池边终年有五彩鸟环绕歌唱。东池旁有一块巨石，巨石形状奇特，远看像一只怪兽静卧，巨石的前面两个圆形岩洞酷似怪兽的双目，双目下横着一条大大的石缝像一张阔嘴，阔嘴里伸出几根细长的石桩，好似怪兽的獠牙。传说这里面就住着山神。山神是一只食人兽，长着老虎的身体，牛的尾巴，鸟的爪子，名字叫巂。巂主宰着浮玉山上所有的树木、土石、水流和动物，附近村民来山里狩猎采药、取石寻玉都需要得到巂的庇护，否则就会有不测之灾。每年的农历三月二十八，是山神巂的生日，乡民们常常扶老携幼来山顶的祭台祭祀山神。

一天，淳于王告诉夷吾，他做了一个奇怪的梦，梦里，这块巨石张口说话了，说良渚国近期会有大的灾难，但是只要把一个人献给巂，就能躲过一劫。夷吾听了心里一惊，已经有很长一段时间了，良渚国都是用狗祭祀山神，一直相安无事，为什么它突然又要吃人了呢？

巨石告诉淳于王：在良渚镇的西面有一座山，叫荀山，我要的这个人就住在山下的村子里。从荀山的南麓下山，进村后的第一户人家的男主人就是我要找的人，这个人的父亲曾经被进献给山神，肉质鲜美，山神至今难忘其味。他家房子门朝南，门上挂着一束避邪的干艾草。门口是一条小河，河对面有一片水田。

荀山并不很高，只有十来丈，但土地肥沃，气候适宜，山的周边聚集着若干个村落，村子里桑田漠漠，青山隐隐，河流罗织，人烟稠密。夷吾带着两名侍卫按图索骥，果然找到了这户人家。这家的男人一看就是个本分的庄稼汉，见到官府来的人不敢多话，脸上小心地赔着笑。听到夷吾说的话，一怔，愣了好一会儿，才低声说："覆巢之下安有完卵，救国于危难中也是百姓的分内事，能为良渚国去死值得的，值得的，只是孩子还小……"他喃喃地说着，眼圈红了。正在做午饭的老婆本来在抹眼泪，听他说这话，一下子扑过来抱住他，哭了起来。旁边一个看上去只有七八岁的男孩见状也跑过来抱住爸爸的腿，一家人抱头痛哭。这个小男孩就是阿牛。

夷吾见这情景，鼻子有些发酸，但转念一想，无毒不丈夫，社稷稳定与否关系到良渚国黎民百姓的生死存亡，这点牺牲也是不可避免的，便安慰道："你放心，王会给你补偿的，等你儿子长大后会安排他去王宫做侍卫，娘儿俩生活不会有问题的。"

祭山仪式就设在浮玉山顶上东池的巨石旁。土筑的祭台上挖了一个圆形大坑，这便是祭祀山神的祭祀坑。这次因为是用人来做活祭，附近的村民都来了，人特别多。夷吾念了几句咒语，然后手持摇鼓，一边击鼓一边跳跃围着土坑绕了一圈。回到原处，夷吾双手上举，仰头向天，大声说道："苍天在上，群山做证，现有良渚村民愿为救国难进献神兽，请接纳并消祸免灾、赐福众生。"说完俯身从地上抓起一把土向上扬起，正好一阵风吹过，尘土全部落入坑内。之后，阿牛的爸爸被麻绳捆着由两个壮汉抬起扔进了坑，几个村民操起石铲把刚才挖掉的土回填。凄惨的叫声从坑底传出，让人听了毛骨悚然。土埋得越来越多，阿牛爸爸的叫声越来越小，最后一切归于平静，广场上一片死寂。

匍匐着的乡民从地上抬起头来，都惊呆了，只见一只大玉珠从巨石的嘴里吐了出来。玉珠整体呈深绿色，玲珑剔透，在阳光下熠熠闪亮。玉珠滚落在地的那一刻，整个山顶沐浴在一片祥光里。人群中响起一阵惊叹声。唯有那个小男孩，拉着母亲的手，用仇恨的目光盯着那个张着大口的石怪兽。

"现在这个孩子也该14岁了吧?"夷吾突然想起自己的承诺,"该让他进宫了。"

13

奥特曼牧师得到神的呼召启程去非洲传教的时候,杰瑞已经是滑铁卢大学教育系二年级的学生了,光明和麦秸则刚刚被多伦多大学录取。麦秸学东亚文学,她对写作有种痴迷,似乎这是她来到这世界的使命。光明则选择了他最心仪的人类学专业。奥特曼夫妇为他们每个人在银行建了户头,定期打入足够他们交学费和生活开支的款额。这些钱并不是奥特曼牧师的私人积蓄,而是他为他们从银行申请的学习贷款。这些贷款由政府资助,不用支付利息,受益者大学毕业找到工作后分期偿还。

走之前,奥特曼牧师在他的书房跟光明做了一次成年人之间的深谈。他交给光明一个精致的木盒,示意他打开。这是杭州地区极为流行的漆盒,深红色底面,贝雕着中国风格的牡丹图案。盒子与过去大户人家太太们的首饰盒相仿,只是要稍大一些。光明迟疑片刻,小心地拧开一侧的小按钮。打开盒盖,看到盒内被红色丝绒隔为三层,每层整齐地摆放着六只古玉饰品。有的保存完好,有的稍有破损,但质地、做工和风格,当属古物无疑。无须仔细鉴别,以一种神秘的感应,光明已看出它们的高贵身份。

"这些是我在中国时从村民手中收购的藏品,应该是良渚远古的遗存。中国发生战乱时,冒着被查禁的危险我把它们带到了加拿大。虽然它们陪伴了我半辈子,但我知道它们从来都不属于我。我保存了它们,只是因为我觉得有责任保护它们不被战火伤害。它们是人类不可复制的宝贵财富。我一直在想,在某个合适的时候,我会把这些珍贵的宝物交给某个合适的人。现在你选择考古作为终身职业，我感到无比欣慰，显然神已经做了最完美的安排。

"我个人认为你大学毕业后应该回到你的祖国去。中国的战争已经结束，进入和平建设时期，应该非常需要各类受过高等教育的人。请你一定保管好这些藏品，并把它们带回中国。你回去后要尽快找到你的施昕更叔叔，如果当年他躲过一劫，现在应该就在杭州。当年他的父母去乡下逃难，我没能亲口转达他的愿望，也没能替他照顾他的家人，一直为此内疚。如果可能，也请代我去看看王奶奶，她是杰瑞和麦秸的姆娘，对我们一家恩重如山。她的身上有着中国妇女非常可贵的传统美德。我对中国女性的美好印象全部源于她。"

万光明只觉眼睛发涩，哽咽着说不出话来。他知道此时说什么都是多余的。眼前的这位老人用海一样的胸怀接纳并抚育了毫无血缘关系的自己。他只是一个清贫的、靠信徒的募捐生活的牧师，他用银行贷款支付孩子的大学教育费用。现在，他要把价值连城的收藏无偿交给那个并非是他祖国的国家。光明无语，因为没有任何语言能够表达自己对他的崇敬。

离开家那天，光明把架子上的兽骨、化石标本全部倒进一个布袋子放进行李箱。这些标本大部分是养父母这么多年来陆续给他买的，有的是一家人去山里旅游时他收集的。从小学刚刚开始学习地理，到高中时选修了矿物学课，养父母小心地呵护着他的兴趣。书架上还有一些杰瑞和麦秸用中文做的节日贺卡。中文是养父母另一个小心呵护的领域。他不仅可以流利地说中文，还可以认读、书写。养父母除了送他去中文学校，还打听到一个收养中国孩子家庭协会，带他去参加了他们组织的所有活动，让他与中国孩子一起过春节、端午节、中秋节。在中文学校，每逢节日来临，老师都要带着他和小伙伴们做自制的节日贺卡。而每次杰瑞和麦秸都会为他做一个最最美丽的祝福贺卡。

他把这些稚气十足的贺卡夹在他的日记本里，然后拎着满满一行李箱的爱，跟麦秸一起离开了他们生活了10多年的家，坐上了去多伦多的灰狗长途车。

14

"做得这么精美，到底有何用途呢?"之后的几天，考古队员们忙着整理现场收集的材料，准备挖掘报告，杭天旭却有点魂不守舍，眼前总是晃动着"玉琮王"的倩影：表面有闪亮的玻璃光泽，一定经过仔细的打磨抛光。多年的土沁之后，琮身通体呈鸡骨白。

目前关于玉琮的用途还是个未解之谜。仅从字形来讲，"琮"字跟玉有关，也跟"宗"有关，甲骨文的"宗"字很像古人在家里用几块石头搭起来的，用来祭祀祖先的祭坛。所以"琮"的本义就是用玉器在祭坛祭祖。但是，玉琮之物出自良渚，文字称谓却是后来造出来的，甲骨文中还未见"琮"字。所以对于琮的用途，考古界对大众的询问总是含糊其词：是一种祭祀用的礼器，因为外方内圆，所以是用来礼地的。但是在迄今发掘的良渚遗址中，玉琮几乎全部出土于墓葬而非祭祀坑，此说遭受质疑。有学者据此认为玉琮是巫师的法器，做随葬品有镇墓压邪、殓尸防腐、避凶驱鬼的功效。

事实上，不光是琮的用途无解，就连它的使用方法也是一头雾水。自从复原了玉钺的组合之后，考古学家们现在对玉钺的用法已经很清楚了。大部分墓葬中，玉钺出土时都是钺冠饰靠近肩部，钺端饰靠近腰腹，他们因此知道墓主人入殓时秉钺在手，钺身依于手臂与身体之间，钺端饰在下，钺冠饰朝上。但是，琮的情况似乎复杂得多。以时间为轴，玉琮在形制上总体变化趋势为：横截面由圆渐方、器形由矮渐高、纹饰由繁渐简。到了晚期，琮大多数为高节琮，一般六七节，最高达十五节。纹饰上的总体变化趋势为：早期多为兽面纹，中期为神人兽面复合组成的"神徽"，晚期简化成神人面纹。但这只是总体趋势，现实中，圆的方的，有时候同一座墓地会几种样式同时存在。除了形态，尺寸差异也非常明显，有大有小。出土的位置似乎也无规律可循，有的戴在手腕上，有的放在腰腹部外侧的手臂位置，也有位于死者腿脚部位的，还有的竖置在墓主头端，或左肩上方。有学者说它是套在通天柱上方的，但是从它出土时的位置，这种说法很难让人信服。难怪有人说"琮是古玉中最难研究的项目之一"呢。

　　而且，无论琮是礼器还是葬器，也就是先秦史籍有载，殷商时，琮的存在就已经渐趋没落，汉代以后人们已经完全不认得这个物件了，这就是为什么当乾隆在宫藏里发现它的时候，虽然喜欢却不知何用，只得在里面装了个景泰蓝的芯用来当笔筒插笔。

　　"看来，要解开良渚玉琮之谜，还得等到进一步的考古发现啊！"他自言自语道。突然，灵光一闪，有个想法冒了出来：会不会玉琮原本就是手镯，后来良渚发生了一场大的变故，在这场变故中，作为饰物的玉镯演变成并无实用功能的玉琮？为了有效管理庞大的良渚古国，玉琮被神格化了，就像以色列人建立早期国家过程中耶和华的地位在众神之中冉冉上升的情形！

　　在当天的考古日记里，杭天旭写道：也许可以这么理解，玉琮因为人与神的亲密关系而产生，亦因人类一步步远离了神而渐渐退隐，以至于汉代之后，曾经无比尊贵、充满神性的玉琮终于在愈来愈世俗的人类生活中消失了。

第三章

瑶山、汇观山　1987　神巫的世界

15

1987年5月1日，又一个惊世发现在距离反山遗址5公里的瑶山浮出地面。此时正是反山遗址发掘一年之后。这一年对良渚附近的居民来讲很不寻常。过去他们小打小闹地盗墓、挖玉，获得一些小玉器，都是当作汉玉出手的。反山遗址的发现让这些玉一夜之间变回到史前的良渚文化时期，坊间传世古玉的价值陡然剧增。挖玉，这个当地人致富的快捷通道顿时挤满了怀揣发财梦的村民。

瑶山位于余杭区安溪镇下溪村，海拔高度35米左右，北倚天目山诸余脉，南临广阔的冲积平原，东苕溪经此逶迤流向太湖。五一长假，下溪村几个年轻的帮工有了空闲，便想效仿反山的兄弟们从老祖宗那儿讨点儿宝贝。他们既没有盗墓者的经验，也没有像样的工具，扛着几把简陋的铁锹就开始了他们盗掘古玉的行动。谁知上天格外眷顾，开挖不久就发现了一只玉璧，正当他们一哄而上争夺成果时，当地一位比较有国宝意识的村民路过，第一时间向浙江省文物考古研究所报告。考古所火速派出考古队员进行抢救性挖掘。杭天旭当仁不让，再次担纲队长。

天遂人意，当他们从村民挖到玉璧的地点慢慢搜寻到山顶往下西北部的缓坡地带时，有一个队员注意到一个奇怪的夯土建筑——一个色彩斑斓的方形台面。他们马上把注意力集中到土台上。这个土台显然不是自然形成，很像是有人特意在别处挖了土堆积起来的，自内而外有三重土色，最里面一重土呈红色，第二重土为灰色，围绕中间的红色土呈"回"字形分布，"回"字的北面靠近正中的位置紧贴灰土围沟有一个夯窝，窝洞里还发现了木柱腐朽的痕迹，洞底有坚硬的台面。灰土围沟之外是黄褐色土筑成的台面。台面上没有发现住房之类的建筑痕迹。杭天旭判断，这是良渚人用来祭祀天地神灵的"祭坛"。

接着考古队员们就在祭台的台面上发现了12座墓葬，并从这些墓葬中发掘出两千多件器物，其中百分之九十以上是玉器。这些玉器品类齐全，包括了除玉璧外的良渚文化迄今所见的所有其他器种，并且制作精良。

从出土物的器形和大量的玉器来看，这些墓葬显然属于良渚文化。由墓葬规模和玉器品质，人们推断这里是仅次于反山的良渚文化贵族墓地。而且像反山墓地一样，整个墓地分南北两列布排，不同的是，北列是男性墓，南列是女性墓。比较诡异的是，在瑶山的随葬品里，一块玉璧也没有发现，而且，在璜、镯、玉牌、圆牌、圆管等女性饰物上出现了良渚墓地里极为罕见的龙首纹。

根据这12座墓葬的土层，杭天旭基本可以断定它们属于不同时期。祭坛西部有4座墓葬跟祭坛在同一土层，有4座叠加在祭坛围沟的东段和西段上，最高级别的十二号墓坑最晚，打破了祭坛的围沟和红土框。专家们因此得出结论：瑶山墓地属于一个内部关系十分密切的社会集团，这个集团的成员陆续埋入此地时，墓葬的下葬位置和规格，以及随葬的形式都已制度化。也就是说，墓主生前的地位级别决定了他们墓地的形制和位置，甚至连陪葬的物品都有严格的标准。

16

"八婆，黑鹬说那天夷吾听到先王墓地被人挖开的事并没有吃惊，只是一整天都坐在十节玉琮前发呆，他会不会是在想念爷爷？先王墓地里的玉器都是爷爷制的。我知道爷爷跟先王私交甚密。"蒲姑今天破例没出去疯，而是一副心事重重的样子。

"好得像一个人一样！"很少说话的虞姑突然插了一句嘴。

八婆有点意外地看了一眼蒲姑，发现她今天似乎过于严肃了。而且她没想到事情都过去这么多天了，蒲姑还在想这事儿。不过这倒是个机会，让她们了解自己的家族："夷吾这段时间要赶着制好十节玉琮，还要求神止息洪水，肯定没心事想这件事了。是啊，你们的爷爷跟先王那真的是世上最好的君臣啦。所以咱们良渚国才会这么强盛，周边邻国都来进贡朝拜。"

说到先王和夷吾家的亲密关系，八婆是最清楚的了。她在王宫里已经服侍了100年，见到过众多的皇亲贵族，在她看来，先王大概是这个世界上最仁慈、勤勉、简朴和睿智的王了。

"你们知道吗？先王是天帝的儿子，天帝把他送到凡间，就是为了让人生活得更好。他活了九百多个寒暑，把所有的良渚人聚在一起，教会人们种地养猪，使用农具，大家相亲相爱，你帮我，我帮你，才有了今天这么大的一个良渚国。"

"可是先王的墓被人挖开为什么父亲不着急呢？我还以为他会马上想办法。都过去这么久了，他从来都没跟我们谈起过。"蒲姑心里还在想着黑鹬带来的坏消息。

"先王早就升到天界了，那个墓跟普通的坑没什么两样，里面的玉器，它们的使命已经完成了，跟普通的石头也没什么两样。"虞姑插嘴。

"没有那么简单的。如果墓地被挖开，阴间和阳界就开了一个口子，墓主的魂就会在阴间和阳界来回游荡，那他在阴间的生命就不完整了。"蒲姑经常帮助父亲准备祭祀仪式，知道得稍多一些。

"那会怎么样呢？"虞姑今天好像心情特别好，听得很仔细。蒲姑鼓励地看了她一眼。

"那要看墓打开的时候先王在干什么。如果他在睡觉，他的魂魄正好就在墓地，那他就会受到影响；如果是白天，先王可能正在天界巡视，那就没关系。"八婆是老资格了，显贵墓地陪葬品多，又都是价值连城的东西，一向是盗墓者寻觅的目标。只是她没想到过去那么久了，这些人还能找到先王的墓地，"天有九界十八层，每个人升天之后，天帝会按照你在人间的身份和墓坑中玉器的多少来决定你住在哪一界哪一层。先王是天帝的儿子，所以住在最高的第九界。我们巫族一般住在第八界，但你们的爷爷跟先王亲如兄弟，辅助先王成就了大业，所以获得天帝的恩准跟先王住在了同一界，现在他们还可以天天见面。"

"八婆，我们巫族为什么跟人不一样？"蒲姑想起她跟阿牛一起玩的时候，她明明看到的东西，阿牛却说他看不见。

"这要从我们的老祖宗说起啦。远古洪荒时期，世间一片混沌黑暗。昏睡了18000年的天帝醒来，他缓缓站起身，从他站起来的地方开始，轻而清的东西慢慢向上飘升，在他头顶变成了天，重而浊的东西渐渐下沉，在他脚下变成了地。上升的清气成为三清，这就是太上老君、原始天尊、通天教主，他们都住在天上。下沉的浊气，集天地混沌五行成灵，化身为十二祖巫，居住在地上，这便是我们巫族的祖先。

"天帝呼出的气变成天上的白云，天帝的汗水滴到土里，地上长出了草和野花。可是放眼望去，无一能动的活物，天帝觉得有点孤单，就用地上的土捏了好多动物，最后捏了一个男人叫伏羲，一个女人叫女娲。他们是天帝的儿子和女儿，也是人的先祖。天帝捏人的时候，在他们心里放了一颗生命的种子，所以人的心里有良善，创造力永不枯竭。

"有一天，女娲去河边玩，看到水中自己的倒影，非常喜欢，就用泥土按照自己的样子捏了一个小泥人，没想到这个泥人一落地就活过来了，跑过来叫女娲妈妈。女娲很高兴，捏了好多。人和动物们每天都环绕在天帝身边，天帝很高兴。他为他们造了一个园子，园子里有吃的有玩的，让他们在里面无忧无虑地生活。但是人和动物最大的一点不同是，人的学习能力特别强。人发现一颗种子落到地上能冒出小芽长成大树，人还学会了捉小动物，发现动物的肉比树上的果子好吃。后来人知道的东西越来越多，变得越来越自以为是，经常违背天帝的旨意，还学会了撒谎，天帝就把他们赶出了乐园。

"人来到凡间后，打猎、种地，汗流满面、辛苦劳作才能养活自己。他们相信万物皆有灵，只是苦于看不到听不见。后来他们遇到了巫族，得知巫族有感召祖灵降临的特殊能力，每当遇到灾难就请巫族求神灵护佑他们平安。只是这些人不知道，虽然我们巫族一出生就或多或少有通灵的能力，但这个能力的高低是跟修炼有关的。过去，通灵术是我们巫族的小孩子必修的功课。精于通灵术的孩子长大后才能成为协助君王治理国家的大祭司。现在这方面的训练是越来越草率了，女子甚至连这点有限的训练都没有，真是一代不如一代啊！"

说到这里，她突然想起了什么："蒲姑，你跟阿牛不要走太近了，更不能爱上他。阿牛家的血很特别的，跟我们巫族的血不相融。这样生出来的孩子血是混着的，活不长。"

"我跟阿牛就是好兄弟，我们才不会结婚呢。"蒲姑的脸一下子红了，露出了少见的羞怯神情。八婆忍俊不禁：哈哈，做兄弟无妨，不做夫妻就成。

正说着，黑鹞气急败坏地飞冲过来："蒲姑虞姑，不好了，不好了！你们爷爷无杜的墓地也被挖开了。还有你们奶奶和家族成员的墓都被打开了。"

所有人都惊呆了。怎么回事？家族的墓地是在瑶山，跟先王分在两处，竟然也被他们找到了？这些人到底要干什么？

黑鹬好像猜透了她们的心思，接着说："这些人很奇怪，他们打开墓地的时候很小心，似乎并没有恶意。他们好像只想知道我们是谁。"

"黑鹬，你赶紧去一趟天界，找到先王和爷爷，告诉他们墓地被人打开了，小心保护好自己的灵魂。最好晚上另找安息之处，不要去墓地了。"蒲姑就是这样，凡事都有主意。

黑鹬一听，拍拍翅膀就要起飞。

"哎，错了，应该往西。"蒲姑提醒道。

往东是未来，往西是过去，巫界的小孩子都知道。黑鹬太心急了，犯了个低级错误。蒲姑知道，去见爷爷这件事，只有黑鹬能胜任。在巫界，人虽然能招祖灵降临，时光穿越能力却远逊于鸟类。至少以她现在的段位，只能穿越到未来并原路返回，而且距离不能太远。

目送黑鹬消失在天际，蒲姑若有所思地自语道："这事儿还得想个法子彻底解决才好。"

17

特别神奇的是，似乎生怕没引起重视，短短3年之后，又一处与瑶山相似的遗址惊现于世。

反山往西2公里的瓶窑镇有一座小山，叫汇观山，海拔高度只有22米，山的周围早已盖满了房子。只有东北角有一个早年开采石矿的大坑，是山顶仅剩的一块空地，常年无人光顾，杂草一人多高，布满了无主的荒冢，阴森森的。

1990年春天，山顶突然变得热闹了。原来，当地有一户居民打算在这里盖房子，挖地基的时候工人无意中发现了几件玉器。当时已有反山、瑶山的考古挖掘，社会上良渚玉器市场正热。这几个民工深知这些玉器的价值，便没有声张，悄悄地带回了家，打算找机会卖个好价钱。因为国家当时已经制定了禁止盗挖古墓、倒卖文物的相关规定，他们不敢轻易出手。

这年冬天，他们当中的一个带来一个据称是古董商的人。此人西装革履，眼光犀利，说话带着广东口音，所有迹象都表明这就是位精明的生意人。这位广东商人看了货之后，说他还不能断定这些货的真伪，要求带他的一位行家兼亲戚来帮着鉴别一下。

至此，这几个民工应该引起警觉了。哪有古董商不懂鉴别古物的？但人的心一旦被发财的欲念充满，基本上就失去辨别真伪的能力了。然后这位商人就带来了他的亲戚。这位懂行的亲戚仔细查看了民工的战利品，断定是良渚文化时期的古玉。等到公安局的人找到这几个人，并以倒卖文物罪将他们拘捕时，他们才恍然大悟，那个古董商原来是杭州市公安局的一名侦探，他的懂行亲戚是浙江省文物考古研究所的考古专家。估计这几个人被关在监狱里，肠子都悔青了。发财梦断不说，还招来牢狱之灾，这世上福兮祸兮有谁能说得清？

次年2月，考古所组队，正式开始对汇观山进行抢救性挖掘。在这里，他们发现了与瑶山几乎一模一样的祭坛！而且，祭坛再一次与墓地复合出现！更有甚者，从墓地的年代看，修筑祭坛的年代也与瑶山相近。考古学家们不得不产生这样的疑问：在相距7公里的范围内，修筑两座形制相同的祭坛，而且都与大墓联系在一起，这种祭坛究竟是做什么用的呢？为什么精心设计与修建后，又轻易地废弃了呢？

18

从任何意义上讲，夷吾跟别人都是不同的。

首先，在他出生之前父亲无杜就感知了他出生的日子和时辰，而且通知了家族所有的人，虽然产妇的房间除了接生婆，谁也不能进，但他们是巫族，巫族是可以把不在一个空间和时间的人打通的。有时候，他们看不是用眼睛，而是用意念。所以，他是在众人关切的目光里来到这个世界的。当接生婆把他抱出来的时候，门外榆树上有只乌鸦突然开口说话了：恭喜新主，恭喜新主。众人大吃一惊：这话要是传到王的耳朵里，那是要杀头的！

无杜也受到了惊吓，夜里，趁所有人都在熟睡，他悄悄抱起婴儿连夜去了城外，放在一家农户的门口，希望这家人看到后把这孩子养大，做一个普通人了此一生。虽说没有富贵荣华，至少保全了性命。可是第二天早上起床时，他意外地发现，婴儿正在自己家中摇篮里熟睡。他从此知道这个孩子其实不是自己的，不过是神委托他来抚养而已。让这个孩子平安地长大成人，是他不可推卸的责任。他把这个秘密深深埋在心底，连夫人都没有告诉。

夷吾长大后，果然聪慧过人，有极好的预知力和感知力，具备了一个出色的巫师所需要的天资。无杜事无巨细，悉心栽培。他深知，作为一个大国的祭司，夷吾需要学习的绝不仅仅是制作玉礼器和主持祭祀仪式那么简单。

在一个选定的日子，先王和无杜双双仙去。淳于王走马上任之时，也是夷吾开始接替无杜主持良渚国的祭神崇拜的日子。

无杜的担忧无疑是对的，因为夷吾要面对的是淳于王。淳于王跟先王是截然不同的两种人。他有一颗不安分的心，而且目标明确，坚定，果断，为了凌驾于世间一切之上的野心，他可以披荆斩棘，不计代价。他既不像先王那么温情，也不像无杜那么儒雅。他崇尚简单、明示，直奔主题。他认为良渚国已经拥有如此强盛的国力、如此庞大的人口，国家的管理模式也应该成人化，凡事有规矩，民众只能做自己的分内事，任何越界行为都要受到严厉惩处。

对夷吾动辄祭天求神的做派，淳于王颇有微词。他认为神的时代已经过去了，凡事依靠神的帮助是软弱无能的行为。在他看来，当务之急是建城墙。良渚国最大的威胁来自北方诸国，这个江南的鱼米与玉石之乡是他们垂涎已久的大肥肉。眼下，用坚固的城墙防范敌国的侵扰才是正事。

夷吾则认为眼下最需关注的是人心。良渚的贵族崇奢好玉、讲求排场，奢靡已成风气。长久以来，百姓的负担加重，民怨四起，国之根基已动摇，谈何抵御外扰？而且，贪饕财富，人心不古，将是整个良渚国的灾难。他说："夫珠玉金银，饥不可食，寒不可衣，贵之者众，令臣轻背其主，民易去他乡。是故明君贵五谷而贱金玉。"

对淳于王的苛政，夷吾也不甚赞同："民贫则奸邪生，贫生于不足，不足生于不农，不农则不地著，不地著则离乡轻家，民如鸟兽，虽有高城深池，严法重刑，犹不能禁也。今农夫五口之家，其服役者不下二人，其能耕者，不过百亩，百亩之收，不过百石。春耕、夏耘、秋获、冬藏，伐薪樵，治官府，给徭役。春不得避风尘，夏不得避暑热，秋不得避阴雨，冬不得避寒冻。四时之间，无日休息。方今之务，莫若使民务农而已矣。欲使务农，在于贵粟。顺余民心，所补者三：一曰主用足；二曰民赋少；三曰劝农功。"

淳于王觉得夷吾这是妇人之仁，治良渚这样的大国，用他那一套是行不通的。自古宽松出刁民，人的本性是贪婪，官让一尺，民进一丈，国法不严，永无宁日。"火烈，民望而畏之，故鲜死焉；水懦弱，民狎而玩之，则多死焉。故宽难。"

夷吾领着阿牛来见淳于王时，淳于王刚刚做了一个重要决定，荀山前村普通村民的儿子阿牛注定要成为他这个大计划里一颗重要的棋子。

19

汇观山是一座乱坟岗，总共有60多座荒坟。这是因为瓶窑是东苕溪上比较大的一个集镇，水路货运一直比较繁忙，自古客死瓶窑码头的外乡人大多葬在这里，成为无主坟。

杭天旭带着一干人开始清理不久，就在表层出土了一块石碑，上书"瓶窑义地"几个字，大家心里突然有点忐忑。这是他们第一次遇到这种情况，以往挖的都是几千年前的坟，墓地除了陪葬品，几乎什么都不剩了。为了表达对死者的尊重，发掘前杭天旭特意去买了十几个瓷坛子，请人先把乱坟里的尸骨收了，编上号画了图埋在旁边，以便清明节上坟的时候有人认领。还按照当地习俗，买了些香烛纸钱，请民工们拿去祭奠，希望这些孤魂野鬼能原谅他们的打扰。

上层的扰土取尽之后，考古队员在这里发现了4座良渚时期的墓。其中的四号墓显得与众不同，特别大，坑长4.75米，宽2.6米，比反山和瑶山的墓葬规模都大，而且是小棺材外面套着大棺材。小棺里面和大小棺夹层内各随葬了一套陶器，非常奇特。这在所有已经挖掘的良渚墓葬里，也是绝无仅有的。

为这个，杭天旭特意查了相关文献，得知这是古人的一种葬法。过去的棺材可以有多层，套棺是一层一层紧套在一起的，如果在棺和套棺之外隔较大的空隙再加一层，叫作椁（guǒ）。内为棺，外为椁。《礼记·檀弓上》和《礼记·丧大记》所记载的周代制度规定：天子之棺四重，诸公三重，诸侯再重，大夫一重，士不重。《礼记·丧大记》称："棺椁之间君容枕（状如漆桶的打击乐器，方二尺四寸），大夫容壶，士容瓶（一种酒器）。"又说："君松椁，大夫柏椁，士杂木椁。"棺椁之间的空隙可用来放置随葬品。也就是说，棺用什么木材，以及棺与椁之间的距离，都是有讲究的。古人"事死如生"，死后有什么待遇全看生前是什么官位，董仲舒在《春秋繁露·服制》里说："生有轩冕、服位、贵禄、田宅之分，死有棺椁、绞衾、圹袭之度。"

良渚文化是史前时期，不一定按照周代的标准，但是用棺椁之墓安葬，墓主的身份无疑更加显赫。这个墓里，随葬了48件石钺，一件玉钺。这也是非常罕见的情况。过去单墓里从来没有超过10件石钺。为什么如此有身份之人要随葬这么多不值钱的石钺呢？

汇观山祭坛和瑶山祭坛极为相似，杭天旭试着做了一下横向比较，发现几个有趣的现象：瑶山祭坛的墓地没有玉璧，但汇观山祭坛有，所以很有可能这两个祭坛的祭祀功能不同，比如一个祭天，另一个祭地或者其他什么神灵；瑶山祭坛的墓地随葬有很多玉器，汇观山祭坛的墓地随葬以石器为主。这是不是说明汇观山墓地的主人是比较老派的贵族或者王族，祖上在石钺时代立过赫赫战功，石钺身上有着家族辉煌的记忆？

瑶山和汇观山相继出现的祭坛让他再次思考远古时期的巫政现象。巫师这个族群，国内考古界普遍认为是神授师承的特殊才智者。《国语·楚语下》将其归结为"民之精爽不携二者。而又能齐肃衷正，其智能上下比义，其圣能光远宣朗，其明能光照之，其聪能听彻之，如是则神明降之"。广西的瑶族，选择巫师的条件更具体：在狩猎中百发百中或种植的谷物连年丰收的人。而一旦成为巫师还要接受各种训练，如掌握巫舞，运用巫术，了解天文地理知识，熟悉各种鬼神形象、特点和职守等。

《说文》释"巫"为：祝也，女能事无形以舞降神者也，象人两袖舞形，与工同意。可见巫师并不仅仅是有才智那么简单。他们是能够与神沟通的一群人。普通人把这种能力称为巫术。中国的民间有巫婆为哭闹的小孩子驱鬼，或者帮活着的人跟死去的亲人的鬼魂交谈，也有给人卜卦算命的。他们会不会就是古时的巫？

既然瑶山和汇观山都跟祭祀有关，那是不是可以推测其中的墓地就是巫师或者大祭司的家族墓地？从陪葬品的规格看，瑶山完全可能。远古时期大祭司掌管神权，是仅次于王的权臣，有的时候，甚至连王都要服从于祭司，因为他们直接与神沟通，常常代表了神的意志。只是杭天旭不明白的是，这两处祭坛上那个回字形的灰框又是做何用呢？

20

万光明的人生之路因为一个女孩的出现改变了轨迹。

大学毕业后，他、杰瑞和麦秸就天各一方了。杰瑞回到温莎，在一所小学任教，跟他高中时的小甜心组成了家庭。他自己留在多伦多大学继续攻读人类学，麦秸则去了西海岸的温哥华读文学硕士和博士。最初的几年，几乎每年圣诞节他们都要聚一下，开始是在温哥华麦秸的公寓里打地铺过几天，后来就到温莎杰瑞小家的独立屋里装上圣诞树，烤了火鸡，做了甜点，听着圣诞歌曲聊天。后来大家都开始忙了，就很少聚了。

这一年，他获得了多伦多大学人类学博士学位，正在考虑是否听从养父的劝告去中国工作。他打算休息一段时间，好好想想将来的去向，同时设法跟中国的考古研究部门取得联系。他还在人生的十字路口徘徊的时候，麦秸也博士毕业了，毕业后很快就在魁北克的拉瓦尔大学文学院谋得教职，开始了教书生涯。秋季学期开学不久，万光明收到麦秸的一封信，邀请他来魁北克散散心。她在信里说，反正你闲着也是闲着，不如来东部看看。魁省跟安省很不一样，不光是讲法语这一条，习俗文化也有很大差别。漫步在魁北克的老城区，简直就像到了法国巴黎，只不过塞纳河换成了圣劳伦斯河。来吧，到时让我的一个学生陪你，包你不虚此行。

万光明就这样开着他的老爷车从多伦多一路往东十几个小时到了魁北克市。当时的他，绝想不到这一去，就钻进万劫不复的情网。麦秸的女学生，一个风情万种的法裔金发女郎，从此走进了他的心，并长期占据。连她那带有法语口音的磕磕绊绊的英语，都成了世上最美的音乐。他和小女生一见钟情、相见恨晚，两个小傻瓜都没想到这是麦秸的计划。她现在带了三个研究生，都是女性，唯有这个法国女孩让她一见倾心。这个女孩几乎集中了美好女性的所有特点：美貌、才情、温良。出于见到美好的东西就想占有的人类天性，她想到了她那个钻石王老五的中国哥哥。

万光明被法国女郎拴住了心也捆住了脚，只想在温柔乡做一个规规矩矩的绅士，再也没有回国闯荡的激情。他与心爱的女子结婚生子，过起了老婆孩子热炕头的生活。在麦吉尔大学，从讲师、副教授到终身教授，在三尺讲台上演绎属于他的人生。中国也成了他今生今世只能远远关注的地方。虽然他知道，他的心其实从来没有离开过那块魂牵梦萦的土地。

21

在整理瑶山、汇观山祭坛贵族墓地的出土物时，杭天旭一直对瑶山墓地玉璧缺席一事百思不解。玉璧是良渚出土物里数量最多的玉器，从任何意义上说，瑶山这样的高等级墓地都不应该没有玉璧。杭天旭还注意到，从早期到晚期，随着时间的推移，玉璧的直径越来越大，孔径越来越小，形状越来越规则，制作越来越精细。为什么瑶山遗址不见玉璧身影？玉璧器形变化的背后是否隐藏着什么真相？

《周礼·春官·大宗伯》曰："以玉作六器，以礼天地四方：以苍璧礼天，以黄琮礼地，以青圭礼东方，以赤璋礼南方，以白琥礼西方，以玄璜礼北方。"显然，到了周代，玉璧已经成为周人祭祀天地祖先神灵的六器之一。但玉璧是如何演变成祭天神器的，或许还要从早于周代1000多年的良渚文化时期寻找答案。

杭天旭把所有良渚文化遗址发掘的玉璧按时间顺序做了一个梳理比较。

良渚文化早期玉璧，比如张陵山墓地，直径只有13—15厘米，到了中期的反山贵族墓地，玉璧变大，直径达到了20.6厘米。在高等级的良渚晚期墓葬中，玉璧直径大都在20厘米以上，其中，汇观山出土的玉璧直径达23.6厘

良渚文化玉璧

玉璧是良渚文化玉器中单位面积最大的器类，这种有孔的圆形玉器，不仅选材独具特色，而且自早到晚体现出追求圆大和精致并重的器形变化趋势，彰显出其日益重要的地位。玉璧在后世演化为祭天的专用玉礼器，影响比琮更为深远（浙江省文物考古研究所供图）

米，横山的两座墓葬最大玉璧直径达24.5厘米。寺墩是良渚晚期显贵墓葬的特例，出土了33件琮和24件璧，琮最高达15节，最大的一件璧直径达26.2厘米。

直径增大的同时玉璧的孔径并没有相应增大，反而略有缩小，从4.8厘米减小到4.2厘米左右，玉璧的整体形状也更加规整精致。杭天旭推测，早期玉璧形制直径小、孔径大，边宽小于孔径，器形不规整，厚薄不均匀，与作为人体装饰的玉环、玉瑗等并无大的区别。良渚文化中期以后，玉璧的器形形成一定的定制：中央厚度1—2厘米，孔径4—5厘米，边宽绝对大于孔径，即古人所谓的"肉倍好"，少有越轨的。而且璧在墓葬中常单独放置于相对固定的位置，较少叠放。到了晚期，玉璧的形体进一步向圆大规整、厚薄均匀演变，显示出玉璧有别于玉环、玉瑗的特殊用途。良渚晚期百亩山遗址出土的玉璧两面都有阴线刻画的高台上立表的图符，显示这时候玉璧已具有作为祭祀礼器的功能。那么，为什么会发生这样的演变呢？杭天旭认为，很可能跟良渚人天象意识的苏醒有关。

观测天象，了解宇宙，对于时间规律的寻觅和掌握是人类发展史的重要一页，农业的产生更是离不开历法知识。中国是最早掌握历法的国家之一，对于日月星辰以及物候的观察，在史书中有很多记载。《尚书·尧典》有"日中星鸟，以殷仲春；日永星火，以正仲夏；宵中星虚，以殷仲秋；日短星昴，以正仲冬"的记载，就是通过观测鸟、火、虚、昴这四颗星黄昏时处于南中天的日期，以定春分秋分和夏至冬至。除星象之外，日月是天空中最为醒目、变化周期最为明显的天体，也是与人类关系最为密切的天体，因此更是直接观测的对象。人们观察记录日月在天空中的运行轨迹，观测日出日落的方位以及日影的变化，并在实践中最终发明了圭表以及日晷仪等观测工具。

考古学无法断定良渚文化时期是否已经发明了像周汉时期那样的移

动式日晷仪，或者是否已经掌握了这种更简易的测定日影长度的圭表。但既然精心设计建筑的祭坛在使用了一段时间以后被轻易地废弃了，而且在良渚文化中期以后至今还未发现类似的祭坛，那么可以推测，他们一定是掌握了一种更为简便有效的观测方法，使得观象地点的选择不再那么严格而固定，从而取代了那种在山顶上建造观象台的方式。良渚文化晚期出现在玉璧等器物上的台形图案与鸟杆等符号，似乎是一种在高台上立表的象征，难道良渚晚期已经发明了类似日晷仪的记录日光运行轨迹的装置？玉璧的形状跟日晷仪多么相似！若将玉璧平放在地，再在中央圆孔处立一个柱针，柱针投在玉璧上的影子不就是一日之内日头的移动，也就是一天时间的记录吗？这样看来，从玉环到玉璧，之所以越来越大，从普通的饰物上升为祭天的神器，都是因为疑似日晷仪的发明啊！有了日晷仪，当然就不需要回形围墙了，也不需要汇观山之类计时功能的祭坛了。有了日冕仪，玉璧当然就成为祭天的礼器了。

只是这样重要的祭天礼器，为什么在瑶山显贵墓地竟一块都没有发现？如果瑶山墓地的主人是大祭师，怎么会不陪葬玉璧？他知道瑶山墓葬属良渚文化早期，难道当时用于观察天象的疑似日晷仪还没有出现？

22

无忌来访。见到门口站着无忌，虞姑的脸一下子红了，她垂下目光，屈膝道个万福："太子来了。"

无忌注意地看了虞姑一眼，抬脚跨进了门。这是一个跟虞姑年龄相仿的美少年，挺直的鼻梁，明亮的双眸尤其引人注目。他的眼睛并不很大，但非常地纯净，像秋日的天空，纤尘不染。

八婆正在收拾房间，一见是无忌，马上放下手里的羽毛掸帚，快步趋前跪下：向太子请安！

无忌说了一句："八婆休要多礼，快快请起。"便伸手扶起八婆，说："父王要我来问问夷吾，玉琮何时能雕好，最近暴雨很多，太湖里的水都快到堤岸了。可能还要做个比较盛大的祭龙王仪式，求河神帮助。"

八婆站起身，拉了一下衣襟，毕恭毕敬地答道："回太子：昨日我去送饭，老爷说玉琮大体上已经制好，这几天把细处再三琢磨一下，面上打磨上光便可大功告成了。"

"那太好了，晚三两日不妨事。多日不见，虞姑一向可好？"无忌的目光转向八婆身边的虞姑。

与无忌的目光相遇，虞姑的心马上像一头小鹿欢快地跳起来。无忌看似冷漠，不苟言笑，但虞姑能读懂这冷漠背后的温暖。在虞姑的心里，她与无忌是同一种人，沉默少言，拒人于外，其实心里有一团火，他们只是不知如何表达而已。

"回太子：小女甚好，谢谢关切。"虞姑屈了下膝，恭敬地答道。八婆在一边早看出两人的心思，便对虞姑说：带太子去看看你新近绣的祭袍吧，是不是较前有长进。

"哦，虞姑开始学绣祭袍了？我们虞姑是大姑娘了啊。快带我去瞧瞧。"无忌的脸上露出少有的笑容。这笑容像一股春风让虞姑心里的花儿瞬间绽放，她脆脆地应了一声便领着无忌去了她的绣房。绣房是虞姑的领地，里面有织机、纺轮、绣匾、针线箱，还有她的作品：一块图案甚繁杂的麻纺布，一方绣了五彩鸟的绢帕，刚刚绣好云纹的祭袍，全是虞姑珍爱的东西。她每天的大部分时间都是在这里度过的，她很享受那种在安静整洁的房间里专注于一件事情，时间都好像停滞了的感觉。八婆有时会来教她一两样手艺，但一般情况下尽量不打扰她。蒲姑则很少光顾绣房，她是没有耐心做这些事情的。

"虞姑，你想没想过，万一有一天你不得不离开这个舒适的家，去别处流浪，睡在稻田里，饥一顿饱一顿，会怎么样?"无忌把蒲垫拉到虞姑跟前，跟她面对面坐着，双手搭在她的肩上，柔和的目光直视着虞姑的眼睛。虞姑一愣，不解地看着无忌，心里有种不祥的预感：难道这个世界真的有什么危险的事情要发生了吗? 她知道没有根据的话无忌是不会胡乱讲的。

"为什么这样讲?"虞姑不安地问。

"北方诸国可能要打过来了。你知道一旦发生战乱，正常的生活被打乱，缺衣少食、背井离乡都是可能的。"

"我们良渚国不是很强大吗? 我们应该不怕的吧?"虞姑心存侥幸，她没办法想象流离失所的日子该怎么过。

"听说北方的士兵打起仗来很凶猛，他们平时都没有什么好的东西吃，所以也不怕死。父王和夷吾他们正在积极准备应对，先把城墙建起来，还要多制一些兵器备着。不过你也不用太担心，我会保护你的。我只是希望你心里有点数，不要到时手足无措。"

无忌刚走，门口就传来家奴的声音：老爷回来了!

虞姑和八婆从各自的房间出来，见夷吾和蒲姑回来了。蒲姑跟在夷吾身后，双手捧着一个丝绸包着的物件，应该就是淳于王让夷吾做的玉琮了。进屋后，蒲姑把包裹小心地放到桌子上，夷吾趋身向前，恭敬地拜了一拜，然后用修长的手指解开包裹上的结，打开一层，里面还有一层，再打开，还有一层，直到连八婆都有点失去耐心了，一尊精美的十节玉琮出现在面前。虞姑不由深吸了一口气：好漂亮! 好有威严! 夷吾赞同地点点头：淳于王是对的，高节琮确实有一种其他琮所没有的威慑力。相信神会喜欢的。

夷吾怜爱地看着身边的两个女儿。在良渚国，尚未嫁娶的女孩的发型跟妇人是不同的，上边的一半编成辫子往上盘起，下面的一半呈半圆形散开，柔顺地垂在肩上，显得非常活泼可爱。他发现蒲姑跟平日没两样，虞姑的神情则有点过于严肃，心里一动，便吩咐八婆："良渚国近期不安宁，两个女孩子就请婆婆多费心了。"

八婆还未来得及回复，虞姑突然开口了："父亲，良渚国是不是有危险了？"

蒲姑和八婆愕然地瞪着她，夷吾微微点了点头："你都知道了。我正要跟你们说。"

第四章

莫角山　2007　良渚是座王城

23

明代田艺衡《白鹤诸山记》中描述过一个时称"古城头"的地方："寺东为古城头，土山曼延，宛类营垒，疑古人屯兵处，盖此路实当独松关要冲，乱离之时所必备也。"从文中表述的相对位置看，这便是今日的大观山果园所在地，俗称"古上顶"。考古部门确认此处为良渚文化遗址后，根据它上面三座小山丘中大莫角山、小莫角山的名称，改称它为莫角山。

考古队新来了两个年轻人，是杭天旭跟上面费了半天口舌才挖过来的。

来的是一男一女，男的叫吴勇，北京人，北京大学历史系考古专业硕士研究生毕业。女的叫艾优，杭州人，南京大学历史系考古专业的本科应届毕业生。女生个子不高，胖嘟嘟的，圆圆的脸上两个小酒窝。第一天上班，杭天旭说，这是小吴。小吴马上补充道：吴勇。大伙儿一听乐了：无用啊？不至于吧？捡捡石头，挖挖坑总是可以的。介绍女孩的时候，杭天旭说：这是小艾。艾优也补充道：艾优。大伙一听又乐了：

哎哟？现在这家长都怎么给孩子起名儿呢！人的名字可是要带着过一辈子的，老被人这么叫来叫去的这气场都被它改了呢。

两个孩子一听都快哭了，这些可都是考古学界的前辈，当今最博古通今的一干人。

"别瞎扯了，看把俩孩子吓的。"杭天旭喝住大伙儿的信口发挥，拍拍两个年轻人的肩膀，"咱考古所学术氛围浓，最适合年轻人发展了。潜下心来好好干，必能成就一番伟业。"

"咱也不敢奢望啥伟业，能挖着宝就成。"吴勇漫不经心地说。

"其实我学考古是老妈帮忙选的。当然首先是我理化不好嘛，然后她老人家不知道听谁说考古专业好学，会背书就行，而且学出来就是上知天文、下知地理，饱读诗书的学者了，工作的时候更了不得，眼里见的都是历史，手上过的都是国宝。"艾优一脸无辜地说，"可我看你们好像不是那样的。"

"她没说我们做考古的都是手持洛阳铲的大侠？你告诉她，关于考古人长啥样儿我们考古界还真有一个挺形象的说法：远看像讨饭的，近看像捡破烂儿的，手里还常常拿着盆盆罐罐。"说完，杭天旭哈哈大笑，"其实还应该加一条，生活状态像流浪的。这么说一点不夸张。记得挖吴家埠遗址的时候，调查范围是从东边的勾庄到西边的彭公，我们就分成东边一组西边一组，两个组分别拉着一辆板车，板车上放着锅碗瓢盆，还有铺盖。晚上在路边简单吃一点，然后就住在供销社的小店。那小店下面开店，上面的阁楼里放货。我们就拿着自己的铺盖卷儿直接上阁楼，往货堆上面一铺躺下就睡。我们做考古的不是没钱嘛，就琢磨着用这种最简易的方法去解决问题。还有一次，我们去挖的那个遗址特别偏远，附近没什么民居，只有一个神经病院。我们就住在神经病院里。每天傍晚从工地回来，病人在门口列队欢迎，然后蜂拥而上翻我们的包，说里面有宝贝。吓得我们抱头逃窜，从来没这么狼狈过。有段时间，我每天早出晚归骑着自行车沿着苕溪走十几里路去吴家埠值班，因为反山的玉器存在那儿，我们不放心。"

听到这里，艾优不笑了，眼里有了泪光。吴勇的神色也认真起来，刚来时的吊儿郎当劲儿收敛了不少。

杭天旭见状也收起笑容，正色说道："以后你们会明白，考古这个行业肯定是要饱读各类史书的，否则就算挖到宝贝你也不认识。但不仅是在书斋里，还在旷野上。我们的研究对象深藏在土里，所以除非是下雨，我们考古队要天天待在工地。考古是读地下的书，是一个土层一个土层地去研究历史。像破案一样，以土层和出土物为线索去发现人类生活过的痕迹，把人类的历史从地里挖出来。我们挖的不是宝，是文化的宝藏。所以呀，你们听到考古人说'要再现远古时期人类的文明成就，他们的梦想与荣光'，这不是一句空话，它是要靠我们一铲子一铲子去实现的。"

24

蒲姑到了阿牛家，四顾无人，却见小桌子上放着一碗剥好的菱角。

正纳闷人都到哪里去了呢，阿牛的妈妈从门外进来了，说："蒲姑来了啊。阿牛从今天开始去宫里当差了，跟我说你可能来，特意剥好了一碗菱角给你吃。"

蒲姑一愣："阿牛去宫里当差了？他怎么没告诉我？"

"他也没想到，昨天大祭司突然派人来把他叫走了，还带他拜见了淳于王。然后就叫他今天开始去王宫里当侍卫。连行李都带去了，以后吃住都在宫里了。真是太感谢祭司大人了！"她把手上一个蒲草袋递给蒲姑，"今年菱角长得好，肉又多又嫩。我刚从自家水塘里采了些，拿回去给家里人尝尝鲜。"

"谢谢婆婆！那我走了，我去宫里找阿牛。"蒲姑接过蒲草袋转身走了。阿牛妈看着她的画舫在小河里越来越远，饱经沧桑的脸上一直挂着笑。她从心里喜欢蒲姑，也看出两个孩子一个有情一个有意，但是她希望阿牛能忘掉蒲姑，蒲姑这样家世的女孩不是为阿牛准备的。

昨天晚饭之后，她跟阿牛深谈了一次。她说，进宫之后见到蒲姑的机会多了，不要生出什么不切实际的想法。蒲姑是个好姑娘，但她不属于咱们这样的家庭。与其将来受伤，不如快刀斩乱麻，尽早了断。阿牛没吭声，她还以为他认命了，谁知沉默了一阵之后，他突然说了一句：我会出人头地的，我不会让蒲姑受委屈的。她听了大吃一惊，他不会以为到宫里当个听差就能出人头地吧？还没容她开口，阿牛接着说：我肯定要干大事的，我还要为阿爸报仇呢。

阿牛妈一听吓坏了：你这孩子胡说什么呢！你爸是为国家消灾才献给山神的，是自愿的，要你报什么仇。夷吾也是为了国家和社稷，是山神索你爸的命。你可千万别胡思乱想的。

"娘，您不用担心，我知道我的仇人是谁。不会错怪他的。"阿牛说完就再不多说一个字。

阿牛妈知道多说也无用，阿牛的犟脾气她比谁都清楚，她只是没想到这孩子城府这么深。他爸都死这么多年了，从没听他提起过，她还以为他早忘了。

阿牛妈担心极了，她有一种很不好的预感：阿牛今天活着走进宫，将来不一定能活着走出来。"老天啊，我只有阿牛了，您可千万保佑他别有任何闪失啊。"在这个世界上，除了神灵，她还能求谁呢？她决定把真相告诉阿牛，这可能是阻止他做蠢事的唯一办法了。虽然她曾经答应过阿牛的爸爸，会永远保守秘密。

"阿牛，你知道山神为什么要吃你爸吗？"

"为什么？"阿牛瓮声瓮气地问。

"咱们家族的血跟一般人是不一样的。普通人的血是咸的，我们家人的血是甜的。很多年以前，你爷爷也是祭祀了山神。之后大祭司都是用狗来祭祀，我还以为它忘掉我们了。谁知道该来的灾难，还是躲不过去。"阿牛娘深深叹了口气。

"这么说，倘若山神哪天记起了我，我也只有被吃这一条路了？我倒是很好奇，山神怎么知道我们家人的血是甜的呢？"阿牛冷笑道。他没想到事情的真相竟然像一个拙劣的借口。

"娘一直以为你还小，没告诉你。我们家祖上是采玉为生的，祖辈都做这个行当，为寻玉几乎走遍了浮玉山。浮玉山上的藏玉地点是家族最大的秘密，世代相传。采玉工虽然利大，但很辛苦的，甚至可说是搏命。'寻玉之难，千人往百人返，百人往十人至，十人至一人得'。如何能采得玉，讲究天时地利人和，什么季节，什么时辰上山都有讲究，采玉的人一旦进山出事，就说明不适合吃这碗饭，就要放弃这行。对采玉人来讲，'凿玉'是最难的，俗话说'十籽九裂'，下手狠了，整块玉有可能都有裂痕，卖不出好价，若力道不够，这玉石便像长在山上一样，采不下来。你爷爷最擅长凿玉，他采的玉很少有裂纹。后来名声大了，传到了大臣的耳朵里，就招他为宫廷采玉。

"有一年，大祭司要为先王做一只大玉琮殓葬，派你爷爷去采玉料。你爷爷每天在山里转，连祖传的几个矿址都找了，就是找不到合适的籽玉。你爷爷非常难过，他敬爱先王，觉得这是他能为先王做的唯一的一件事。限期的最后一天，你爷爷决定把自己献给山神，换回大玉料。那日大祭司举行了盛大的祭山仪式，山神吃了你爷爷后，果然吐出了一块大玉石。从此，山神就知道我们家人的血是甜的了。你爷爷死后，你奶奶伤透了心，再也不许你爸爸做采玉工。她卖掉中初鸣的祖宅和玉器作坊，用家里多年积攒的钱在良渚买了几块地，全家迁了过来，从此以种地为生。所以为父报仇的事你不要鲁莽行事，这不是大祭司的错。明天娘去祭山神，求它放过你。"

"娘，别去了，求它没用。这么多年咱哪年不去祭拜山神？爹还不是一样被它吃了。不过您说的我都记下了，您不用担心，我知道轻重。睡吧，明天还要早起呢。"阿牛说完就回屋了。

不一会儿，阿牛的房间就响起了香甜的呼噜声。阿牛娘把阿牛的换洗衣服和随身物品全部收拾好，打进一个包袱里，放在阿牛的床头。那晚，她翻来覆去，一夜没合眼。

25

春天的清晨，莫角山上罩着一层淡淡的薄雾。远处有一个人影渐渐清晰，他是正在晨练的杭天旭。说是晨练，并不确切。虽说一身的运动装束，镜片后面却目光炯炯，像猎人在寻找猎物。自从6年前他任职的省考古所在反山发现了"王陵"，紧接着又在瑶山和汇观山挖掘了"祭坛"，他就盯上了这个地方，没事儿就来溜达。从地理位置上看，反山和汇观山贵族墓地在它的西北，瑶山祭坛位于它的东北，按照逻辑，在它们附近应该有墓主人的生活场所。如果真的有一个良渚王城，这里就应该是王城的中心。

杭天旭走得很慢，似在倾听泥土的耳语。相信参加过田野考古实践的人都有这种感觉，考古队员跟他的老伙计之间有着某种独特的心灵感应。那些看起来平淡无奇的土疙瘩、烂石块、碎瓦片，到了他们手上就都成了大地的信物，上面写满密码。

突然，他发现不远处有一群人拿着大筛子在筛土。"这是在干吗呢？这些土还有什么特别的用途吗？"他加快步子，向着那群人走去：喂，我说老乡们，你们在做什么呢？

"杭站长，今天来得好早哦！"村民们知道这个和善的老人是考古所良渚工作站的站长，一向对他很尊敬，"阿牛家要盖房子，我们帮他筛沙子呢。"

杭天旭一看，可不是嘛，地上已经有一堆细土了。筛出来的沙子堆放在一个小推车里，准备运走。"你们经常来这里筛沙子吗？""是的呀，我们盖房子从来不需要买沙子的，都是来这里筛。从爷爷奶奶们那时候起就这样的，很多年了。"

"这么高的地方怎么会有沙子呢？"回去的路上，杭天旭的脑子里一直盘旋着这个问题。

面对杭天旭的发问，在场的所有考古队员都沉默了。这个地方是一个巨大的长方形土台，东西长670米、南北宽450米，总面积达30余万平方米，土台的高度有8米左右。说它是河流冲积的结果显然是解释不通的。从任何意义上来讲，这些沙子无疑是人工搬运上来的，这个土台也是人工营建的。那么这些沙子究竟用来做什么，又是什么时候搬来的呢？

为了弄清这些问题，杭天旭决定在发掘区内利用农民此前挖的排水沟做出新的剖面，结果有了重要的发现。剖面上显示出有规律的沙层和泥层相间隔的现象，如此反复达13层之多，每层的沙层与泥层的厚度也不一致，按照从下而上的顺序，沙层逐渐加厚、泥层逐渐变薄，而泥层剖面上呈现出清晰的波浪式迹象。他初步判断它与夯筑活动有关。

考古学认为，在人类居住地点，人类的各种活动会在原来天然形成的"生土"上，堆积起一层层的"熟土"。"熟土"中往往夹杂着人类有意或无意遗弃的各种器物，这就是"文化层"。如果后一代的人类居住在同一地点，又会在已有"文化层"上堆积出新的"文化层"。如此，文化层就像一页一页装订起来的一部无字天书，记述着这一地区人类各种活动的历史实况。所以考古人员在探查时常常从土壤的剖面入手。

26

祭龙王仪式就在古上顶广场举行。

这是一年中最盛大的祭祀仪式。在良渚国，开春祭山神，小满祭蚕神，立秋祭龙王，岁首祭天，夏至祭地，已是约定俗成的国家行为，更是百姓生活中极为重要的内容。因为地势低洼，西北有山洪威胁，东有海侵隐患，水灾频发，祭龙王仪式越来越受到国王的重视，祭祀的地点也定在了良渚国的核心——古上顶广场进行。古上顶广场位于国王宫殿的正前方，广场上有一个巨大的宗庙，宗庙前方就是良渚国举行盛大祭祀与集会的沙土广场。

一早，上千束的干稻穗就被运到了沙土广场上，五束一垛地围着祭坛一排排摆放好。祭坛的中央有一个圆形土坑，坑里几根粗木段支在一起组成一个大大的"米"字。祭祀坑的北侧，有一个石头支起的祭台，此时祭台上置放着一个硕大的陶盆，陶盆的清水里有一条蛇游来游去。它就是今天的主角——龙王。水蛇似乎知道自己身份尊贵，不时把头高高昂起，俯视下面的芸芸众生。

良渚国的文武官员和皇亲贵族们身着华丽的多层绸缎长袍，胸前佩戴着长串的玉饰，手里把玩着各式玉手把件，乘豪华画舫来到广场。他们彼此寒暄着，在祭坛上找到专属于自己的位置。古城各街坊呼朋唤友，盛装乘舟出行。四乡八镇的乡民扶老携幼，划着自家的农船，来参加祭祀仪式。此时，每个河埠边大小船只船舷相靠，停得密不透风。

祭祀仪式开始了，贵族们撩起长袍下摆，跪在面前的丝绒软垫上。乡民们则匍匐在祭坛下的沙土广场上，纵目望去，黑压压一片。王宫侍卫手持火把，点燃了祭坛上的篝火和干稻穗，广场上顿时浓烟滚滚，蔽不见日。不知过了多久，烟雾散尽，一股榆木和稻米的清香在空气中弥漫开来。夷吾身穿虞姑为他绣的新祭祀袍，高高盘起的发髻上方顶着硕大的玉三叉头饰，和放射状的六只玉锥，立在祭台前。他手持十节玉琮，玉琮上插着一截粗粗的象牙，仰头闭目，旁若无人，口中喃喃吟诵，似在与神窃窃私语。念完咒语，夷吾接过助手递过来的火把，在水盆上方忽高忽低地挥舞了一阵，然后大叫一声，猛地将火把扔到祭祀坑里。祭祀坑里的火苗呼地蹿到空中，之后一齐飘向左边，又一齐飘向右边，像一群蛇，吐着血红色的芯子，遵从某种指令，在空中跳舞，显得异常鬼魅。

淳于王头戴五彩鸟的羽毛做成的羽冠，手执玉钺，面向祭坛正中的通天柱双膝跪地，低头含胸，极力显示对神灵的敬畏和虔诚。今天的祭祀仪式对淳于王有着极不寻常的意义。他想借着这个机会求神保佑他马上要做的两件大事顺利完成。第一件事是建城墙和大坝。最近北方诸国常来骚扰，王城四周没有城墙，完全靠着浮玉山的天然屏障，一旦敌国士兵翻过山岭，良渚国便一览无余，再无招架之力。这是何等的危险！建防洪大坝也是迫在眉睫之事。每年汛期的山洪越来越大，仅有塘山的一段高垒，显然已经拦不住了。共工大鲧建议在古上顶的西北再建几条大坝，或可有用。第二件是攻打花厅王国。作为良渚的进贡国，花厅王国是越来越不安分了。已经连着两年借口灾荒没有按期朝拜与进献，明显在挑战他的忍耐底线啊。他决定年内出兵花厅国，让他们见识一下良渚国的拳头，并借此机会扩大疆土，添增资源。

这两件大事并举，其难度唯有神知，亦唯有神助！现在他只能放手一搏了，在这个弱肉强食的世界上，做大做强，良渚国方可高枕无忧。

对于他攻打花厅王国的计划，夷吾并不是很赞成。夷吾主张与民休养生息，务农养蚕，饥有食，寒有衣，方为治国正道。兵刃血光，都是不祥之兆，不会得到神的护佑的。而且，战乱不只扰乱民生，还会使民心涣散。国与国之间，能不动干戈就不要动干戈。夷吾曾多次对他说：

"保全百姓的力量，克制自己的欲望和贪念，这才是好的君王啊！"

淳于王认为，对于敌国，是逆水行舟，不进则退，该出手时就出手，方能永立于不败之地。

27

很长一段时间，莫角山这个大土墩就是一个普通的小山丘。新中国刚成立时，人们在上面栽种了大片的果树，后来名气越来越响，大观山水果成了闻名杭州地区的果类品牌。立于绿草丛生的大莫角山之上，最远处是天目山脉，近一些有位于东北部和西南部的两座自然小山——雉山和凤山，再近处是河道、水面与大片绿油油的稻田，良渚古人逐水为生、筑土为居的生活特征以鲜活的形象呈现开来。

以北京为起点、纵贯中国东部南北的老104国道，在这里穿越莫角山，经瓶窑、良渚，一路往南直到福州。当时，无论是开车驶过的旅人，还是在果园里劳作的当地居民，甚至在周边反山、瑶山等重要遗址参与发掘的考古人员，都未曾意识到，他们脚下的这片土地，沉睡着一度繁盛灿烂的史前文明。

在反山、瑶山、汇观山等一系列墓葬、祭祀场所发掘完成之后，研究者开始寻找墓主的生活场所，这时位于反山东侧的莫角山成为注意的目标。事实上，如果稍加留意，早在20多年前莫角山的秘密就应该被发现。

1970年，一位杭七中下放大观山果园的杜老师，在地里劳动的时候捡到几件陶器和石器，交到文物部门，鉴定为新石器时期遗物。1年后，当地一个农民在遗址西南的桑树头建房时，掘出两块玉璧和几件石钺，上缴给了考古部门。后来又有村民在土丘上开农田，为了解决水源问题，挖了一些水沟和水塘。据说挖的时候取出了大量的沙土，沙土下面是青黑色黏土，黏土里还发现了方形的木构件。如此，上天已经提醒了三回。然后到了1977年冬天，苏秉琦先生路过此地，站在老104国道一侧的大观山果园门口，说了句意味深长的话："古代的杭州就在这里。"石破天惊！可惜没人听懂。

白驹过隙，转眼10年过去。1987年，104国道在莫角山的一段需要取直加宽，为了避免伤及这里可能埋藏的古遗址，考古所杭天旭带着考古小组在莫角山东南角做了一个考古挖掘。挖开表土层之后，他们惊奇地发现，下面是大片的红烧土。当红烧土清理出一定的厚度时，一干人开始疑惑了：这种大块红烧土夹杂炭灰层的堆积究竟是什么遗存呢？是倒塌的建筑物还是窑厂？后来他们发现面积很大，要是全部挖出来可能就是个大坑。杭天旭初步推测，这是一个燎祭场所，良渚先民曾在这里多次举行祭祀活动，长年累月渐渐形成了这样的堆积。

一段时间的勘探之后，他们在遗址上发现了一处面积超过1400平方米的大型夯土基址和另一处留有三排大柱洞的夯土基址。三排大柱洞，排间距大约1.5米，柱洞里面还有半米深的木柱灰。更让人激动的是，遗址上还有一些数米长的大方木，和好几处明显火烧过的大量土坯堆积。这说明这个大型台址上曾建有规模空前的巨型建筑物！可以想见，当年它那高大雄伟的形象，足以令人望而生畏。考古队员们初步断定，沿着沙土广场，在南面、东面，是东西成排、南北成列的9个房屋，每个房屋的面积在200—500平方米之间，极有可能是一片王城宫殿，住着整个王族。三个高台中，大莫角山上的宫殿位置最高，应该就是这些宫殿里地位最高的主殿。所以，它面向的沙土广场，也应该是宫殿里要举办重要仪式的时候会用到的广场。"王"就是在大莫角山的宫殿，接受百姓在沙土广场上的朝拜。

在莫角山东坡的生活垃圾中，他们发现了约2.6万斤的炭化稻谷，推测是两次宫殿区粮仓失火后的废弃堆积。后来他们在莫角山南部的池中寺台地，又勘探出一片面积超过10000平方米的炭化稻谷堆积，通过试掘和植物考古分析，了解到其中共包含了30多万斤的炭化稻谷。良渚古城有如此巨大的粮食储存量，说明当时的城市人口和郊区村落的稻谷产出能力都已经达到了一个相当大的规模，真正让人叹为观止。

这天，吴勇把杭天旭叫到一边，很有几分神秘地说："杭老师，我觉得池中寺很可能是古城的一处大型粮仓。"

"何以见得？"虽然来的时间不长，他已经有点喜欢上了这个北京男孩。表面上他似乎什么都不在乎，实则对考古有着很大的探究热情，而且颇具内秀。

"您想啊，这么多的稻谷放在一起，不是粮仓是什么？"

"说得也是啊。只是就算是粮仓又怎么样？"杭天旭竭力忍住笑。

"当然不一样啊！莫角山是座'城'还是'城市'就取决于它有没有'市场'。目前发现的上古大遗址如陶寺古城、石峁古城、两城镇遗址、石家河古城、二里头古城、殷墟遗址等，都还没有发现市场。市场这种事情，如果没有度量衡器具保留下来的话，光是一片空地，你怎么确定它是市场，而不是广场？但是，如果一片大如广场的空地，它一边有交通干道，一边有大型粮仓，或者还有许多仓库建筑，你很难否认这个广场一般的大型空地也会具有集市、买卖的功能吧？我的意思是，如果池中寺是粮仓，就说明良渚不光是座'城'，还是座'城市'。"

"嗯，有点道理。只是现在的问题是，如果莫角山是良渚时期一座体量巨大、高耸威严、具有王城性质的特殊之城，那么，这个城的城垣在哪里？"

吴勇沉默了。是啊，他们一直寻而不得的城墙何时才能露面呢？

但是，对于满怀虔诚之心的人，上天一般是不会辜负的。2007年，一座面积达290万平方米的良渚古城终于赫然出现在世人面前！

28

薄雾渐散，晨曦初露，鸟儿鸣叫，青石板路上开始有了人声。沿路而上，一家家铺面的门板被卸下，木器坊、玉器坊、石器坊、陶器坊、骨器坊都在开门迎客了。

街上，远远走来一对年轻的男女。男的腰板健壮，胸脯厚实，眉宇间有一股英气。女的长相秀美，玉肤粉腮，嘴角上扬，似乎总是在笑。这是阿牛和蒲姑。阿牛领到第一笔月贝，想给蒲姑买个礼物。蒲姑得知后一定要跟他一起去挑。阿牛便趁着宫里放闲带蒲姑去逛集市。

王的宫殿的东面，有一条钟家港河，是城内的南北主干道。作为古城重要的交通枢纽，这条河用木桩、竹篱笆，有的地段还垒了石头来护岸，治理得极为工整。这条河的东岸便是古城里规模最大的手工业作坊区。一条街，一家连一家，都是店铺。

蒲姑曾经跟着夷吾来这里挑选玉坯料，对这一带的店铺和店主很熟。在漆木器作坊，他们看到工匠正在做木盆。他用一大块木头，先在面上画好线，然后就拿着锋利的石刀一点一点往里掏。骨器坊里一个年轻人两手拿着一根细麻绳正在切割一只牛腿骨，他要用这个牛骨头做个梳子。良渚人不论男女都蓄长发，梳子是生活必需品。

因为经常来，玉器作坊的人都认识蒲姑了。他们恭敬地给她和阿牛拿来松软的蒲团和解渴去乏的羹饮。玉器作坊的生意很好，良渚的玉器已经声名远扬，常常接到外地的订单，所以他们手上的活儿总是很多。

蒲姑告诉阿牛，燧石片很锋利，用来刻画玉器的阴线之类细微处绝佳。玉钻芯是钻玉剩下的边角料，可以制各种小饰物。父亲夷吾通常是在这里挑选料质上乘、已经切割好的玉料坯进宫，由宫里的玉师进一步打磨雕刻，制作王宫专用和国王赠予其他进贡国的高端玉器。

"工匠们不只在这里干活，吃住都在王城里。"蒲姑说。她带着阿牛穿过作坊的过堂，就来到了后面。原来在这些店铺门脸房的后面，都连着茅草屋，那就是工匠和他们的家人居住的地方。茅草屋一般用竹骨抹泥的墙面隔开几个小间，分作不同的功用。做饭的房间里有土灶和各种陶炊具、食器。"只有通过了技能考核的工匠才能住进王城。"她让阿牛看作坊门口挂着的一块竹片，上面刻着良渚国的徽章——神人兽面神徽，这是官府出具的合格证书。

街的尽头有一个很大的集市。各作坊产出的成品，和居民巧手编制的手工艺品，比如竹编的篓、席、匾、筐等，以及周边乡民自家地里收获的蔬菜、水果，和饲养的家禽家畜都在这里交易。由于是古城里唯一的集市，而且一旬开市一天，这里人流如织、熙熙攘攘的，成交量很大。蒲姑尤其钟爱玉饰，但她知道阿牛的月薪只有五个货贝，还要给婆婆买日用品，所以她千挑万选，最后选中了一只小小的玉鳖。玉鳖的壳鼓鼓的，头和四肢从下面伸出来，背上一个牛鼻形隧空，一条红丝线穿孔而过方便挂在颈上。虽然玉料并不是很好，但做工精细，是一只圆雕，非常灵动可爱。蒲姑生来对鳖有一种特别的感情，鳖水陆两生，喜欢在安静、干净的水域里活动，风平浪静的日子，就趴在岸边晒太阳，天冷了它就美美地睡上一大觉，一直到天气转暖之后才伸个大懒腰醒过来。蒲姑觉得鳖的这些习性跟她天性里的某些东西很契合。

阿牛帮蒲姑戴上玉鳖小挂饰，顺便在蒲姑粉嫩的脖子上亲了一口。"讨厌！"蒲姑往旁边一躲，笑着跑开了。回来的路上，阿牛好像突然想起了什么，变得烦躁不安，很少开口，跟来时判若两人。后来蒲姑也注意到了，她知趣地闭上了嘴巴。直到把蒲姑送到宫殿大门口，阿牛才说："蒲姑，淳于王派我去监督建城墙的民工，明天开始就住在工地上了，咱俩可能要分开一段时间。"

说完并不走，蒲姑知道他还有话，就也不进门。两人默默地站了一会儿，阿牛吞吞吐吐地说："淳于王要我跟三公主成婚。"

"什么？王竟然要你娶三公主？你答应了？"

"淳于王下旨谁能违抗？你说他怎么想的呀，城里这么多贵族公子，偏偏看上我一介草民……"阿牛的话还没说完，蒲姑身子一软，晕倒在他怀里。

"蒲姑，蒲姑！"阿牛的叫声惊动了屋里的八婆和虞姑。八婆见状知道情况严重，赶紧唤来家奴把蒲姑抬进了屋。

蒲姑躺在床上，昏睡不醒。眼见三天很快过去了，她依然没有醒来的迹象。夷吾念了咒语去追魂，但是蒲姑的魂拒绝回来，他也没办法。巫界的人都知道，相对于有形的肉体，魂虽无形，看不见，摸不着，却是人的真气所在。人一旦失了魂，这个肉体基本上就什么都不是了。蒲姑和虞姑的妈妈就是因为失血太多，魂散了，才离开这个世界的，因为人的魂是借住在血里面的，魂散了，再高明的巫师也招不回来。现在蒲姑的魂离开身体就飘飘忽忽一路向东飞去，显然是有意为之。

"小姐这是要去哪儿呢？"八婆百思不得其解，突然，她想起了一件事，那天黑鹞来告诉她们蒲姑爷爷的墓地被挖开了的时候，蒲姑自言自语说了一句：这事儿还得想个法子彻底解决才好。莫非……

29

加拿大蒙特利尔，万光明坐在书房里查资料。他今天没课，不用去学校，在家备课。太太跟朋友去学插花了，整栋房子里只有一只老猫安静地趴在他的脚边。书房朝向东南，清晨的阳光透过窗前的那棵小枫树在书桌上洒下星星点点的光斑，岁月静好。

他有点心不在焉，推开参考书，拿起边上还散发着油墨香的《中国姆娘》。

昨天收到麦秸来信，告诉他一个好消息：她的英文小说《中国姆娘》获得福克纳小说奖！这太让人兴奋了。福克纳小说奖是一项国际文学奖，很多作家以获此奖为荣。它是由美国文学史上最有影响力的意识流文学代表作家威廉·福克纳用他在1949年获得的诺贝尔文学奖的奖金设立的，以此支持和鼓励年轻的小说家。与同时代的另一位美国作家海明威相比，福克纳将人与现实的关系处理得较为缓和。上大学时，他读过福克纳的代表作《喧哗与骚动》，结构复杂，晦涩难懂，对读者的耐心是极大的考验。但作者把错综复杂的结构衔接得天衣无缝，仅这一点也堪称小说创作技巧教科书了。

从麦秸的信里，万光明能读到她此时的心情。麦秸结婚后就不教书了，随先生在温哥华定居，成为专职作家。自从杰瑞去了中国，自己应聘了麦吉尔大学的教职，在魁省这个加拿大的特区落户，他们三个见面的机会就少了很多。每次收到杰瑞和麦秸的信，他都会想起童年的往事，和属于他们共同记忆的那个遥远的东方古国。普鲁斯特在《追忆逝水年华》里说：当一个人不能拥有的时候，他唯一能做的便是不要忘记。在万光明的人生中，那个遥远的国家注定只能是隔海相望了，但这并不妨碍它在他的记忆里占有一席之地。他把自己的研究课题锁定在中国的商周，不能说一点私心都没有。

这本《中国姆娘》签名书是麦秸随信寄来的。封面上是奥特曼牧师一家在良渚时跟姆娘在一起的一张合影。年代久远，照片有点模糊，那时麦秸只有五六岁的样子，穿着中国农村孩子很少穿的连衣裙。他们的身后，是教堂的建筑，背景是连绵的群山。王奶奶系着西湖区农家妇女常戴的蓝花头巾，脸上的笑容很慈祥，有着中国南方妇女的娟秀贤淑。

说实话，这本书让他对麦秸刮目相看。过去他以为麦秸只是一个美丽、温顺、单纯的女孩子，没有什么深刻的思想。麦秸虽说长得漂亮，却丝毫没有漂亮女孩的虚荣。她穿棉质的宽松长衫，牛仔裤，白球鞋，金色长发随意一束。她不爱说话，不喜交友，手捧一本书能坐一下午。平时在家里，屋里屋外满眼晃的通常都是他和哥哥杰瑞。他是杰瑞的小尾巴兼应声虫，凡事跟杰瑞一个腔调。对麦秸，则有点排斥，有时候还因为她跟哥哥待在一起太久而心生妒意。麦秸对两个哥哥，却是非常体贴。大学期间，每逢节假日她总不忘把他俩叫到她的住处，自己动手做一顿丰盛的中餐给他们吃，聊聊各自的生活。谈到一些比较重要的话题时，还很理性地帮着分析。

父母远在非洲，麦秸用女孩子的细心代替母亲照顾两个哥哥，他对此一直无感。大学最后一年，交了女友，心理比较成熟了，他才意识到，这么多年，麦秸对自己一直有着很深的兄妹情谊，是自己太缺乏男人的担当，从此开始对麦秸多了一些关注。但这个时候麦秸已经成为多伦多小有名气的作家。长时间的写作让她变得更加沉默，他已经很难走进她那颗女孩子细腻敏感的心。所以他对她的内心世界了解很有限。

前些年他向中国同行打听过麦秸的姆娘王奶奶的下落，杰瑞还为此特意去了一趟杭州，答案让人沮丧：抗日战争时期，生活动荡，颠沛流离，老人家在一次跑反的路上病倒了，没有及时得到医治，溘然长逝。他和杰瑞保守了这个秘密，没敢告诉麦秸，怕她承受不了这个打击。但是，他想，人总是要长大的，我们都是成年人了。成年人应该明白，人就是在一个接着一个的告别中走向生命的终点的。他打算近期就给麦秸回信，祝贺她获奖，同时告诉她姆娘已经离去的现实。

他打开麦秸随信寄来的书，先盯着作者介绍上麦秸的头像看了几分钟，第一次发现麦秸眼光深邃，美丽的脸上有种圣洁的光。然后翻到第一页，上面是两句卷首语：

我的中国亲人啊，你们养育我，呵护我，引导我。我永远是你们的一部分，你们也永远是我的一部分……

他心里一动，突然明白了刚搬去温莎的时候，麦秸为什么总喜欢一个人坐在窗前，双手托腮，呆呆地看着窗外。有一次他悄悄站到她身后，顺着她的目光看去，那里什么都没有。他问她：你在看什么？麦秸成人化地耸耸肩，说：well，告诉你你也不会明白的。去享受你的无忧无虑吧。他挺无趣地走了，现在想想，麦秸当时一定在想念她的姆娘吧。

下面是代序：

姆娘是我家的保姆，但我们习惯叫她姆娘，因为在我们心里，她就是我们的家人。我和哥哥都是姆娘带大的，姆娘几乎就是我们的另一位妈妈。姆娘虽然只是良渚乡下的一位普通妇女，但她识文断字，懂得的道理一点也不比我做牧师的爹地少。生活知识就更加丰富了，很多时候连我的爸爸妈妈都要向她请教。姆娘像当时中国的大多数妇女一样，裹小脚，但走起路来却如风吹过，我们跑着都未必能追得上。听妈咪说，姆娘是大户人家的女儿，嫁的也是有田有地的好人家。后来夫家不幸惹上了一场官司，家道中落。为了补贴家用，姆娘不得已来我家做保姆。

姆娘来了之后，每天的三顿饭都由姆娘做给我们吃。姆娘熬的小米粥，姆娘蒸的蜂糖糕，姆娘做的青团，无一不是我的最爱。每次我都要吃到撑。姆娘还会做非常好吃的杭帮菜。她用山里的竹笋煮咸肉，用地里挖的荠菜包饺子，还用我家后院种的韭菜包春卷，每一样都鲜美无比。姆娘跟我说过，在娘家当小姐的时候，家里的饭都有用人做，她一点都不会。嫁了人，夫家败落了，不得已学会了做饭。学会了做饭才知道，一个女人一定要会做饭，才算合格的女人。厨房的温度就是家的温度，女人对家的爱全在一饭一汤里。我爱上厨艺，就是受姆娘的影响，一招一式，全都是姆娘教的。

原本以为姆娘会跟我们在一起直到老去，那时候我们就可以照顾她了。没想到我 8 岁的时候，中国发生了战争，我们一家不得已回到了加拿大，姆娘不放心她的儿子和祖屋，执意不肯离开。那一别，就是几十年。时间并没有冲淡有关姆娘的记忆，反让我对她的思念愈加深切。我想，提起笔，写下我心里的姆娘，大概是救自己于这种思念的唯一办法吧。

30

古城墙的发现纯属偶然。

2007 年，莫角山遗址发掘之后，需要安置从宫殿区迁出的村民。当地政府划了瓶窑镇葡萄畈村的一块农耕地给他们。那块地的旁边有个小池塘，紧挨着这块地的东边有一段南北走向、40 多米宽的高垒，垒上面有房屋也有耕地。

为了防止建房时破坏埋在地下的文物，良渚工作站派出吴勇、艾优及几位负责拍照和处理的考古队员，按照惯例对这个地区先行勘探。吴勇不想耽误老乡们建房，特意雇了几个民工想快点完工。

就在他们探完征地范围，准备离开的时候，吴勇在安置地靠近高垒的地方挖到一块玉的下脚料。根据经验，底下有玉的下脚料，垒上很有可能有一个玉器作坊。吴勇知道，玉器作坊对良渚的考古研究有很高的价值。但是来之前管委会明确交代过，征地范围只有高垒西侧的土地，高垒不在征收范围，所以千万不要挖到高垒上去。

他赔着笑跟垒上的农户商量："大爷，您这个菜地就让我挖一下呗，损失多少钱您出个数，我一分不少赔您。就挖开看看，完了还给您填回去，原来种啥还种啥。"农民老乡被他磨得没脾气，只好要了两百块让他挖。

就这样一路挖下去，出乎意料的是，吴勇并没有发现他预期中的玉器作坊。除了黄土，只有底部的一堆石头。一般考古队员遇到石头、黄土这种深土岩层的东西，都会放弃进一步挖掘。吴勇站起身，突然注意到石头的棱角很规则，明显是人工开采的。"而且为什么是黄土，而不是这一带常见的灰黑色的淤泥？难道石头和土都是人工从外面搬运过来的？"

因为当地经常发洪水，大家当时比较一致的意见是这就是河堤遗址。可是，挖着挖着，他们越来越怀疑当初的判断。4月下旬，这个黄土加石块的南北向一段完整露面：南端到凤山，北接东苕溪，全长1000多米。"总不会是城墙吧？"吴勇脑子里刚浮出这个念头，就被自己否定了。

就这样到了6月初，他们又在莫角山北侧的河池头村，发现了一段东西向、底部铺垫石头的遗迹；9月中，西起苕溪、东接雉山的一段也找到了；10月下旬，莫角山东侧发现了相同的遗迹；11月上旬，在莫角山南侧发现又一条底部铺石块，大量黄土夯建的遗迹。这个石块加黄土的建筑组合围着莫角山形成一个圈！一干人恍然大悟：这就是良渚古城的城墙！

按照城墙的线路，前段时间发现的反山墓地、钟家港河道手工作坊区、池中寺粮仓等等其实都是在以莫角山遗址为中心的一座古城里。古城总面积达290万平方米，跟北京的颐和园差不多大。城墙部分地段残高4米多，做法考究——底部先垫石块，上面堆筑纯净的黄土，夯实，宽度达40—60米。根据城墙中出土的陶瓷碎片，他们判断这座古城的年代不晚于良渚文化晚期，也就是说，距今4000多年以前。

城墙，是文明社会的重要元素。良渚文化距今5300—4300年，这个时期，目前中国大地上发现的古城有60多座，小的只有10多平方米，大的为280万平方米，面积达290万平方米的良渚古城，是最大的。

中国现存最完整的古代城垣——明朝洪武年间建造的西安古城墙，底宽也只有18米，顶宽只有15米。一些专家认为，如果这座占地290万平方米的古城背后意味着一个良渚古国的存在，那它将是夏商周之前更早的一个朝代，因为和文字一样，"城"也是区分氏族社会和文明社会的一个重要标志。著名考古学家、北京大学教授严文明这样评价古城：这是目前中国所发现同时代古城中最大的一座，称得上是"中华第一城"。它改变了原本以为良渚文化只是一抹文明曙光的认识，标志着良渚文化其实已经进入了成熟的史前文明发展阶段，是继20世纪河南安阳殷墟发现之后中国考古界的又一重大发现。

从地图上看，良渚古城的格局十分清晰，略呈圆角长方形、正南北方向，城垣矗立在莫角山四周，拱卫着莫角山，衬托着莫角山，使得这个国家级别的统治中心更加庄严和高贵。

更令人惊叹的是，建城的位置充分利用了周围的自然环境，明显经过精心勘察与规划。古城的南面和北面都是天目山脉的支脉，南北与山的距离大致相等，

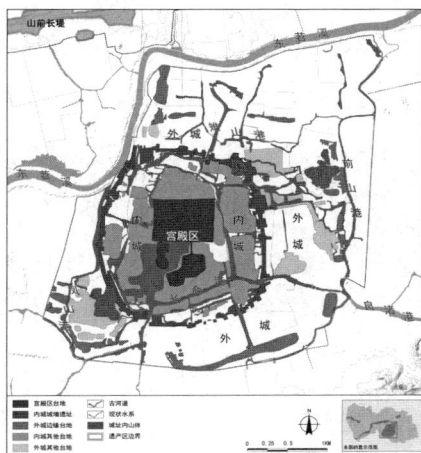

良渚古城示意图

良渚古城规模宏大，建造于距今5000年前的新石器时期，是中国长江下游环太湖地区的一个区域性早期国家的权力与信仰中心所在。在陕西神木石峁遗址发现之前，它是中国最大的史前城址，一直被誉为"中华第一城"。良渚古城在空间形制上展现出的向心式三重结构——宫殿区、内城与外城，成为中国古代城市规划中进行社会等级"秩序"建设、凸显权力中心象征的典型手法，揭示出长江流域早期国家的城市文明所创造的"藏礼于器"和"湿地营城"的规划特征（浙江省文物考古研究所供图）

东苕溪和良渚港分别由城的南北两侧向东流过，凤山和雉山两个自然小山，则分别被用来作为城墙西南角和东北角的制高点。

根据计算，古城墙在莫角山四周的田间延绵超过了6公里，但由于年代久远，许多地段已被破坏。只有保存较好的北城墙还有一段残墙，这段城墙4米多高，靠外墙的石块明显比内墙的大，依稀可见当年非凡的气势。古城城墙的厚度同样十分罕见。除了南城墙略窄，40多米宽外，其余三面城墙都有60多米宽。古人为何要筑这么厚的城墙？如果是为了御敌，不是应该尽量往高建吗？

为这个，吴勇特意请教了杭老。杭老的解释是：城墙的发展有一个过程，像长城是用砖石砌成的，下宽上窄，只有十几米宽，明城墙差不多也是这个厚度，良渚古城地处沼泽地边缘，地基比较松，因此要用石块做基础，然后再在上面夯黄土。这些黄土不容易纵向定型，加上南方多雨，所以土筑城墙的壁面不可能很陡很高，最终堆起来的可能只是一个缓坡。仅靠这种缓坡状的墙体本身要想完全阻挡外敌的进入不太现实，所以我认为真正起保卫作用的应该是墙体上的辅助设施和大量人员，这也可以解释城墙为什么要建这么宽。

31

秋高气爽，修筑城墙的工程破土动工了。

工地上人山人海，这些都是征来的青壮年民工，因为是秋收农忙时期，各家都不愿意派人，阿牛手持石钺挨家挨户连哄带吓才抓来这些人。在国家利益至上的淳于王时代，谁敢抗旨？

筑城墙是个很大的工程，围着古上顶要建一圈，他负责的这一段是北墙。他把征集来的乡民分成三组，第一组负责从山里采石料。阿牛发现大遮山脚下的水塘附近有不少散落的石块，有的半截埋在土里，有的完全在表土上，用手或者石铲很容易就挖出来，就让村民们把这些石块装在大麻袋里搬到河边，由第二组民工用宽竹筏运到城墙工地，第三组就是工地上的这些人，负责挖沟取土，在地上铺设一层石块后，再把沟里挖出来的土一层层夯上去。

从各处收集运来的石块堆在一起，成了一座小山。阿牛正在按照区域需要分配劳力，突然听到不远处传来吵闹声。原来是一个民工晕倒了，横躺在路上，篮子里的石块散落一地，监工喝令他起来，没见对方反应，抡起木棍就打。正打在那人的头上，顿时血流如注。监工起初并没在意，谁知周围的民工慢慢围拢过来，都用仇恨的目光盯着他，就有点心虚了。为了吓退围观者，也为给自己壮胆，他故意大声对手下说：拉下去杖责，以后有谁消极怠工的，同此惩处。话音刚落，就听人群中有人叫道："累晕了还要挨棍子，我等草民还有没有活路了？此时不反更待何时。兄弟们，上！"

那些围观的民工有的操着扁担，有的抡起石锤，有的拎着装石块的提篮，手上什么工具都没有的从地上抓起个大石块，把监工紧紧围住。最前面的壮汉冲上去，率先给了一拳，把刚才还气焰极盛的监工打倒在地，后面的人一哄而上，拳头、棍棒、石块雨点一般落在监工的身上。

眼见那监工被打得皮开肉绽，教训得差不多了，阿牛上前拦住民工，一边对先动手的壮汉使了个眼色，说："老乡们请住手。把监工打一顿最多出出气，于事无补。我们只是执行淳于王的指令，大家有什么要求可以告诉我，我负责向上通告。这位民工兄弟我马上派人给他包扎好，让他安心休息。现在请乡亲们都回去干活儿吧，再耽搁今天的进度就完不成了。"壮汉说："既然阿牛总领这么说，相信可以妥善解决的。咱们先去干活儿吧。"

人群散开了，晕倒的民工也被同伴们扶到边上休息了，阿牛却感觉脑子里很乱。他现在的身份是王宫侍卫，也是淳于王最为看重的城墙工程的小头目，理应站在监工一边。可是他同时又是农民的儿子，深知这些村民活着不易。天气越来越寒凉了，每年地里产出的稻谷都在减少。东海的水位一年比一年高，暴雨和山洪再也不能像从前那样顺畅地排出去，洪涝便越来越频繁地发生。村民们连口粮都成了问题，每年交给淳于王的粮食却一粒也不能少。想让百姓像过去那样拥戴他们的王似乎越来越难了。

王宫里，一个家奴连滚带爬地跑进来，向淳于王报告：监工打了那个昏倒的村民，激起了民愤，那些人把监工按倒了拳打脚踢。

"阿牛什么反应？"淳于王似乎并不在乎那个监工的死活。

"阿牛总领阻止了他们，还劝他们赶紧回去干活儿。"

"哦，那就好。继续盯着。你下去吧。"淳于王像赶蚊子一样，挥挥手。那人磕了一下头起身离去。

家奴刚刚离去，宫卒迈着碎步来报告："大王，大理句末来了，在外面候着呢。"

"快请他进来。"淳于王神情一振，放下手里的中药汤罐。

句末是一个干瘦老头，个子虽不高，但因为不苟言笑，却也有股子威严。大理负责民事诉讼，遇到的都是些麻烦事儿，也难怪他不开心。

"城墙工地聚众闹事的事情，你去查探一下，在场起哄的都抓起来杖责五十，领头羊关牢狱。本王倒要看看以后还有没有人敢抗旨。到了那里之后，找阿牛带你去抓。"

32

下了一天雨，吴勇他们没去工地。老乡家的几个桌子都被这几个入侵者占领了。吴勇拿着个计算器，正算得来劲，艾优踱着方步过来了："吴队，你忙什么呢？我怎么看书都看累了。"

"我在算建这个城墙需要多少劳动力。先看垫石的运输。良渚文化时期轮式交通工具尚未出现，目前我们已经发掘了独木舟和竹筏实物，我分析他们使用的是竹筏，竹筏浮力强，吃水量少，平衡性能好，水上行驶又稳又安全，而且就地取材、制作简便。良渚人没有理由不用竹筏……"

眼见艾优想开溜，吴勇赶紧拉她坐下，还有点讨好地从口袋里掏了颗大白兔奶糖塞她手上。然后指着面前纸片上的一堆公式讲解道：

"你看啊，这是我算出来的竹筏的最大载重量：假设筏竹直径为12厘米，长8米，竹筏全部没入水中时，每根竹子的浮力为90公斤左右，如果采用20根竹子捆扎，总浮力为1800公斤，减去竹筏自重，每张竹筏的最大载货量当在1400公斤左右，实际应用时为安全起见，大约为1120—1260公斤。如果把10根竹子绑扎的竹筏称为单筏，20根竹子绑扎的竹筏称为双筏，那么单筏的载重跟古城南墙三号块面的石头重量吻合，双筏的载重跟南墙一号、二号块面的石头总重吻合。所以，我的结论是：用于良渚古城垫石运输的工具是2米多宽、8米来长的双筏，偶尔使用单筏。

"有了这个之后，我们就可以对古城铺垫石采运投入的用工数进行估算。良渚古城周长6000米，石块铺的底宽40—60米，我们就取平均宽度50米吧，那铺石总面积就是30万平方米。以双筏一次的运载量对应平均铺筑面4.5平方米计算，共需运载6.7万次。从大遮山石块采集点到古城西墙的中间位置，水路距离4—5公里。竹筏的速度，按顺水速度每小时2.5公里算，则满载状态下平均需要1.6—2小时。假设回程空载逆行时间一致，那每个运输周次的平均耗时为3.6小时。加上人工采集和把石块肩挑手搬从山脚下运到河沟的竹筏上的时间4.6小时，和卸船后运到铺装地的1小时，每个筏次总的耗时为9.2小时。"

听到这里，再对照摊在面前的纸上写着的"4.6＋3.6＋1＝9.2"，艾优才知道这几个数字是什么意思，恍然大悟地点着头。见她貌似听明白了，吴勇信心大增，接着说：

"前面说过，整个城墙铺垫石面积大约30万平方米，以每竹筏运输周次平均铺装4.5平方米算，需要6.7万筏次，而每筏次耗时9.2小时，则共需61.6万工时，以每工8小时算，需要7.7万工。"

"我的妈呀！吴同学你选错专业了吧？你怎么不去数学系呀？"艾优显然被吓坏了，她一个学考古的，啥时遇到过这么复杂的数学问题。上高中时她最头疼的就是应用题了。

吴勇得意地笑道："还没完呢。相对于铺垫石的工程，上面5米左右的墙体所需要的劳动力就更惊人了。按照城墙周长6000米，底宽50米，高度5米，坡比1∶2，我算出来墙土总量为120万立方米。这些土全部要从其他地方挖了搬运过来，夯筑到土堆上。

"根据钻探，整个古城内的地面都经过铺垫。我估计这部分堆筑土的工程量可能接近600—700万工。所以古城及外围系统光是土石方工程这一项就需要近2000万工。假设参与建设的人数为10000人，每年工作日算足365天，需要连续不断工作5.5年。事实上，一般农村兴修水利之类的工程，都是利用冬春农闲间断完成的。而且杭州地区雨季并不适合施工，所以我们可以假设每人每年农闲时间参与古城建设100个工作日，那10000人完成土石方的时间需要20年。因此可以说良渚古城系统，是一个经历几十年建设完成的庞大工程。"

"吴队你饶了我吧。我脑袋都快爆了。"艾优抱头逃窜。

"艾优你回来！别以为做考古就可以不懂数理化，考古需要各种知识储备，否则就算有重要的文物放在你面前你也不认识。杭老的话你忘了？"

"所以我没选科技考古！"艾优把自己反锁在房间里，任凭吴勇怎样大叫敲门，里面没一点动静，估计真的是被吴勇的演算吓坏了。

第五章

温莎　1939　信仰的力量

33

2009年金秋，素有天府之国美誉的成都市迎来了一批特别的客人。这群人看上去真的是五花八门，有黑头发黑眼睛的中国本土的考古学者，也有金发碧眼来自欧美的人类学家，有研究历史、艺术史的教授，也有作家和艺术家，有两鬓染霜的老者，也有正值盛年的年轻人，个个西装革履，气宇轩昂。他们是成都平原考古调查团的成员，应四川文物考古研究院之邀，来这里对成都平原社会复杂化进程进行调查研究。从2005年开始，这个由北京大学和成都市文物考古研究所共同发起的活动，已然成为各国考古学者商讨切磋、交流展示的狂欢派对。

这一期有一个GIS培训班，这是一项数据模拟技术，考古学家们正试图把它用在遗址分析定位上。吴勇在写着自己名牌的位置坐下来，眼角的余光扫过邻座，见是一位满头银发的老者，不由在心里赞叹道：这个年纪还在学习，真让人佩服。再一看名牌，加拿大麦吉尔大学万光明。看来是位亚裔考古学家。

"各位先生、女士们，现在我们以郫县古城和鱼凫古城为例，看一下如果把钻探获得的文化信息和田野调查时采集到的遗物制作成数据库，用数据库管理和分析，然后再把分析所得的结果运用地理信息系统软件（Arc GIS）在地图上直观地显示出来，会是什么样子。"讲员很年轻，讲一口带有美国口音的英语。直接、明了，很合吴勇的胃口。

十点钟茶歇时，吴勇和万光明目光相遇，点头打个招呼，就算认识了。

两人端着咖啡聊了起来，吴勇说："我很好奇如果按照今天讲的用良渚的地图做个高程模型不知道会有什么发现。"

"你是从良渚来的?"万光明的眼睛一下子亮了起来，

"哦，我是浙江省文物考古研究所的吴勇，专门做良渚遗址挖掘的。"吴勇伸出手。

"万光明。"万光明也伸出手，"良渚可是中国近几年的考古重镇哦!"

"是啊，从1938年施昕更前辈发现良渚黑陶算起，我们浙江的考古工作者苦苦挖掘了70多年了，也该水落石出了。"

"我跟良渚算得上有渊源呢。"万光明微笑着说道，"杭天旭先生现在还在你们所吗? 我们是老朋友了。"

"您不会就是那位送我们美国飞虎队图片的考古学家吧? 杭老常跟我们说起您呢。"吴勇没想到杭老经常念叨的加拿大华裔考古学家就是他的邻座，真是太巧了!

"小事一桩，不足挂齿。我1995年去良渚替我养父捐赠良渚玉器时，是杭天旭先生负责接待的，我们成了很好的朋友。回国后恰好因为研究需要我解密了几张美国飞虎队1946年抗战胜利后拍的良渚航片，就寄给了杭先生。回去见到杭先生代我向他问好。"

两人边走边聊，回到教室继续听课。

34

晚上，在酒店一楼的酒吧，吴勇正在跟加拿大华人万光明聊天。万光明为吴勇和自己要了两杯威士忌。

"勇，要是我告诉你我是浙江人，你信不信？"说完这句话，万光明故弄玄虚地停住了，笑眯眯地看着面前这个一口地道北京口音的年轻人。没想到吴勇比他更有定力，只是满怀期待地等着，并不追问。万光明赞赏地点点头，继续说：

"我老家在瑞安。良渚遗址发现人施昕更先生在瑞安时就住在我家里。"

"这怎么可能？"这次吴勇沉不住气了，他想象力再丰富也没办法把眼前的万教授跟施昕更前辈联系起来。

"现实就是这么奇妙！当时我只有7岁，刚刚开始记事。记得每天下班，施先生都要跟我玩一会儿才去看书。他耐心地给我讲解他的出土古物，告诉我，良渚的先民用豆、盘、盆盛放肉类、蔬菜和水果，用钵和碗盛米饭，跟我们今天很像。他还说，古人宴请时咸菜之类的小食品都用豆来盛，所以出土物里，豆是最多的。阿公说，连我的学名都是施昕更先生起的呢。施先生说孩子马上要上学了，不能叫毛头，要起个学名。还说希望我长大后，中国已经结束战乱，民众生活在一片光明的世界里。"

吴勇完全被吸引住了："那你为什么后来去了加拿大呢？"

"这个可就说来话长了。那是1939年，中国的抗日战争时期，我阿公把生病的施昕更送进了瑞安医院。眼见病情越来越重，治愈的希望越来越渺茫，施给他父亲写了一封信，我阿公去邮局帮他寄信。之后，一切就都向着不可控制的方向偏离。"万光明眼睛像蒙了一层雾，沉浸在对往事的回忆里……

出了医院，老万一溜小跑来到瑞安邮局。邮局的工作人员告诉他，现在北面的城市都已经沦陷，邮政时断时续，已经没办法保证能寄到良渚了。如果信的内容很重要，不如去车站看看还有没有去良渚的车，没有的话一路搭便车送过去也比邮寄更保险。老万想了想，决定还是去一趟良渚，以求万无一失。他赶回老屋，从邻居家接到小光明，又把家里以备不时之需的银圆都揣上，就动身去良渚面请施老先生。走时想了一下老人家见到儿子的书一定很高兴，顺手把施昕更送他的那本《良渚》也放进帆布包里。收拾好东西，一刻不耽误拉上小外孙就往车站奔，受人之托，性命攸关，他不敢怠慢。

老万的老伴去世早，几年前唯一的女儿也丢下孩子跟外地来的戏班子里的角儿跑了。他跟小外孙相依为命，在巷子口摆了个香烟摊挣点小钱，日子过得紧巴巴的。祖上留下来的这处老宅，有一个堂屋，两间睡房，邻居劝他把空出来的那间租出去，还领来一位年轻的先生。从那以后他多了房租收入，手头宽裕多了。而且这位施先生，文文静静的，对人也和气，听说原来在西湖博物馆工作，是个肚子里有墨水的人。却没料到年纪轻轻就染上这么一个难治的病。

长途车走走停停，转了好几次车，到良渚时已是两天之后的下午时分了。往日熙来攘往的良渚镇，行人寥寥可数，街边的大多数商店都铺门紧闭，只剩一些米摊、菜摊、杂货摊还在营业。最兴旺的是当铺，战乱时期，生活困难的人家唯一救急的法子就是典当家里值钱的东西了。城里到处设着警戒线，任何人无通行证不让通过。所以没到车站，一车人就被赶下了车。

老万正琢磨去施昕更父母家该往哪边走，只听头顶上响起震耳的轰鸣声，一架飞机超低空从他面前飞过，一串炸弹随即落了下来。老万彻底呆住了，连卧倒都忘了，突然，他的胳膊被人用力一拉，他和光明一起趴在地上。

待他清醒过来，发现自己躺在床上，身上绑满了绷带，旁边小光明在哭，一个男人温柔的声音："好孩子，不要难过，阿公没事的。"腔调怪怪的，说话的显然不是当地人。

他把脸转向声音发出的方向："谢谢你！请问你是谁？我这是在哪里啊？"

"哦，感谢上帝，你终于醒了！你现在是在福音教堂里，我是奥特曼牧师。不要动，你被炸伤了，很严重。"

老万看到一张满是络腮胡子的脸，一个洋人！

低头看到胸口往外渗的血迹，老万有种不祥的预感："我是不是活不长了？"

"你还没有脱离危险。有什么事需要我帮你做的？"奥特曼牧师那双蓝绿色的眼睛里满是悲悯。

老万心一沉，说："我的房客施昕更先生在瑞安病得很重，我这次来本来是想见一下他父母，请他们无论如何去一趟，见最后一面的，没想到……"他顿了顿，抬手指了指床边的帆布包，说："奥特曼牧师，听施先生说，您是他的朋友。万一我有个好歹，能不能拜托您给老人家传个口信？如果他们生活有困难，也请您帮衬着点。还有，我的这个小外孙万光明，您就把他收养了行吗？没爹没妈的可怜孩子，阿公再一走，连个疼他的人都没了。"说到这里，老泪纵横。

"老伯您放心，我跟施先生一家很熟的，知道他父母在良渚镇上的家！我现在就答应您，口信一定带到，他们若有什么需要帮助的，我肯定不会犹豫。至于光明，您不用担心，我会让他跟我的孩子一起生活的。"说到这里，他让保姆王奶奶把两个孩子叫过来。

当看到奥特曼牧师那两个天使般的小人儿杰瑞和麦秸拉起光明脏脏的小手时，老万平静地闭上了眼睛……

35

　　加拿大，一个安静美丽的国家。温莎，就在这个国家的最南端。它与美国以汽车制造而闻名的城市底特律仅一河之隔。

　　中国男孩万光明跟随养父奥特曼牧师一家从中国回来后就住在这里。光明最喜欢的就是城市里随处可见的小湖，这让他想起自己的家乡。虽然湖里的荷花不如家乡的多，也没有小木船和好吃的菱角、莲藕，但那清澈的湖水和湖边的芦苇，都让他对这个城市感到亲近。有一天，他竟然在家附近的芦苇丛中发现了一只白鹭，惊喜万分，赶紧带了哥哥和妹妹来看。哥哥告诉他，他们居住的地区属于安大略省，是加拿大人口最密集的五大湖区，温莎周边的水系都来自休伦湖和伊利湖。而喜欢看书的妹妹还特意从社区图书馆借了一本介绍加拿大地理的书给他。书中介绍，五大湖中，伊利湖的湖水最浅，有田园风光之美。安大略湖在多伦多，是五大湖中最小的一个，尼亚加拉大瀑布飞溅直下，一路奔流至湖东岸的圣劳伦斯河。

　　周日，几个孩子会穿戴整齐，被奥特曼太太带去教堂，参加奥特曼牧师主持的礼拜仪式。礼拜一般是上午十点开始，先由教堂的唱诗班带领大家唱圣歌，赞美主恩，然后由奥特曼牧师讲道。讲的尽是些日常生活中的事情，教徒们听得很投入。来做礼拜的都是周边社区的居民。很多人本来就认识，平时各忙各的难得尽兴交谈，教会相当于给他们搭建了一个社交平台。所以每周日的礼拜时间，教堂里就像过节一样热闹。

　　教堂里每个座位的前方都有一本《圣经》和一个小信封。《圣经》是供人们听道的时候查看的，因为讲道之前牧师常常要带领人们读几段跟今天的讲道相关的经文。布道结束后，会有工作人员传过来一个黑色的布袋子，每个人把装有奉献的信封放进布袋里，然后传给下一位。这些信徒的善款，加上教会长老们的十一奉献（即年收入的十分之一都捐献给教会），用来支付牧师的工资和教堂的日常开销。

教民们彼此非常友好，谁生病了或者生活上遇到了什么困难，大家会一起为他祷告。他们相信众人一起祷告神允诺的可能性会大很多。每逢圣诞节、感恩节、复活节这些比较大的节日，教会都要举办聚餐和庆祝活动。聚餐时，每家都会带上自己家的拿手菜，做一大盆带来，放在长条桌子上。他们称这种聚餐为"potluck"，翻成中文就是便饭。当地人很钟情这种聚餐派对，来的客人各家带一个菜，主妇只需准备一些主食、饮料、碗碟、刀叉、餐巾纸就可以了，不至于太累。

教会里不少家庭都是男方工作，女方带娃持家，所以那些太太的厨艺都很了得，加上家家厨房都有大烤箱，所以长条桌上常常摆满了大盘的烤鸡翅、烤火鸡和大盆的生菜色拉，面包之类，可丰盛了。加拿大人尤其擅长做烘烤的甜点，花式品种很多，他们还会做各色水果都有的拼盘，或者色拉，配餐绝佳。家长们常常让孩子们先拿，拿完后围坐到同一张桌子上吃。小伙伴边吃边玩，特别开心。

有的时候，奥特曼牧师会邀请其他地方的圣乐乐队和传道人来讲道。每次牧师布道的时候，小孩子都被集中在另外一个房间里，由几位比较有耐心的妈妈照看。这些妈妈带他们做游戏、画画。小孩子们都很乐意跟父母去教堂。

36

除了做礼拜，他们的生活中还有一件重要的事情——学中文。每天下午两点多学校下课后，光明、杰瑞和麦秸会被校车送到当地一所华侨办的中文学校，风雨无阻。在这所学校里，光明高兴地看到更多长得跟自己相似的华人孩子。黑头发黑眼睛黄皮肤，在以白人为主的地方，一眼就认得出。

这所学校的厨房里总是准备了一大锅卤肉饭。每天他们来了先吃一小碗卤肉饭或者甜点，吃完饭，老师会领他们读一篇新课文，然后辅导他们练习写字。如果学生很快把字练好了，老师也会给他们数学题做。聪明的同学都会假装做不完，然后趁老师不注意的时候在桌下互相攻击。

这间中文学校的学生大都是华人移民的孩子，家里情况差不多——父母要上班，孩子放学后没地方去。虽说校车可以把他们送回家，但法律规定，12岁以下的孩子不能单独在家。唯一的办法是花钱上学校的课后看护，等家长下班了去接。这些中国家长看到孩子在学校的课后班主要是玩儿，什么都学不到，来中文学校至少能学一点中文和中华传统，便很积极地把孩子交到这里来。那段时间，中文学校不只是光明和哥哥、妹妹放学以后混时间的地方，它也是他们的小社交圈。虽说只是认字玩耍，社交圈并不单纯，孩子们会按照父母的来源分帮结派。香港来的孩子大多瞧不上内地来的，总找理由欺负他们。光明因为不会说广东话，又没有来自内地的华人父母，两拨人都排斥他。但奇怪的是，他们对杰瑞和麦秸却很友善。

一天课间休息时，孩子们都在小学校的操场上玩，有个香港男孩跟光明为一只篮球起了争执，指着光明的鼻子骂他大陆猪仔。光明受不了，撒着泼儿就冲过去了。两人正扭打成一团，在教室看书的杰瑞被妹妹叫过来了。杰瑞拉开两只斗架的小公鸡，把光明护在身后，对香港男孩正色说：请你不要欺负我的弟弟。香港男孩说：他才不是你弟弟呢，他长得跟你一点都不像。杰瑞说：他当然是我的弟弟，他是上帝送给我家的天使。你如果再对他动粗，我会告诉老师，不再允许你来这所学校。杰瑞虽然只比光明大两岁，但发育得早，身材已经比其他孩子高出一头。香港男孩好汉不吃眼前亏，乖乖就范。

在中文学校，学得最好的是妹妹麦秸。她不光字写得漂亮，作文尤其出色。她不是很喜欢说话，口头表达不及哥哥，但写出来的文章常常得到老师的夸奖。有一次，他们学了一首古诗《悯农》，老师布置了一个回家完成的作业，要求他们用学过的词汇写一篇作文。当天晚上吃完晚饭，杰瑞在客厅玩拼图游戏，光明拿出他跟着爸妈去跳蚤市场时淘到的几块石头，对照图书馆借来的自然画册，一块块翻看。他对石头的兴趣远超过那些幼稚的玩具。麦秸却端坐到她的小书桌前开始写作文。

光明玩了会儿有点渴了，便到厨房找喝的，路过书房时见麦秸已经坐在那里半天没挪窝，很好奇她在干什么。他轻手轻脚地绕到麦秸背后，瞄到她面前的作业本上已经写了好几行中文字。最上面是题目：我的姆娘。光明一把抓起麦秸的本子，跑到客厅，对杰瑞叫：杰瑞，麦秸在写姆娘呢。杰瑞见麦秸跟在光明后面，小脸气得通红，便伸手拿过光明手上的作文本，还给麦秸，一边对光明说：光明，拿别人的东西需要征得别人同意的，知道吗？

正在得意的光明一下子被人抢走了战利品，呆了一下，然后垂下眼睛，默默转身回到自己的房间。他把门从里面锁上，突然非常非常地想家乡，想阿公，想妈妈，想教他识字的施叔叔。

门外响起了敲门声，接着是奥特曼太太温柔的声音：光明，妈妈跟你谈谈好吗？眼泪顺着光明清秀的脸蛋流了下来，他用小手去抹，眼泪却越流越多。

37

"造化弄人，我这个最该海归的人还待在加拿大，反倒是加拿大人杰瑞为了圆梦回到了他童年的故乡中国。杰瑞曾对我说过：年幼时生活在中国农村，跟着爹地去向村民传教时就在想，这些孩子的天资这么好，若能受到良好的教育，他们的人生一定会很不一样。这也是后来他选择教育学作为自己终生职业的原因。"万光明笑着说。

"杰瑞在中国做什么呢？"吴勇问道。

"起初，他在北大教英文，后来政府允许私人办学了，他就在上海办了一所私立学校，中英双语教学，毕业后可以直接去加拿大继续深造。他做得很大，有好几所分校。不过退休之后，因为太太想念加拿大的亲人，他们也落叶归根了。麦秸现在也不写了。你知道这个世界上有这么一群人，他们的职业就是把中国好的文学作品翻译成其他语言，介绍给非汉语读者，他们被称为汉学家。麦秸就是这样的人。中国作家要想获得诺贝尔文学奖，就要倚靠她这样的人的帮助。"

说到这里，万光明从文件夹里拿出麦秸的《中国姆娘》，说："这是她的最后一本长篇小说，写完之后她就收笔了，专事翻译。这本书还获得了美国福克纳小说奖呢。"吴勇接过来，翻开见封二有一幅作者照片，照片上是一个50岁上下的金发女郎。她有着白种女人常有的瘦高身材，上穿白色棉质衬衫，下着水洗蓝的牛仔裤，既随意又有气质。深凹的湖蓝色眼睛，眼神笃定，一看就是位知性女子。她的嘴和鼻子之间的距离特别短，这让她有股与年龄不相称的娇羞之态。

"讲的是杭州地区的妇女呢。可否借来拜读？"

"送你了。麦秸给了我好几本签名本。这次来中国特意带来的。我认为一本书能遇到适合它的读者是幸运的。中国谚语中是不是有'有缘千里来相会'这句话？"

"千真万确！有机会可否引见一下麦秸女士，我们历史系不少才子都在玩文学，一定很乐意结交她这样的汉学家。"

"没问题。我要是告诉她，她一定明天就闹着要来了。"万光明笑着说。吴勇也被他逗乐了。

"说实话，勇，我觉得目前中国的考古界对良渚文化的价值有点低估了。虽然我是研究商周的，但可能是因为浙江是我家乡的缘故，我一直在关注良渚。我个人觉得良渚和中国其他地区的一些新石器晚期、青铜时代早期的社会形态可以称得上文明。拿良渚遗址来说，仅发达的灌溉体系一项就相当了不起，唯有国家形态的社会才有能力去从事大型的土木工程建设。这种能力还充分体现在工艺复杂、制作精良的玉器上。有时，我在想，中国考古学者是不是过分依赖于文字书写的历史。

"英国剑桥大学伦福儒教授（Colin Renfrew）就明确说过：一旦你只肯相信有文字记载的历史，就不会意识到中国考古学界在过去10多年间所取得的成绩。他说，考证中国的文明起源，或者是国家形态社会的出现，我们不必停留在商代。良渚遗址以及中国其他地区的研究进展，提供了大量证据——公元前3000年，中国已经进入了文明的发展阶段。那么，古代中国究竟何时进入国家形态社会？二里头遗址、陶寺遗址、良渚遗址，哪里的考古发现才是准确的参考答案？这是一个关于国家形态社会的定义问题。如果大家的定义一致，那么很容易达成共识。一般来说有三条标准，规模、城市化、文字。很显然，良渚文化满足了前两条，缺少了文字。不过我认为，这个定义的界限并非牢不可破，在判断是否进入国家形态社会时，社会关系、社会阶层化、社会专业化、礼仪体系中心化等要素同样很关键。我们不能孤立地看待一种定义，应该与世界其他早期文明国家进行联系和比较，如苏美尔文明和中美洲文明。

"现在国际学术界有一种观点，那就是'文字离不开国家，但国家可以没有文字'。郑也夫说：'唯国家权力可望产生文字，并不意味着所有国家都一定会创造文字。'换言之，文字依赖国家权力，国家权力依赖文字——这两个命题是不对等的，前一关系是非它不可，后一关系是有它方便。所以，我觉得你们可以理直气壮地说良渚文化是进入了国家形态的文明。"

吴勇点头称是："哈哈，说得是啊，可是您知道'王婆卖瓜自卖自夸'吗？"

"王婆的瓜自己最清楚，自夸没错啊。我们中国人的谦虚美德不能用在学术上。"万光明拍拍吴勇的肩膀，"没事儿，小伙子，我来训练你。"

38

活动第二天，主办方安排他们去参观金沙遗址博物馆，说金沙遗址是新世纪最伟大的考古发现，专家们去了一定不虚此行。

金沙遗址博物馆直接建在当时的祭祀场之上。从那些堆放着象牙兽骨的祭祀坑前走过，很容易想象出3000多年前古蜀国的先民在这里杀牲祭天的场景。漫长的时光并未消去空气中残留的血腥气味和巫师咒语，身临其境，或许正是这种遗址博物馆的魅力所在。

吴勇随着人流走过遗址区，进了后部的陈列馆。在一件青玉十节玉琮旁，他下意识地驻足，似乎有一种神秘的感应。可能是被那温润的玉质吸引，或者是它的不同寻常的高度，或者是上面熟悉的纹饰。良渚文化以制作精美的玉器为世人所知，自从进了浙江省文物考古研究所，几乎所有场合，公众关注度最高的就是玉琮。良渚墓葬里发掘的玉琮，造型别致，纹饰独特精细，为良渚文化所特有。金沙出现玉琮，他并不惊奇。良渚文化神秘消亡之后，在中国的许多其他区域都发现了玉琮的身影，北到襄汾陶寺、延安芦山峁，南至曲江石峡，近的到新沂花厅，远的到天水市师赵村，几乎覆盖了半壁江山。

他正浮想联翩，博物馆讲员的声音响起：这只玉琮虽在金沙发现，它的玉质、造型、纹饰、琢刻工艺却与金沙遗址出土的其他玉器有显著差别，而与长江下游的良渚文化极为相似。它的身世之谜至今仍困扰着考古学家。

"良渚？一只身世成谜的玉琮？"他轻声重复着讲员的话，刚刚移开的目光重新投向那只玉琮。这是一尊高节琮，通体呈淡淡的青绿色。上面有些暗黑的花斑，应该是多年土沁留下的痕迹。九条细小的横槽将器身分为十节，整个器表由此形成了八十个凸面。每节棱角上，均刻有纹饰，总共组成四十个神人面像。在上端，还阴刻有一个神人纹，形态硕壮，双脚叉开，双臂平举，头戴冠饰，双臂的两端刻画了飘逸的长袖，两臂还刻画了上卷的羽毛形装饰，显得非常奇妙。并且，整件玉琮的器表和孔壁都经过仔细打磨和内外抛光，十分平滑光润。橱窗里的专设灯光，恰到好处地投射在玉琮的斜上方，使它更加晶莹剔透，犹如有了生命一般。此刻，它静静地伫立在橱窗里，似乎正在等待懂它的人出现，对眼前八卦它的人有种居高临下的不屑。

"对，人们的困惑在于：良渚文化晚期的时代为公元前2000多年，较金沙遗址整整早了1000年，而且，金沙遗址与长江下游地区遥隔1000多公里，这件玉琮是如何跨越1000年的历史长河，经过1000多公里的遥远路程，辗转流离，最后停留在了金沙？"解说员似在回答他的问话，又似乎在对身后跟着的一群与会者解说道。

他知道，良渚地区的用玉传统从马家浜文化时期就开始了，良渚文化的鼎盛时期，由于纯熟的雕玉工艺加上天目山可能蕴藏的玉石资源，余杭地区已经成为玉器的生产加工基地，成品远销多地。但是玉琮是祭祀和殓葬重器，它不可能用作部族之间的礼尚往来，更不可能当作商品进行买卖。那么，这只玉琮是如何来到金沙的呢？

39

　　回到酒店，吴勇到网上搜索了金沙遗址青玉十节琮的相关信息，然后根据自己对良渚玉琮的了解，客串了一回福尔摩斯：这只玉琮的玉质为青玉，青玉是透闪石玉的一种，良渚文化出土玉器多为透闪石玉，因此它很可能来自良渚文化地区。这是一只高节琮，并且上面的纹饰为神人面纹，符合良渚文化晚期玉琮的造型风格和纹饰特点，据此可以推断它制作于良渚文化晚期。鉴于玉琮的特别身份，而且表面和孔壁都经过仔细打磨和内外抛光，十分平滑光润，所以这只玉琮应该由大祭师或者宫廷玉师所制，而非民间玉器作坊的产品；这也使得它出现在金沙的原因更加耐人寻味。十节玉琮的器表有不少无规则的轻微划痕，说明这件玉琮曾被长期使用；使用者为原主人还是本地巫师，这里有很大的想象空间。

　　金沙遗址是一处古蜀时期专用的滨河祭祀场所，沿着古河道的南岸分布，年代约为商代晚期至春秋早期（约前1200—前650）。目前，这里已发现60余处祭祀遗存，出土金器、铜器、玉器、石器、漆木器等珍贵文物6000余件以及数以吨计的象牙和众多的野猪獠牙、鹿角等，唯有这件青玉十节玉琮与其他祭祀品格格不入。专家们猜测，它可能来自长江中下游，辗转流离留在了古蜀，最后成为商周时期蜀人的祭祀用品。

　　虽然玉琮的真实用途众说纷纭，莫衷一是，但目前比较主流的看法是，它是祭祀时巫师拿在手上，或者插在通天柱上与神沟通的礼器。因为只有国王或者大祭司等权贵阶层才有资格拥有玉琮，那么，这是不是说，距今4300多年前，有一位良渚的王或者巫师携带着这只十节玉琮逃离遭遇灾难的良渚，来到了古蜀，并在此继续用它带领民众祭祀神灵？由于金沙遗址是三星堆的后续文化，这个良渚先民很可能先去了三星堆，然后跟随部落迁徙来到了金沙。如果真的是这样，时间上就完全衔接上了。因为良渚文化消亡于距今4000多年前，而三星堆文化恰恰兴盛于距今4000年前。

只是，1000多公里的遥远路途，而且逆流而上，他是怎么做到的呢？

40

"万老，远古时期的巫师到底是怎样的人？"

"巫师是能跟神沟通的人，他们有着常人所没有的灵异力。关于巫师这种超自然的能力，《圣经》中有很清晰的解释。神造了人之后，把人安置在伊甸园里，并且吩咐，这园子中所有的果子都可以吃，唯有一棵苹果树上的果子不可吃，吃了必定死。可是人的始祖夏娃受到蛇的引诱，鼓动丈夫亚当一起偷吃了禁果，违背了神的旨意和自己的承诺。上帝一怒之下把人逐出了伊甸园。同时逐出伊甸园的还有蛇这样的坏天使。其中有一部分天使因为喜欢人类也跟着一起来到人间。这些天使跟人交媾，生出来的孩子有超过常人的能力，这些人其实就是巫。这种超常的能力或许一代比一代弱，但不会完全消失。即便是在今天，一些村子里依然有为人跳大神驱鬼治病的巫婆。而且越是偏远落后的地区，这种原始的神性保持得越好。"

听到这些，吴勇猛然想起，万老先生告诉过他其养父是位传教士，万老对《圣经》一定是再熟悉不过了："这么说来，巫相当于是人和天使的混血？只是这个理论是建立在《圣经》记载的是真实历史事件这个基础上的。我知道基督徒们对《圣经》是神谕这一点是深信不疑的。但在中国大陆，《圣经》更像是一个神话故事，就像我们的盘古开天地、女娲补天、夸父逐日等神话故事一样。"作为一个无神论者，吴勇觉得要接受万老先生的神还是有点难度。

"神话，不就是神的话吗？"万光明笑眯眯地看着吴勇，慢悠悠地反问道。

"哈哈，妙答！"吴勇由衷敬佩老先生的才思敏捷，"那依您看，当良渚遭遇灭顶之灾时，这些巫师有可能怀揣玉琮，从长江下游逆流而上到达古蜀吗？"

"从逻辑上讲，也不是不可能。虽然我是研究商周的，但对良渚文化也略知皮毛。良渚一带出产玉和丝绸，这些东西必然要运往其他地方。史前时期运输主要靠水运，所以良渚人的水运应该是很出色的。当洪水来临，或者海侵发生，他们选择逃跑的最大可能也应该是沿着已经建好的水路，而不是他们不擅长的陆路。按照现代人的思维，那时没有航海技术，怎么可能漂洋过海呢？然而，中国最早的编年体史书《竹书纪年》中就有'夏命九夷，狩猎于大海，获大鱼'的记载，可见那时中华民族的航海技术已非我们所想象。根据《诗经·商颂》所述，'相士烈烈，海外有截'，相士指殷商的第十一代君主，而这'海外有截'的'截'按照史学家的考据，是指北美大陆西部的地方，这就是说，在殷商时，中国人已涉足于美洲！

"而且，你没发现良渚文化和古蜀文化有很多相似之处吗？养蚕抽丝、采石制玉、祭祀葬制，等等。这尊十节玉琮背后一定藏着远古时期两地交往的神秘故事。"

见吴勇眼都不眨地听他讲，老人有点得意，继续发挥：

"我觉得良渚的玉文化，说穿了就是巫文化。良渚先民用玉来制作琮，是很意味深长的。石头作为人类最早利用的自然物质，伴随人类走过上百万年的生存之旅，在人类的心灵上留下了深刻的烙印。世界各地的许多民族，都赋予石头种种魔力和品德。玉作为温润坚韧之美石，之所以几千年来为人们所珍视，除在外观和质地上优于一般石头外，也是因为古人认为它有一定的巫术效力。张光直先生曾据《山海经》中巫、山、玉三者的联系，指出作为琮的原料的玉，在天地沟通上应具有特殊意义。《说文》释'灵'字时说：'灵，巫也。'又说：'以玉事神'谓之巫。这当中的逻辑关系是：灵是鬼，灵又是巫，但鬼并不就是巫，巫只不过是以玉祀神灵的人而已。可见玉成为良渚崇拜神的附着体，是与其巫术内涵分不开的。或者说，良渚法器由于和玉的结合，具有了双重的魔力。

"在今人眼里，玉就是自然界中一种优美的矿材，但在远古时代，玉是天地之圣物，是精灵的化身，玉与巫从来就是相通的。巫、神、玉三位一体相互依存是原始社会中神权政治的表现。"

万光明不愧是咱们浙江老乡，虽说吃了这么多年的汉堡、牛排，对中华文化的了解不输国人。

"或者可以说巫利用了玉在人们心中的神秘地位将其用在了治国治民上？万老师，我不明白的是，良渚文化是史前时期，那时候人对很多自然现象不了解，所以相信有一位全能的神掌控世间万物，并极其虔诚地用各种祭祀去祈求神赐福消灾。为什么在现代的西方发达国家，还会有这么多人信神呢？比如您，本身还是一位考古学家。甚至有的生物学家也相信神，生物学的基础是进化论，很难想象一个相信神造论的人能接受进化论，这是两个非此即彼、不可兼容的视点。"这个问题折磨了吴勇很多年，不知何处寻求答案，今天，终于有一个最适合解惑的人出现了。

万光明并未表现出任何意外，显然不是第一次遭遇这样的提问，他微微一笑，从容答道："世间是否有神，对我们人类而言永远是未知之事，因为我们能力有限。无神论和神造论一样，都是一种信仰。信仰是一种精神活动，是人们对于未知事物的理解和信心。有了信仰，人可以激发出自身最大的力量，甚至献出最宝贵的生命。远古时期的巫术及其衍生出来的祭祀神灵的仪式，在先民的心目中，是一种非常神圣的精神活动，虽然它有着极其现实的意义，为了求雨、为了狩猎、为了丰收、为了打仗。统治者正是通过这种活动把人组织起来，把群体关系巩固下来，把人心收拢到一起，组成一个有着统一的价值观与行为准则的社会。史前时期，人类的生产力还在原始手工劳作阶段，对抗自然灾害的能力也相当有限，但良渚文化兴盛了1000多年，生活富足，高度文明，这跟当时社会的统一的宗教信仰有很大关系，这就是信仰的力量。

"远古时期很多地区都有巫术祭祀活动，但后来渐渐产生了分野。在中国，神权政治走向没落，王权政治抬头。中国的王权时代，巫术经过转化性的创造，被保留在礼制中，成了等级森严的礼教。商王朝几百年，形成近乎完整的礼文化。这其中就包括各种礼仪场合的用玉程序，各种寓意的玉器造型。在这个过程中，原始的巫祝逐步成为'助人君、顺阴阳、明教化'的君子儒，这便是儒的成长和壮大。

"与此同时，许多其他民族则从巫术走向了宗教。宗教和巫术有很大的不同，最重要的一点是，巫术里有神，但这个神是在活动中间、过程中出现。巫师作法，念着念着，神就来了，巫师呼风唤雨，强迫对象为人服务。而宗教里，神是一种高高在上的存在，接受众人的赞美。人被动地跪在那里，单方面地向神、向天、向上帝倾诉、祈祷。神所做的是替他们擦干泪水，告诉他们，相信他，把一切都托付给他。"

第六章

塘山　2009　大鯀治水

41

从成都开会回来，每天除了下地干活儿，吴勇就把自己固定在电脑前。他琢磨着用刚学会的 GIS 系统为良渚建一个高程模型，看看能发现什么。他把良渚地图输入系统，却意外地发现古城外还有一个方框，断断续续，环绕莫角山，但范围更大，跟古城的城墙位置有些错位。这些又是什么呢？

虽然没想明白，但因为脑子里有了这张图，再挖遗址的时候就多了点用心。尤其注意那些同属于良渚时期，外形呈长条垄状的遗址点，对那些能连成线状或者框形的遗址点查看得更加仔细。为了获得比较精准的数据，吴勇还带着考古队对古城周边做了大规模的基础钻探，然后把获得的古水系和文化堆积的信息输入良渚古城的DEM（数字高程模型）图。果然证实了在城墙的北面有一条从扁担山到和尚地的垄形高地，东南部有一个从美人地、里山到郑村、卞家山构成的长条形高垄居址，它们一起组成了良渚古城的外郭城。

中国古代的都城结构，由内而外有宫城、皇城、外郭三重。如此看来，良渚古城有类似布局。古城中心的莫角山大土台就是宫城，古城墙环绕莫角山而建，墙里的部分相当于皇城，皇城东南部向外延伸的部分就是外郭城。这个外郭城与我们现在的近郊相仿，在城墙之外，以住宅为主，农田不多，有别于村落。

外郭城的居住形式跟之前发现的大多数聚落有显著不同。一般的聚落是单个堆建土台，然后在土台上建茅草棚和墓地。外郭城的美人地和里山却是把房屋建在长条形的高垄上。这样的设计，邻里之间的联系虽然不及城里的大土台，却比村落里各家一个散点土台的布局要紧密得多，应该是一种比较原始的城市居住模式。

一天，吴勇和队员们正在挖掘外郭城的一处遗址，突然接到公安部门通知：西北面的岗公岭有人要盗墓，你们赶紧去看看。

原来那边有人要开办竹器市场，平整土地的时候挖出好多青膏泥，他们也不懂这是什么，就翻出来堆在路边。正好有一辆江西的车从这里路过，看到了，车上的人懂点古墓知识，一看这么多青膏泥，断定这下面有大墓。这是因为青膏泥质地细腻，黏性大，在楚墓、汉墓里常常作为墓封土来隔绝外面的空气，起到防腐的效果，著名的马王堆就是这样的。这些江西人就找竹器场老板商谈可否合作"挖墓"，挖到的宝贝五五分成。竹器店老板嫌少，没谈拢，一气之下向公安局举报了。

岗公岭地处瓶窑镇彭公村，在良渚古城西北大约8公里的山里面，宣杭铁路和新104国道在这里转了一个90度的大弯。转角的地方有个东西向的小山，山上长满了野草杂木，这就是岗公岭。吴勇他们到的时候，顶上大部分已经被推平了，只有东南部位残存着一个7米多高的断坎。查到小山北侧的时候，他们看到有户村民家门口放着一只弦纹罐，不禁眼前一亮，这可是典型的东汉墓葬的随葬品啊！一问，果然是在小山顶上挖到的。他们由此断定这个遗址不会晚于东汉。当即要求村民停止施工，保持现状，等待进一步考古调查。

下面一段时间，他们就在东西两侧的山谷里寻寻觅觅，翻翻挖挖，最终发现了五处坝体：老虎岭坝、周家畈坝、秋坞坝、石坞坝和蜜蜂垄坝，全部处在两山之间的谷口位置，构成一个完整的水坝群。

那么这是什么年代的水坝呢？

42

在岗公岭调查时，正在为水坝断代一事犯愁的吴勇无意中发现断面上有一小块良渚时期的夹砂陶片。依照考古地层学，这条水坝营建年代应该不早于这块陶片所处的良渚时期。因为这个遗址的上部土层还发现了东汉的墓葬，所以他们初步可以断定水坝建成使用的年代，就在良渚时期到东汉之间的某个节点上。

说来凑巧，那几天连着下了几场暴雨。雨停了，吴勇带着艾优去现场。突然走在后面的艾优叫了起来："吴队快来看，这是什么？"吴勇过去一看，原来因为大雨冲刷，有个地方露出了里面的纤维状的结构。这是什么纤维？他凑近了仔细端详，看上去像是一大束干草的草茎，草茎间隙和外围裹着淤泥，层层挤压，极为致密。这些草保存得相当好，用手甚至可以把草包泥掰开。刚掰开的草呈黄褐色夹杂一点蓝色，暴露在空气中后很快就氧化成黑褐色。草是一根一根地顺向分布，没有交错叠压，说明不是编织的草袋，而是成束的散草。仔细辨别之后，考古队员们发现这些草不是别的，就是良渚的沼泽上随处可见的南荻之类。在土内加入植物纤维并压实，坝体的抗拉、抗剪强度和整体性都会大幅提升，不易崩塌和摧毁。我们的祖先真是太聪明啦！难怪西方学者感叹：当洪水来临，西方国家选择登上方舟逃跑，中国人却与洪水正面抗衡。

草裹泥，这个现在人们修筑堤坝时还常常使用的工艺，竟然在5000多年前，良渚先民们就已经熟练运用，这不能不让人叹为观止！而且，

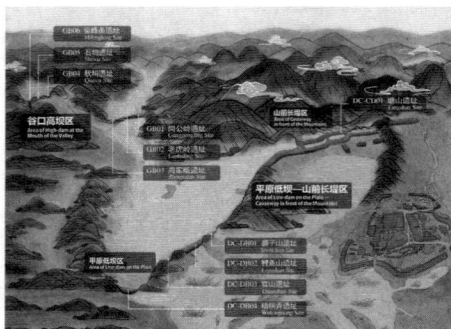

良渚水坝示意图

良渚古城西北部的大型水利系统。11条水坝修筑于两山之间的谷口位置，具有防洪、运输和灌溉等综合功能，构成南北两组防护体系，分别为塘山、狮子山、鲤鱼山、官山、梧桐弄等组成的低水坝群，和由岗公岭、老虎岭、周家畈、秋坞、石坞、蜜蜂垄组成的高水坝群。它是同时期世界上规模最大的水坝系统，也是同时期规模最大的公共工程（浙江省文物考古研究所供图）

不是没法断代吗？有了这些草就好办了。

吴勇他们采了三个样本派人送到北京大学年代学实验室做碳14年代测定。这项测定一般需要几个月到一年的时间，所以样本送出去之后，他们依然早出晚归，去西北部山区继续他们一铲子一铲子的调查。

7月的一天，吴勇和队员们从工地回来，刚走到八角亭的办公室门口，有个电话进来，他按下接听键。是北京大学考古文博学院的赵辉教授打来的，吴勇感觉心跳得有点快，呼吸也不均匀了。果然，这个寻常的电话带来了非同寻常的消息：岗公岭三个数据树轮校正后都在5000年左右，属于良渚文化早中期。说完，赵辉加了一句："对水坝要高度关注。"

放下电话，大伙儿像足球场上有队员进了球一样兴奋地击掌庆贺。当晚，有酒，一干人全部大醉。毫无疑问，这是良渚考古的又一个重大发现。中华民族是农耕民族，为了生存自古依水而居。一旦旱涝失调，首先遇到的生存危机也是水患，当时先民们与自然抗争最应手的材料就是柴草与土石。草裹泥，正是他们利用植物纤维的连续性和淤泥的抗渗透特性而制作的原创品牌。

43

年关将近，似乎是为了满足人对"瑞雪兆丰年"的期盼，老天纷纷扬扬落了一夜大雪。王的宫殿里，家奴在前堂生了一个专为取暖的炉灶，倒也不觉太过寒冷。淳于王披着一件鹿皮坎肩，盘腿坐在漆木的长案桌后面。桌子上放着一个精致的黑陶钵，里面盛的是药师专为他配制的养生汤。汤里有鸡肉、猪肝、猪蹄、鲤鱼、南酸枣，用文火煨了一晚上，药师说能大补气血。只是味道有点杂，喝起来并非很享受。淳于王抿了一小口，不禁皱了眉头。

他的对面坐着鲧。鲧正值中年，方正的脸上留着八字胡须，宽宽的肩膀，看上去很壮实。说起话来底气十足，颇有王者风范，近期因为劳心过度有些虚弱的淳于王在他面前倒好像成了臣子。

"大王，防洪坝之事为臣思虑良久，想出了一个法子，臣说出来您看是否可行。先王之前建的长垄之所以被大水冲溃，臣以为皆因长垄只用黄土堆积夯实之故，短时间的暴雨尚可拦住，倘若连续多日暴雨，形成山洪，断断不行。良渚沼泽遍地，洪潮频仍，土地本就松软，直接往上堆土，大水涌来，肯定极易溃败。这次筑城墙，臣让民工先在地上铺一层石块，再铺上一层淤泥，然后再堆黄土。古城西北地处大遮山南麓，水流相对和缓，那里的防水长垄亦可用此法。再往北，群山之豁口，间隙狭窄，暑天山洪水势极猛，拦洪坝须得更为坚固，臣打算在坝内加上息壤。"

"息壤为何物?"淳于王听得极入神,脸上气色好了许多。

"息壤是一种特别的土,质地极为致密、坚固,且无限自长,故为塞洪水之上选。若能寻得息壤,大水必堙无疑。"

"世上竟有此物?何其妙哉!"听了鲧的一席话,淳于王的病已好了一大半。他拉住鲧的手,"可有法快快索来?"

"不瞒大王,前日臣已去天庭索取,奈何天兵不允,只在夜深天兵疲乏松懈时盗得一裹。息壤闻之神奇,实质并无奥妙。无非将泥土裹入干稻草团内,并在泥里撒入草种,草种发芽生根,泥土被根纠缠便不易被水冲走。臣虽无息壤,但以芦荻茅草裹上泥土,效果不会逊色太多。草裹泥其形可变,层层相压,严丝合缝,稳如山体,应是堙水妙品。我良渚国满目皆是芦荻与茅草,取之不尽用之不竭,臣已将盗得的一裹息壤交与手下,吩咐民众依样赶制草裹泥包,不日便可开始筑坝。力争赶在暑天山洪到来之前先把岗公岭这一段筑好。"

"那岂不是太好了!"淳于王端起面前的汤碗一饮而尽,一扫前段时间萎靡的暮气,似乎整个人满血复活了。

44

离农历春节还有一周的时间,杭州城里已经满眼满鼻子的都是年味儿了。地摊上摆满了鞭炮、红纸包、灶神像、"开门大吉"的红字条、"上天言好事;下界保平安"的对联。几乎所有超市都在出售甘蔗,这个是除夕封门时倚于门上支在门边的,意为节节高。副食店的内容就更丰富了,寓意常常顺利的猪大肠、团团圆圆的鱼圆肉圆,还有名为如意菜的黄豆芽、长生果的花生、寓意"有"的藕,外加酱肉、酱鸭、酱鸡,红红火火。走在街上,年味扑面而来。

回到杭州，艾优没有帮助妈妈准备年货，而是首先直奔知味观。知味观位于上城区的延安路上，在西湖音乐喷泉附近，是孙翼斋老先生在1913年创建的，现在也是百年老店了，素有"知味停车，闻香下马"的雅号。知味观有不少名菜，但是艾优每次来只点它的当家小吃鲜肉小笼包和片儿川，青艾上市时加一碟青团。常年在野外翻弄土疙瘩，晒黑了，皮肤变粗糙了，都还可以忍受，唯有这些小吃让她相思成疾。所以每次节假日回到杭州，她最先造访的就是城里的各家私房小吃店。

知味观的旁边就是采芝斋，是杭州老底子的糖果店，这里的桂花年糕、芡实糕、蝴蝶酥是她的最爱。她常常是在知味观里吃完再到旁边的采芝斋里逛一圈，买一堆点心回去慢慢享受。

因为是旅游淡季，知味观里客人不是很多。她找了一个靠窗的位置坐下，一个侍者模样的女孩走了过来，手上拿着菜单。艾优点了一笼鲜肉小笼包，一碗片儿川。她知道自己胃口好，吸收能力强，稍不留意就成胖子了，但偶尔放纵一下也无妨。

等餐的时候，她突然感觉有道目光在注视她。环顾四周，邻座是一对年轻夫妇带着个小男孩，已经在吃了。正前方的桌子是空的，肯定没可能。她转过身，看到后面的桌子有一个女孩，面前一碗酒酿元宵，正一边吃一边刷手机，似乎根本就没注意她。她心里骂了自己一句：神经病！便打开手机刷屏。

这样过了两三分钟，刚才那种感觉又回来了。不对，就是有人在看我！这次她基本可以肯定那道目光是来自身后。她猛地站起来，转过身去，眼光从左至右快速扫过180度，发现店门口有个人影一闪消失了。她迅速透过窗玻璃看过去，见到一个穿着破旧，戴着一顶宽檐遮阳帽的老年妇女正匆匆离开。"一定是她！"她快步冲出门，尾随老妇人而去。

前面的老妇人愈走愈快，后来几乎是在跑了。很难想象一个老人能走那么快，艾优这样每天在考古工地练摊儿的都有点力不从心了。就这么一个健步如飞，一个穷追不舍了大约二十分钟。艾优发现，此时她们已经出了热闹的西湖边，拐进了一条僻静的小街。

艾优气喘吁吁地站定，大声喊道："喂，这里没什么人了，不用跑了吧？"

见那个妇人站住了，艾优极力缓和语气："可以告诉我，你为什么跟踪我吗？"

妇人转过脸，艾优的心一下子被慑住了。一双大大的眼睛，像黑洞一样镶嵌在锥形的脸上，两道阴冷的目光射向自己，她不由打了个寒战。那张脸是如此的瘦而多皱，活脱一只风干的橘子。薄薄的嘴唇内凹，似乎里面的牙已经掉光，撑不起脸了。妇人极力挤出一丝讨好的笑，却显出两道深深的法令纹和高高的颧骨，更加恐怖阴森。

艾优突然有些后悔自己的任性了。她用眼角的余光扫了下前后左右，一个人都没有！这个妇人一定住在这附近，对这里的街道很熟，她是故意把自己引到这里的。她想转身沿着来路回到小吃店那条街去，到了那里把自己放在人群中才是安全的。正当她这么想着的时候，那个像木乃伊一样的妇人开口了：

"你不用怕，我不会伤害你的。"尖而细的声音从距离5米之外传过来，似乎低频部分都被风过滤掉了。

艾优暂时打消了逃跑的念头。自己一个每天在工地挖土的人，还怕这个骨瘦如柴的老太婆吗？看样子她手上没有枪也没刀子。不过就是形象恐怖一些而已。她一边给自己壮胆，一边镇定一下情绪，装着若无其事地说："这个我知道。可我跟你素不相识，你把我引到这里，不会是有什么秘密要告诉我吧？"

"是的，我带你去一个地方看看，一个你目前最想去的地方。"依然是那个似乎被过滤过的声音。

"呵呵，有意思，我目前最想去的地方？我怎么不知道？"艾优现在已经一点都不怕了。只要开口说话，就还在理性沟通阶段。

"你会知道的。我们小姐马上就到了，对不住，暂时借你用一下。"老妇人直对着艾优走过来。

"你说什么？什么小姐？你别过来，否则我叫人了。"看着一步步逼近的老妇人，艾优不禁往后退了一步。距离近了些，她才发现那个老妇人身上穿的衣服很怪异，当时很可能就是这身衣服让自己一眼锁定她的。她的衣服其实并不很破旧，只是袖口和裤脚都非常肥大，像汉代的服装。

"你是我们灵异家族的人，你自己居然不知道吗？"老妇人目光如炬。艾优被一股无形的力量拉着向老妇人的方向迈开了脚步。

"你不会是巫婆吧？"灵异两个字触动了艾优的神经，她的眼前出现良渚玉器上那个穿着大脚裤、舒展广袖的巫师。

"你是良渚巫师的女儿，你一点都不记得了？"说到这里，老妇人已经来到了艾优的面前。她不由分说拉起艾优的手。艾优只觉得一阵晕眩，便什么都不知道了……

45

蒲姑看到了那个女子的身体。这是一个年轻的女子，穿着这个世界的人喜爱的冬装，过膝长，腰间有带子束住，样子倒是蛮像自己原来穿的衣服。她伸手摸了一下，不知名的面料，色彩鲜艳，手感光滑却像冰一样凉，不似良渚国的棉麻那样柔和温暖。天色已晚，昏暗的灯光下女子的五官模糊不清。这是杭州西湖边上一条僻静的小街，那个女子躺在地上，昏睡不醒，有几个围观的行人，脸上皆显出惊恐的神情，其中一个正在对着一个小物件说话，大概在叫人来救。

她知道自己在杭州城闲逛的时候，八婆已经先她一步带走了这个女子的魂，事不宜迟，她赶紧钻入女孩身体。

"好了好了，醒过来了。"听到一阵叽叽喳喳的议论声，她睁开眼，站起身，拍拍身上的尘土，说："我没事了，谢谢各位。"

刚进家门，就有一个中年女子扑过来大叫："艾优你疯哪儿去了？怎么不接电话？"

"电话？"她一愣，难怪刚才口袋里有个声音一直在响，原来那个方方的东西叫电话。她赶紧赔上满脸的笑，对那个扑过来的女人说："对不起啊，刚才不方便接电话。你们都吃过饭了？"

屋里的人几乎是异口同声地说："等你呢。你不回来谁有心思吃？"

大家来到圆桌旁，找到自己的位置落座。之所以说找到自己的位置，是因为蒲姑发现他们并不是坐在离自己最近的位置，而是先让两位最年长的应该是爷爷奶奶的人在面朝大门的位置坐好，然后那个冲着她吼的中年妇女，也就是她妈妈吧，和爸爸一起坐在爷爷奶奶的身边。待他们都坐定之后，她在空下来的一个背对着门的座位上坐下来。

相比自己家的宫殿，这里的房间虽然不算大，但里面的装备很齐全。比如用水，拧一下开关水就出来了，要多少有多少，不必到河里去挑。现在外面那么冷，房间里并没生火却很暖和。来的路上，她还看到街上到处跑着地上的船，想去哪儿就可以到哪儿。这里的人显然比良渚人生活得更幸福。

桌子上摆着满满一桌子的菜，中间是点着火的暖锅儿，除了鸡肉、猪肉、牛肉和鱼，大多数的菜她都不认识。即便是她认识的，用陶罐煮味道也完全不同。她每样都尝了一点，凉的、热的，咸的、甜的，各种口味，都很可口。妈妈不断往她碗里夹肉：多吃点，这个元宝肉你最爱吃了，还有炒年糕、腌笃鲜，都是你爱吃的。平时在老乡家搭伙谁会给你做这些费工费时的菜。

妈妈问她在单位工作做得怎么样，这个蒲姑倒是知道的。她告诉她，考古所在反山和瑶山等良渚遗址发现了很多珍贵的文物，她自己正在参与古城西北部一个大型水坝的挖掘和调查，这也是一个重要的发现，都是良渚文化新石器时期的珍贵遗存。妈妈听了好像非常满意，对她说：工作上要尊重老同志，遇到问题要多向老一辈的考古专家请教。然后突然话锋一转，问道：有男朋友了吗？

蒲姑吓了一跳，他们还知道阿牛？转念又想，不可能啊，这事儿连夷吾都不知道，他们怎么会知道？对了，我现在是艾优嘛。这么一想心就安了，她故作轻松地说：没有没有，哪来的男朋友。没想到妈妈一听急了，你都快30岁了，再不交就没人敢要了。正好过年放20天假，把个人问题解决了。我明天就托我老姐妹介绍几个好男孩，你要跟我配合，条件不错的就去见面。

蒲姑一听，都快晕过去了。这可如何是好？正经事儿还没开始，就被带坑里去了。这么折腾，非露馅不可。她不明白妈妈为何对交男朋友这件事这么紧张，两情相悦，女孩子长大了有了中意的男孩子，彼此交往最终成婚不是水到渠成的事儿吗？就算自己没遇到喜欢的，就等着媒婆上门提亲，那些都是门当户对的，大体也不会差。在良渚，除了像虞姑这种整天宅在家里不出门的，一般女孩子都是自己结交男友。每次参加朝贡、祭祀仪式，还有赶集，都会有好多人聚在一起，怎么会遇不到自己喜欢的男孩子呢？就连虞姑，不还有无忌配她吗？

晚上躺在艾优舒适的床上，蒲姑满脑子都是对未来的担忧。那天听阿牛说他要跟公主成婚，她突然有了万念俱灰的感觉，仓促之中决定离开伤心源，去那个早就想去而没下得了决心去的未来之城——杭州。来杭州的目的有二，一是看看良渚未来的样子，二是劝说这些人不要再挖了，不要再去打扰逝去的人，让他们平安地生活在他们的世界里。现在倒好，杭州城还没看周全，要劝的人连面还没见到，就被这个妈妈逼上了绝路。入梦之前，她闭上眼睛虔诚祷告：祖先神灵，千万要助我一臂之力，帮我绝处逢生啊。

46

睁开眼睛，艾优首先看到一大块竹席子，这让她想到家乡夏天时铺在床上的凉席。这是什么地方？怎么会用竹席做天花板？正在疑惑，听到有低声说话的声音：太子不必多虑，蒲姑只是受了惊吓，即刻便可醒来。这个声音听上去很熟悉，她不由好奇地把目光投向声音发出的方向。

两个人影从模糊到清晰。一男一女，男子的脑后高高隆起一块，像古代人的发髻，女的头发披着一直拖到腰际。他们席地而坐，侧对着她，看不清楚脸长得什么样子，但艾优首先被他们身上的衣服惊到了。高档亚麻布料，天然灰青色，干净养眼。

"请问这是什么地方？"艾优两手拉住被子，坐了起来。她看到自己正躺在一张大炕上。这是一个类似于东北的那种炕，很宽大，六人并排躺着应该没有问题。低头一看，身上盖的被子也是亚麻布质，柔软舒适。

那两个正在低声私语的男女闻声围拢：蒲姑你终于醒了！

"蒲姑?!"艾优感觉强烈不安，她下意识地低头打量了一下自己，吓了一跳：手臂纤细，皮肤紧致。再看手，十指纤纤，白白嫩嫩。她属易胖体质，即使在豆蔻年华也从来没这么苗条过。到底发生了什么？

"蒲姑，你不认识我了吗？我是无忌。我来看你了。"天啊，世上竟有这么深情的目光！艾优不由惊叹。儿童般纯净的眸子，像一汪水潭，幽深、孤傲，悲天悯人。这是哪里？此人是谁？难道这就是传说中的王子？

艾优不知如何作答。面对这样一尘不染的目光，是不可能有一丝一毫的欺骗的，她没办法告诉他，自己并不是什么蒲姑，而是被一个老巫婆施了魔法从21世纪的杭州掳来的女生艾优。她出神地注视着这个面目清秀、眼神干净，自称无忌的男人，心想，古代的王子真的可以做到不食人间烟火，不受尘世干扰吗？如果家境优渥可以造就这样的贵族，为什么现在的富二代浑身都是铜臭味儿？怕对方生疑，她把目光从太子身上收回，投到太子身边的女人身上。

"太子，小姐刚刚醒来，想必很多事情都忘记了。您先回去吧，我来帮她恢复记忆。"那女人见艾优盯着自己，有点心虚。

"我见过你！"太子无忌一离开，艾优就很肯定地对那个女人说。她越来越觉得一件极不寻常的事情正在自己身上发生。而眼前的这个女人就是始作俑者。

可能是因为长发披肩，加之穿的衣服比较合体，这个女人比在西湖边把她掳来的那个老太婆显得年轻得多，面容也不似那么恐怖。但看神态明显就是一个人。

"是的，你见过我。是我把你领到这里来的。叫我八婆就可以。我们的蒲姑去了你的那个世界，只好请你临时代替一下她。"女人停了一下，继续说，"你现在的身份是良渚国大祭司夷吾的女儿。因为急火攻心你晕了过去，失去了部分记忆，但你现在已经恢复神志。"

艾优听得似懂非懂，脑子飞快地转。她对这里一无所知，随时可能遭遇杀身之祸。这个老太婆是唯一可以帮到她的人，听从她的安排是明智之举。艾优不发一言，在那女人的帮助下穿好衣服。卧室的墙上，立着一面石镜。八婆见她露愕然状，从容道来：此镜色白如月，照面如雪，谓之"月镜"。她走到石镜前，抬眼一看，大吃一惊：镜子里站着一个花季少女，娇艳美丽，眉目含情。这是我吗？她呆立在那里，不知所措。

"蒲儿好些了吗？"门外传来脚步声，一个男人雄浑的声音响起。八婆捅了一下艾优的胳膊："是你父亲。"艾优连忙调整一下情绪，应声道：

"父亲，我好了。对不起，让您担心了。"

夷吾健步走了进来。这是一个清瘦的中年男子，身着灰色细麻布长衫，头发高高地笄在脑后，脸色略显苍白，眼神深邃，颇有点仙风道骨。

"蒲儿你总算醒了！可把为父我吓坏了。烧退了吗?"男子伸手要摸艾优额头。

"你要干什么?"艾优吓坏了，下意识地往旁边让了一下。这个世界除了父亲，还没有任何男子碰过她呢，这个陌生男子有什么权利对她动手动脚?

"蒲姑这是烧糊涂了，连父亲都不认识了。老爷您别担心，待我慢慢调理。"八婆的眼光越过中年男子，"虞姑来看妹妹了?"

艾优看到男子的后面跟着一位与现在的自己年龄相仿的年轻女子，长得也与月镜里的自己相近，只是更瘦弱一些。八婆在耳边轻声说：你的姐姐虞姑。艾优连忙说："父亲，阿虞姐姐，谢谢你们来看我。我完全好了，不必挂念。"

中年男子脸上露出笑容，多了几分慈祥。他转头对身后的女子说：虞儿，快给妹妹看看我给她带来一个什么宝贝。

那个被称作虞姑的女孩微微一笑，从宽大的袖口里拿出一只精致的漆木盒。

一只青玉龙首环！当玉环完整地出现在面前的时候，艾优激动得几乎窒息。她在考古所库房见过一只这样的玉环，是杭老他们在瑶山遗址的一个墓葬里发现的，只不过多年土沁已经几乎看不到玉本身的颜色了。眼前这只刚刚琢好的龙首玉环，深绿色，表面光亮可人，三个龙首立体雕，非常生动、精美，而又别致，大小和造型跟瑶山墓葬出土的那只几乎一模一样。莫非就是这一只？但是瑶山遗址是良渚文化早期的墓葬，眼下似乎已是晚期了吧?

"蒲妹，父亲用给淳于王做玉琮的剩料给咱俩每人做了一只龙首环。

你喜欢吗？我真的好喜欢！"虞姑说着解开最上面的衣扣，露出挂在胸前的吊坠。艾优看到果然是几乎一模一样的一只龙首玉环。

"这岂不是太好了！"艾优正不知如何作答，八婆抢先一步拿过那只玉环，"我来替小姐戴上，避避邪气。"

"我就是这么想的。"夷吾慈爱地看着两个女儿，然后对八婆说，"婆婆，今年洪水泛滥，太湖的水已经快到堤岸了，真让人担心。近日我要准备祭天求福，为王分忧，这两个孩子您就多照看着点。"

"老爷尽可放心。两个女伢有我呢。蒲姑刚刚退烧，邪灵还没有彻底褪去，您祭天的那日我想带她在您身边观看，求神保佑，可好？"

男子颔首默许，只有艾优注意到八婆的眼神里那一丝特别的东西。"这个老巫婆想干什么呢？"

瑶山十一号墓出土的龙首纹玉环

龙首纹是良渚文化玉器上最早出现的纹饰，主要见于早中期环、镯、璜、管、锥形器以及玉梳背等少部分玉器的外缘，也有个别的圆雕作品。良渚文化早期的龙首纹玉器形制多样，多见一类形体很小的玉环，直径约1厘米，龙首圆凸眼、大竖耳，长鼻宽吻，与圆形环体构成首尾相衔的形态。其中龙首上颚略凹、宽吻前凸的形象，似乎受到了辽河流域红山文化玉龙的影响，但形体如此小巧的龙首纹玉环，却是良渚文化独有的器形（浙江省文物考古研究所供图）

47

大年初一一大早，吴勇就来了，开着"地上走的船"，兴冲冲地要带艾优，不，蒲姑，去给杭老拜年。蒲姑坐上去，感觉特别新鲜。"地上的船"跑得特别快，一路上不断有人横穿马路，眼见就要撞上了，她吓得心都快跳出来了，吴勇却镇定自若，不断欢快地按着喇叭，似乎很享受这种在人群中穿梭的感觉。

杭老去年办了退休手续，但吴勇说他其实是退而不休。老人每天依然准时来考古所到处转悠找活儿干，扬言给活儿干的才是真朋友。每次被吴勇碰见都把他往家赶，说您老该享福了，不想闲着在家著书立说也成，这些体力活儿还是让我们年轻人干吧。

杭老见到他们俩很高兴，连声说，谢谢领导关心。搞得才被任命为良渚遗址工作站站长的吴勇很不好意思，只好打着哈哈说：杭老最近在家忙什么呢？没想到杭天旭挺认真地说："接受你的建议，在著书立说。"

"哦，写哪方面？"吴勇有点意外。按说杭老跟良渚打了一辈子交道，又亲手发现了反山贵族墓地，和瑶山、汇观山祭坛，以及莫角山宫殿遗址，出书也是水到渠成的事儿。只是没想到他这么快就上手了。

"玉琮。嘿嘿，我琢磨这玩意儿有段时间了。"杭天旭搓着手，憨憨地笑着说。做了一辈子考古研究，他身上却很少有学究气，可能是独特的人生经历使然。

杭天旭毕业于北京大学历史系考古专业，这是中国高等院校中成立的第一个考古专业。他的老师里，教旧石器时代的吕遵谔，是裴文中的学生，而裴文中是北京猿人第一个头盖骨的发现者，老先生当年每周来一次，给杭天旭讲欧洲旧石器课。

杭天旭课表里的"明星"老师，还有邹衡、苏秉琦、宿白、俞伟超、严文明……全部是中国考古界重量级的前辈。带着光环走出校门，杭天旭却没能大干一场。那是个特殊的年代，每个人都像大海上的一叶小舟，任由风浪裹挟，停泊在哪个港湾根本不由自己说了算。杭天旭在农场抡过锄把，也在热水瓶厂的流水线上装过热水瓶，最后流落到浙江省博物馆，总算专业对口了。在省博物馆，他编过《文物通讯》，参加过陈列布展，还搞过一年的"革命文物"，省里的很多县市的文博单位都留下过他的足迹。跟吴勇他们这些新来的年轻人说起往事，这位资深考古专家对命运的安排并无抱怨：有机会就去学，做任何事情都把它做好，只要不放弃就可能成功。研究所的同事对他的评价就是：言念君子，温其如玉。杭天旭的性情，颇像他研究了一辈子的玉器，不疾不徐，经年打磨，泛出内敛的光泽。

杭天旭把两个年轻人安顿在他家的客厅坐下，又给他们每人沏了一杯西湖龙井，便迫不及待地开讲了："玉琮到底为何物，考古界一直众说不一。最近我闲来没事，试着把所有人的观点汇总到一起，发现一个非常有趣的现象。首先是用途，有一种说法是，它是从手镯演变过来的。原来就是普通的手镯，后来为了统一信仰，便在上面刻上神徽，成为祭祀礼器，并且为了增加它的权威性，越做越大，越做越高。这个说法不无道理，只是我们在墓葬里发现的玉琮，有大有小，有的戴在死者手腕上，有的枕在头下，似乎并不存在先后关系……"

"这没什么啦，小的是手镯，大的才是玉琮。"蒲姑说。她刚才一直在东张西望，杭老家的书可真多啊！客厅里有一整面墙就是由一个大大的落地书架组成，书架上全部是书。看书名儿真的是上至天文下至地理，无所不包。她正在想，要多少天不吃不喝不睡觉才能读完这些书啊。突然听到杭老在说玉琮，便插嘴道。

"正确！这就是我思考的结果！"杭天旭大叫道。

"咦，你怎么知道？"吴勇狐疑地看着蒲姑。在他印象里，这丫头一直懵懵懂懂的没进入角色，啥时开窍了？

"这个呀，我瞎琢磨的。愚者千虑必有一得嘛。"蒲姑知道自己不小心说漏嘴了，赶紧掩饰道。

"艾优说得对！我们搞考古的，就要多琢磨，从某种意义上说，我们是在破案，破人类历史之悬案。我们每个人都应该立志做考古界的福尔摩斯。"杭天旭赞赏地看了一眼蒲姑，继续说，"还有玉琮的器形所代表的寓意。你们还记得都有哪些说法吗？"杭天旭笑眯眯地看着两个年轻人，脸上写满了神秘。

"无非说是女阴、男根之函，外方象征地，内圆象征天，中孔穿的柱子为天地柱，象征天地之间的贯穿，还有说是烟囱、织布机上的部件、图腾柱、神龙浮出的通道、系于腰间的佩饰之类。"吴勇兴味索然地说。这些话，他不知重复过多少次，都懒得再提了。

"我分析了一下，所谓烟囱、织布机上的部件是无稽之谈，系于腰间的配饰更无可能，那么大你系给我看看。倒是女阴、男根、天地柱这几种说法似乎都指向同一个崇拜对象。你们不觉得玉琮的外形是男根和女阴的奇妙结合吗？玉琮的外部酷似男根，内部像极女阴，特别是高节琮，简直就是绝妙的实体模型。在中华传统里，男为阳，女为阴，天为阳，地为阴，所以玉琮很可能要表达的就是对生命的崇拜，对天地的崇拜。这让我想起有一次参加《中国少数民族美术史》编撰，去云南、贵州等地实地考察时，看当地彝族聚居区的'祈丰年'活动。发现他们用的祭祀法具——'祖器'跟玉琮惊人地相似。这种活动在每年3月耕种之际举行。主持活动的祭司身着百鸟衣，一手持祖器，一手持树枝，边唱边跳，唱到某个地方会把木轴插入祖器，持轴表演与大地交媾的情景，祈求万物复苏，生长茂盛，年年丰收。活动结束后，祭司会将木轴取出，供奉在隐秘的地方，或藏在箱子里面。祖器、繁衍、万物兴旺、农业丰收，这些不都是良渚这种农耕文化里的关键词吗？而且，彝族人的祖先是百越先民，与良渚先民应该有共同的文化渊源。"

"听您这么一说，好像还真有那么个意思。那他们的祖器上刻有纹饰吗？"吴勇若有所思地说。

"祖器'节'的表面只饰有棱纹，没有神徽，所以还不完全一样。只是关于和祖器配合使用的木轴，我们在墓葬里并没有发现，这有两个可能，一是木质的东西早就朽烂消失，另一个可能就是良渚先民并不是用木轴。"

"您的意思是……"杭老的推测如此大胆，吴勇有点不敢往下想了。

"用玉琮芯。"艾优，不，蒲姑，插话。刚说完她就后悔了，可是后悔也来不及了，杭天旭和吴勇同时转向她，异口同声：你怎么知道？

他们真的无语了，一个未婚的女孩子，听着两个男人大谈男根女阴竟然毫不避讳，还坦然地加入，是不是很匪夷所思？

"我猜的。你们不觉得玉琮芯插在玉琮里最合适吗？"装无知是蒲姑现在唯一能做的了。她突然意识到此次行动处处险情，步步惊心，真的不知还能坚持多久。

吴勇盯着艾优，他越来越感觉眼前这个艾优有什么地方不对，但又说不出到底是什么，明明就是她。

杭天旭也是同样反应，不过他很快就露出一副anyway（那又怎么样）的神情，捡起了刚才的话题："你们没有发现我们挖掘的几个玉琮芯和我们认为是玉残料的形状有点奇怪吗？按说制作玉琮时肯定应该先切割，然后管钻对吧，那玉料芯的顶端不应该是平平的切割面吗？可是无论是在墓葬里还是作坊区，我们发现的玉琮芯都是棒状圆顶。这说明了什么？"

杭天旭的眼睛在厚厚的镜片后面闪闪发光。

吴勇心里一动：杭老说彝族的祖器和良渚的玉琮器形相仿，这让他想起曾经看过的一篇彝族语言学家写的文章。文章说，彝族先民上古时期生活在成都平原，是古夷人和古蜀人的后裔，文中比较了三星堆遗址出土的青铜头像和现在彝族人的发型，两者非常相像，而且三星堆玉器上的文字也与古彝文有很多共同点。连著名学者费孝通先生都说："很清楚，这个三星堆文化与彝族文化是有关系的，怎么样下来的？中间的环节还不清楚。"

彝族人的祖先是百越先民，彝族的祖器与良渚的玉琮相仿，三星堆文字与古彝文相似度很高，金沙是三星堆的后续文化，金沙有良渚出产的玉琮，如果把这些串起来，真的让人细思极恐啊！难道古蜀跟良渚真的有极深的渊源关系？难道真的有良渚先民在逃离4300年前的那次大劫难时逆水而上来到了古蜀？

48

祭天仪式设在瑶山祭坛。出了良渚古城，向东北方向走大约5公里，有一个高约35米的小山丘，这便是瑶山。不同于祭龙王仪式的是，祭天仪式仅限淳于王和他的内臣及皇亲贵族们参加。

农历正月初一正旦日，吃完丰盛的早餐，宫里的妆娘帮虞姑和艾优把头发梳成好多小辫儿，盘在头顶上，然后用一个大大的玉梳固定住，再在外面戴上鲜花冠，这是女子祭祀特有的发式。然后八婆帮她们穿戴上庄重的祭祀服饰。一切妥当之后，两个女孩子跟夷吾和八婆一起由家奴们用轿子抬着，就出发了。艾优长这么大还是第一次坐轿子，感觉很新鲜，不时撩开帘子往外看。正是隆冬时节，山上草木凋零，万象沉寂，气温却似乎并不低，感觉不是很寒凉。参加祭祀的王公大臣及其家眷由各自的家奴照顾着赶路，无人喧哗。多云的天气，为此行平添了几分肃穆。

祭坛建在山丘的顶上，是一个长约24米、宽约18米的土台。土台为正南北方向，东西两侧类似我们今天舞台两侧演员上场的地方有几级阶梯。远远望去，土台的正中有一个石头砌成的回字形空间，空间由四面1米左右的矮墙组成。回字形围墙的北墙中心处立着一根粗木柱，木柱的顶端立着一只石鸟。石鸟展翅欲飞，嘴部向上指天，正好形成顶部的箭头。矮墙似乎也遮挡不了什么风雨，更谈不上为里面的人提供任何隐私保护。它就像我们现在看表演时舞台上的房屋道具，象征性地有墙、有门，实际上根本就不是房子。这么一个看不出来有何用途的空间直接建在土台上总让人感觉有点怪异。

　　艾优随着众人上了土台，就发现了其中的奥妙。围墙制作考究，由石块垒砌而成，石块之间的缝隙处填上了淤泥。进到回字形围墙内，艾优发现墙面上有一些朱砂点画的线条。更让她吃惊的是，在回字形的正中心，她看到一个巨大的圆盘平放在地面上，这个圆盘更讲究，是由厚木板铺成的，表面上有一些刻画的线条和灼烧的圆点。两个头上梳着发髻的男子正在用一根细长的木尺测量木柱投在圆盘面上的影子和线条之间的距离。原来这个圆盘和围墙是一个计时的装置！聪明的良渚人在用斗转星移和日光投射角记录岁、月、日、时及各种时候、气候、物候关系！

　　在良渚这样一个以农业为主的社会，何时播种，何时收获，不只关乎时间，还关乎温度，所谓农时，便是这些因素的神秘组合了。良渚人一定是注意到了太阳周期和温度以及作物生长之间的联系，才特意在神圣的祭坛上为太阳——这个主宰产出的天地之神留出了这么一个特别的位置，并定期来朝拜祈求。在艾优看来，这个圆盘围墙系统已经远远超出了迷信的范畴，初步具备了科学的探索精神。

　　她想起刚来考古队的时候，杭老介绍瑶山和汇观山祭坛时提到过，这是两处属性相同的遗址，而且在祭坛中心位置从土色都可以清楚地分辨出一个回字形灰框，很可能是一个围墙。当时她难以想象土台之上再建个围墙是什么效果，甚至感觉有点匪夷所思。现在，当这种结构的立体形式出现在眼前，而且还有良渚人亲自向她演示它的功用，她被震撼了。古人的想象力和创造力真的让人叹为观止啊！她深知在科学上，所有的发现都是渐进的，这是无以回避的局限。显微镜发明之前，人类不可能知道细菌，望远镜发明之前，人类看不清远方的物体。但是聪明的良渚人，在毫无天文学知识，亦无任何仪器辅助的条件下，已经摸索出了一套依据天时精耕细作的方法。这无疑是一个蒙着眼睛的人，完全靠直觉从起点到达终点啊。

虽然从参加的人群来看，祭天仪式的规格很高，但整个过程却相对比较简单，有点都是自家人不必做样子的感觉。没有烧火的大坑，所有人，包括淳于王，排成两排，一字形跪在回字形围墙外面的广场上，广场由砾石铺就，非常平整。因为八婆特别强调要驱散她身上的邪灵，所以祭祀时，艾优和八婆被破例允许进了围墙，站在夷吾的身后。

夷吾面向北方，挺身立在圆盘的中心，双手持璧，高高举起，显得格外威严。虽然一切都已准备就绪，大家只是静静等候，"果然是计时装置！"艾优不由在心里嘀咕了一句。

49

艾优正在胡思乱想，突然听到风中隐约飘来一阵悠远的箫声，肃穆、典雅、神秘，随着箫声渐近，一队人从石门处缓缓鱼贯而入。定睛一看，她彻底惊呆了，这些人里有男有女：男子俊朗儒雅，头戴羽冠，手执排箫，刚才听到的箫声便源于此。女子体态婀娜，身着色彩鲜艳的霓裳罗衫，前额点着朱砂，弯弯的柳叶眉用木炭描得乌黑，显得非常妖娆妩媚。

直到一干人在西北角站定，艾优才注意到那里有一只巨大的石磬和一只牛面鼓。鼓乐声中，夷吾大声吟诵道："南风之薰兮，可以解吾民之愠兮；南风之时兮，可以阜吾民之财兮。"女子们随着乐曲，长袖飘带，翩翩起舞。箫声如诉，裙裾飞扬，若不是阳光透过云层倾泻而下，艾优肯定会以为自己此刻正坐在某个剧院，欣赏《韶》乐。

然后，鼓点越来越快，一队身着短衣的男子手捧火盆出场了，在激烈的鼓声中做着各种争斗的动作，最后似在搏斗中受伤了，陆续倒在地上。这时，一个女子慢慢走上场，俯身轻吻男子，把火盆里的火一个个熄灭。几乎与此同时，广场圆盘中心的巨大的火炬被点燃了，火光中，夷吾沉郁的声音响起："卿云烂兮，纠缦缦兮！日月光华，旦复旦兮！"

这就是真正的《大韶》呀！记得在南京大学念书时，背过《竹书纪年》上的记载："有虞氏舜作《大韶》之乐。"《韶》乐自古就被认为是中国宫廷音乐中等级最高、运用最久的雅乐，由它所产生的思想道德典范和文化艺术形式，一直影响着中国的古代文明。西汉董仲舒《春秋繁露·楚庄王》中论古乐，将《韶》乐列为古雅乐之始。《韶》乐因而被誉为"中华第一乐章"。据说春秋时期吴国公子季札访问鲁国时，观看了《箫韶》，叹曰：观止矣！

终于，立柱投下的影子出现在正前方，祭祀开始了。夷吾念了一大段晦涩难懂的咒语后，双膝跪下，把玉璧平放在地上，然后整个身体前倾匍匐在地。艾优正不知如何是好，身边的八婆拉了一下她，两人也齐齐跪下了。约莫十分钟之后，夷吾直起身，将璧高高举起，又念了一段咒语，再匍匐在地。艾优数了一下，如此重复了十次。之后开始说话，声音不是很高，有点像私交之间倾心的诉说。艾优屏息凝神，听到他说的是：

"我知道天上的神灵时刻在看护我们，我也知道生活中的困难都是我们必须经历的，但是大水越来越频繁地发生，它让已经成熟的稻米烂在地里，而这些稻米是我们下面一整年的口粮。被大水冲毁的房屋可以再盖，过了季节粮食却不可再长。神啊，如此下去，万民将活活地饿死在你眼前。我们祭了龙王，可是没有见到任何好转的征兆。现在水灾未止，大战在即，仁慈的天神啊，普天之下，这世间有哪一样不是在你的掌控中呢？求你帮帮我们吧。若能救良渚百姓于水火，夷吾甘愿用卑微的生命做牺牲。求天神垂怜！"

为了百姓，他竟然愿意自己去死！艾优不由打了个寒战。一个国家仅次于王的当权者，要为国民献出自己的生命。这个牺牲可不是说说而已，若是天神想要那是真的要取走的。相比古时的王，后来的统治者是进步了还是堕落了？

50

回到家，蒲姑就把自己关到卧室里。

她要好好理理思绪，想想前面的路该如何走。才来几天，已经出了两次状况，刚才吴勇看她时的狐疑目光，现在想起来还后怕，要不是自己过得去的应激反应和演技就露馅了。下面一定要管好自己的嘴巴，言多必失。从现在开始，这张嘴只用来吃饭。突然，她记起八婆好像说过，巫族的魂跟人的身体有个适应期，这段时间，只有最基本的记忆，比如家住在哪里，家里人都是谁，还有平时常去的地方，这些主要信息可以供魂使用。但过了这段时间，寄主的很多其他记忆会自动存入魂的记忆库，寄主的身体和灵魂就真正融为一体了。"熬过这段时间就好了。"她安慰自己。有人敲门，是妈妈的声音：优优，你没事吧？

"没事儿，我好着呢。"蒲姑赶紧大声回答。她知道这个妈妈是个急性子，要是晚几秒钟，她没准就破门而入了。看到自己这副魂不守舍的样子她肯定要生疑，那真的是一地鸡毛了。

"没事儿就来帮妈一起做青团，妈有话要问你。"不知为何，妈妈的声音里欢喜的成分大于担心的成分。

话说到这个份儿上，不出去看来是不行了。蒲姑心里说了句：怕什么来什么，也罢，总不至于吃了我。打开门悲壮地走了出去。出了房门才发现，世界一片祥和，爸爸可能出去找人下棋了，家里很安静。妈妈面带神秘笑容，招呼她到厨房帮忙。

厨房的桌子上有一团绿色的植物。妈妈一边拧开火烧水，一边说："这些青艾是我特意采了冻起来的。你那么喜欢吃青团，还是要学着做，以后自己有家了，也可以做给全家人吃。自己做用的食材安全可靠，比小吃店卖的更健康。现在市面上很多青团都用色素替代了，哪里还有艾草的清香。"

她把焯过的青艾放到凉水里过了一下，用打碎机打碎，然后开始准备米粉。"看好了，用七份糯米粉配三份黏米粉，这个是最合理的搭配。"说完，把青艾倒进配好的米粉里，递给蒲姑一根粗粗的石榔头，吩咐她捣碎、拌匀，自己到冰箱里拿出调好的馅料。

见蒲姑捣得差不多了，妈妈开始教蒲姑怎么包，一边说："这是你喜欢的雪菜笋肉馅。以后做给孩子吃，也可以做一些黑芝麻豆沙馅的，小孩子喜欢吃甜的。要是一次做不同馅料的，外面要做上标记，比如甜味的，就用手指在青团的表面摁一个凹陷，辣味的，就在团子顶部捻一个凸点。"

蒲姑不懂为什么妈妈不断把话题往孩子身上扯，只好不搭腔，闷头包青团。她用眼角瞄了一眼老妈，老妈欲言又止了好几回，最后似乎终于忍不住了，开口问道："今天早上来接你的那个小伙子是你单位同事啊？"

原来是这事儿！蒲姑松了口气，还以为她这儿又发现什么疑点了呢，

"嗯，是吴队。"

"姓吴啊。小伙子长得不错，高高的，白白净净的。哪儿人啊？多大了？"妈妈好奇心很重。

"他是北京人，高我两届，应该比我大两岁吧。这跟我有关系吗？"蒲姑不懂妈妈为什么对吴勇这么关心。

"我看这孩子就不错。都是搞考古的，谁也不嫌弃谁。"妈妈似乎做了决定，用一种很肯定的语气说。

蒲姑没想到妈妈这么轻易就把自己许配给了吴勇。老实说，连自己都还不知道吴队是什么样的人呢。就凭他带她去了趟杭老家？

"他还没结婚吧？"妈妈突然想起这个重要的问题，毕竟是一夫一妻制。

"应该没有吧，他春节都没回北京。我也不太清楚。"

"好好打听一下。"说完可能她自己也觉得不妥，"不过你也不方便打听。杭老肯定知道，要不我哪天自己去问问杭老。他老婆跟我们一起跳广场舞，都认识的。"妈妈的热情很高。

蒲姑脑子飞速运转，不知道遇到这个话题艾优会怎样应对。对她而言，这未尝不是件好事，妈妈本来好像打算春节期间让她去相亲的，那是她目前最担心的事情，因为她根本不了解这个世界的男孩子，相亲等于把她送到绝路上了。现在至少可以用吴勇抵挡一阵子，不必相亲了。

"嗯，吴队人不错，对我也挺照顾的，不过现在我们就是普通的同事关系，将来是什么关系就很难预料了。"她故意显出一副娇羞的表情，像少女怀春。

"我看不如这样吧，咱们就把小吴当成一号人选。反正现在还有十几天才上班，他也跑不掉。这段时间呢，咱们就先见几个，说不定有比他强的，选择多了总不是坏事儿。咱家经济状况不错，你呢也在事业单位工作，虽然工资不高但是铁饭碗。我和你爸工作这么多年了存款也有一些，我们在城站的那处房子就留给你结婚用，到时还可以陪嫁一辆轿车，这么好的条件到哪儿找去。"

蒲姑一听头都大了，这里的人好聪明啊，自己的脑子好像真的不够用了，"还见啊?！我答应你跟吴队好还不行吗?"

"还说呢，你连小吴的婚姻状态都不清楚，妈哪能让你在他那一棵树上吊死。初六妈约了一个，小伙子在银行系统工作，听说马上就要升科长了。在美国读的硕士，老爸是杭州市委领导班子成员。多好的条件啊！明天你见一下，要是双方都不反感，就交往看看，说不定这就是你的姻缘呢。"妈妈对她好像很有信心。

蒲姑真是有苦说不出，她根本就听不懂妈妈在说什么。她愁死了，初六这关可怎么过呀？

51

吴勇打电话给北京的父母，说不回家了，这边还有点事儿要处理。其实也没什么重要的事情，就是想用假期时间给自己好好充充电，再把良渚水坝遗址的线索好好捋一捋，看看有没有什么遗漏的。

他在杭州的住处是个小小的单元房。一室一厅一厨一卫，卧室和客厅除了一张床，一张电脑桌，全被书占据了。吴勇从书桌上方的小书架上抽出一本薄薄的小册子，《良渚》。作为考古所专攻良渚文化的新生代，他对这本书再熟悉不过了，这是良渚文化的发现者施昕更的第一本也是唯一的一本专著，亦是良渚文化考古发掘的开山之作。他来浙江省文物考古研究所工作的第一天，去逛杭州的考古书店，第一眼就注意到了这本书，想都没想就买下了，似乎冥冥之中命运已经把他和良渚文化连到一起了。书显然是影印的，但该有的都有了，字迹也还算清晰。他轻轻翻开，书的扉页，是卷首语：

　　这本报告，是随着作者同样的命运，经历了许多患难困苦的历程，终于出版了，虽然是值得欣慰的事，但是此书既成，反"不忍卒读"，更感慨万端！遥想这书的诞生地——良渚——已为敌人的狂焰所毁灭，大好河山，为敌骑践踏而黯然变色，这报告中的材料，也已丧失殆尽，所以翻到这书的每一页，像瞻仰其遗容一样含着悲伤的心情。

　　我们上古的祖先，坚忍地开辟了这广漠的土地，创下了这彪炳千秋的文化，我们今日追溯过去，应当如何兢兢业业地延续我们的生命与光荣文化呢？可是，我们现在的子孙，眼看到这祖先开辟遗下的国土，一天天地沦亡，我们的文化，也被敌人疯狂地摧残，这正是存亡绝续的重大关头。

　　然而，中国绝对不是其他民族可以征服的，历史明明告诉我们，正因为有渊源悠久、博大坚强的文化，所以我们生存在这艰巨伟大的时代，更要以最大的努力来保存我国固有的文化，不使毁损毫厘，方可使每一个人都有了一个坚定不移的信心。

　　……

　　最后，我这样冥想着，良渚遗址初步发掘是完成了，而我盼望第二次良渚发掘的时候，在焦土瓦砾中，找出敌人暴行的铁证、同胞血和泪的遗迹，供世界正义的批判。这意义比较起来更加重大罢！

吴勇一字不落地读完，泪水早已充盈了双眼。记得第一次读这本书时，他也是感动得落泪。当时他除了实习时有过几个田野考察，对考古基本上停留在书本阶段，对良渚遗址更谈不上有任何感情。这本书，尤其是这本书的序言，带给他的震撼不亚于一次遗址挖掘。

多难兴邦，他知道这本书里的所有发掘，其实都是施昕更一个人完成的，如书中所述"……我对于探究遗址的兴趣，更加狂炽，以前所得，尚以为足，乃终日蹀躞于田野阡陌之间，不以为苦……"

作为一名考古人员，这种探究的热情和执着，是多么宝贵！而且他知道，这份热忱来自施昕更对这块土地的一片深情。在书中，施昕更写道："遗址附近的名胜古迹可述者，如大雄山、崇福寺等，苍松峭壁，风景殊胜。又荀山为荀卿读书之地，东明山为明建文帝避难之地，也值得我们低回神往的。"一个深爱自己家乡的人才会在那样一个动荡的岁月里，以一己之力还要继续遗址的挖掘吧。

吴勇觉得，相对于其他职业，做考古研究尤其是田野考古，最需要一种忘我的情怀。记得在一次座谈会上杭老曾动情地说："劳役般的职业考古生涯，平实而单调，但沉潜的时间久了，你会发现你的心里不知何时生出了一缕光，这缕光来自岩石、土层，最终成为心灵的滋养。因此，所谓的发现，一方面是走向田野，另一方面是走向自己的心斋。作为一个考古人，我们要不断地往返于时间的两端。回到从前，去发现人类曾经的辉煌，同时又活在当下，享受现代文明。这样很辛苦也很幸福，因为我们的心可以流连在许多不同的时空。当一扇扇的门打开，当我们穿越时间的隧道，渐渐地熟悉一片片远古的天空，我们会越来越感觉到生命的充实与久远，仿佛自己已活了几百万年。从这个角度看，考古其实是一个充满了诗意的职业。"

从施昕更到杭老，他被老一辈考古人对远古遗存、对祖国的一片赤子之心深深感染。过去他以为考古就是挖宝，是很刺激的，但真的做了这一行，才发现考古的过程非常辛苦、枯燥。像二里头、陶寺、良渚这样的大遗址是少之又少，许多考古学者一生都在默默无闻地耕耘，和小说、电视剧中关于考古、盗墓充满娱乐性的想象是截然不同的。考古学家不是盗墓者，这其中的虔诚和清苦唯有置身其中才能有所体会。

所里老同事告诉他，1981年，杭老刚接手良渚考古工作的时候，当时良渚到底在哪儿，没人说得清，他就自己走，8个镇，走了20天。1986年，在杭州举行的良渚遗址发现50周年学术会议上，杭老根据田野考古发掘实证资料，第一次提出了"良渚遗址群"的概念，为良渚的发掘和研究打开了新的视野。

但良渚遗址群的整体保护实施起来并不容易。记得有一次，国家文物专家来杭州，讨论良渚遗址保护计划，余杭区政府的人也来了。会开了一半，全体退场，把北京来的专家晾在那里。太尴尬了！良渚遗址管委会的负责人开完会回家大病一场。文物考古和地方政府的矛盾一直非常尖锐。可以设想，余杭这样的经济发展区，一旦划为保护地，40多平方公里的地方就成了"死地"，民房不能建，工厂不能建，老百姓怎么谋生？经济如何发展？后来他们想出了一个办法，把余杭在绕城高速外边卖地毛收入的10%拿来补贴良渚，这不是一次性的，是个政策。

这么多年来，考古队有一个保留节目，从杭老在队里的时候就开始了，就是早饭后到古城外绕一圈，看看北城墙和西城墙，晚饭后上大莫角山，看最美的落日风景。夕阳余晖里，正在建设中的良渚国家考古遗址公园一览无余。因为年代太久，遗址全部深藏地下，现在有的地方竖起了图文展板，河道两边竖起了木桩，种上了一排排高大的绿植。小花遍地，天空中不时有鸥鸟"嗷嗷"地叫着飞过，似在向人们讲述良渚先民5000年的功名荣光。

每次站在莫角山上，吴勇都心绪难平。良渚并非他的家乡，但是多年的考古挖掘已经让他深深爱上了这片土地。这里遗址密集，而且都是动辄上千年甚至上万年的远古遗存。他常常想，中华民族史前文明的源头或许就藏在良渚的土层之下。

52

艾优打开厚重的木门，门口站着一个年轻人，挺壮实的，一看就是个四肢发达头脑简单的肌肉男，满脸无知的傻笑。年轻人看到她，很亲热地要拉她的手："蒲姑你好了？八婆说你昏睡了十几日。我来看你她又不让进。急死我了！其实我那是编瞎话骗你的，我只是不想连累你。以后我会告诉你为什么。你不恨我吧？"

艾优赶紧把手背到后面，心里说：这个蒲姑是不是人见人爱呀？上次见到她父亲，上来就要摸头，现在这个年轻人话没说几句就要拉手。不过说真的，蒲姑确实是个绝色美女，男人啊，永远都是拜倒在石榴裙下的，估计美女们早就习惯了男人色眯眯的眼神和情不自禁的爱抚了。她自己长相普通，从小到大像一棵小草默默地活在自己的世界里，异性的目光极少在她身上逗留，这几天要扮演好美女的角色还真有点难度呢。眼前这个荷尔蒙旺盛的小伙子跟蒲姑是什么关系呢？十有八九是情人吧，否则他不会动手动脚的。她试着顺着对方的思路搭话：

"我当然不会恨你呀。我知道你做出的决定肯定有你的理由的。"

"真的？那太好了！"对方很兴奋。

艾优怕他一高兴再做出什么出格的举动来，这个肌肉男明显不是她的菜，她可不想让他有什么非分之想。所以赶紧说："不过八婆说我的病还没彻底康复，不宜出门。"

那个壮小伙子一听，连忙说："那你就在家安心养病吧。等你好透了，我带你去看城墙，我们已经建起不少了。看上去很气派呢。"

艾优听了心里一动：城墙？就是吴队带我们一起发现的城墙？要真能去看看倒也不错耶。忙说："其实我也好得差不多了，跟你去看看无妨。待我去告诉八婆一声。"

"阿牛一来我就知道他又要带你出去疯。去吧，早点回来。记住了，你们只能是兄弟。"八婆吩咐道。艾优听了差点笑出声来。兄弟？蒲美女还挺会糊弄老人家，她和眼前的这位仁兄可能早就滚过床单了。

到了工地，艾优被眼前的一幕惊呆了。人山人海，比大型演唱会人还多，有的肩挑手拉，有的挥舞石铲，没人消极怠工，更没人玩手机。与这个相比，现代的所有大工程都是小巫见大巫了，这才是真正的人民战争的汪洋大海。那些民工宽肩细腰，小腹平坦，四肢修长，放到今天个个都能当健美模特儿。若是脱去短袄，换上文人骚客们的广袖长袍，手执折扇，谈诗弄画，想必也是玉树临风、儒雅斯文。

艾优想起这几天在夷吾宫殿的一日三餐：早餐是一碗鱼茸芡实粥，中餐和晚餐算是比较丰盛的，也就是一小碗米饭，佐以清蒸鱼或煮猪肉，以及红蓼、栝楼等花瓜类蔬菜，外加一小钵鱼头汤和一小杯米酒，水果种类比较多，桃、李、甜瓜、酸枣，全天供应。这还是宫廷饭菜呢，普通百姓家的家常菜一定更加清淡。看来良渚先民真的是"适量运动，理性饮食"啊，难怪一个个身材这么好。对比现代社会，人们海陆空火锅、烤全羊、麻辣烫，口味越来越重，毫无节制，上了班电脑前一坐整天不挪窝，回到家沙发上葛优瘫刷屏，难怪年纪轻轻就肥肉贴身，大腹便便了。

阿牛告诉她，因为敌国要来入侵了，他们在赶工期。现在已经建好了三面墙，还有一面就要完工了，城墙建好之后所有人都要转到水坝工地去。先王在的时候建的那个水坝被一场大水冲垮了，淳于王让鲧加固重修。水坝要赶在夏天山洪暴发之前修好。淳于王说了，敌国与洪水，是良渚国最大的危机。

听他这么一说，艾优的注意力才从民工的好身材转向同事们津津乐道的，也是良渚考古重大发现之一的城墙：纯净的阳光下，矗立着用新鲜的黄土堆砌夯筑而成的城墙，在蓝天的映衬下，在密如蝗蚁的人群的烘托下，它是那么安静而优雅，又是那么靓丽而恢宏。见惯了大城市钢筋水泥的丛林，再见这种纯天然的物体，感觉就像在一群陌生人中见到家人那么亲切。如今不要说城市，即便在乡村，这样大片裸露的泥土也是越来越少见到了。所有的道路都铺上了沥青或者水泥，下雨的时候不再泥泞不堪，整洁便利，但人的膝盖却因此过度劳损，才六七十岁就需要换半月板。文明与原始，孰是孰非，真的很难说得清啊。

墙体的高度比考古挖掘的最高残高要高一些，6米左右。可能是为了稳固，也可能是土墙的特性，墙的下部比上部要宽很多。而且特别奇怪的是，墙的外部坡度很缓，如果是为了防御，不是应该很陡，让敌军上不来才对吗？

"城墙外面为什么要有大坡？那样敌军不是很容易就冲上来了吗？"她问。好在眼前就有个当事人。她突然想到考古的艰难其实就在于当事人不在场，其他朝代还好，至少有案可稽，史前连文字都没有，查无线索，只能靠猜，靠推测，靠想象。所以杭老说好的考古人员应该具备福尔摩斯那样的探案能力。

"鲧跟我说那是因为城墙不光防敌国，还要防大水，墙根宽厚不易被水冲塌。敌军冲上来没关系，我们城墙顶上住着卫兵的。卫兵长年累月住在城墙上，家里就存着兵器。等北城墙建好了，我们还要在墙顶上打上尖竹栅栏，作为第一道防护。敌兵在远处时用弓箭射击，闯过尖栅栏的敌兵将士们用石钺、石斧就可以对付了。"阿牛很耐心，说的时候脸上一直笑眯眯的。艾优想，难怪蒲美女喜欢他，原来是个暖男。一个壮硕的暖男应该还是很讨女孩子们喜欢的。再说了，阿牛的五官也很清秀的，只是可能体力活儿干得比较多，身上肌肉比较发达，给人的第一印象就不那么儒雅。不过相比之下，她还是更喜欢无忌那款的，清雅、高贵、专情。刚醒来时无忌看着她时的目光让她至今想起来还会心跳。后来才知道无忌是虞姑的男朋友，但是她相信那个目光中的内容她绝不会读错。

来良渚快十天了，她心中的忐忑在慢慢消散。那天从瑶山祭坛回来，她问八婆：为什么祭祀时要拉她一起站在夷吾身后，跟大家一起在围墙外面跪拜不好吗？八婆说："祭坛上有无杜家族的墓地，祖灵们都熟悉蒲姑的魂，如果没有夷吾法力的掩护，他们极可能认出你来。这个时候，我可不想给老爷添乱。"她听后心里一惊，不过也有点释然：老巫婆干的好事，她自会承担后果，自己反倒安全了。

53

过完小年，吴勇这个外地人不多的几个应酬基本就结束了。初六起床吃过早饭，闲来无事，他去了八角亭办公室。打开电脑，意外地发现电邮信箱里有一封万光明的电邮。留言区写着：勇，这张图片是我送你的中国年礼物，希望它对你有用。他有点好奇地打开附件，心想万老先生不会给我发一张无聊的贺年卡吧？打开之后发现这是以 TIFF 格式存储的电子文件，内含一张已解密的 20 世纪 60 年代的美国间谍卫星影像！他的心狂跳起来，隐约感觉到有什么事情要发生。

图片有 239 M 大小，呈长条形，西起余杭百丈，东到海宁许村，北达超山北侧，南部覆盖笕桥机场，拍摄范围达到 1000 平方公里。画面右侧一串数字应该是它的编号：较大的 86079 后面跟着稍小字体的标注 DS 11 FEB 69 1107-2A，说明它拍摄的时间是 1969 年 2 月 11 日，正是冬天自然植被很少的季节。影像分辨率很高，精度 1.8 米左右。根据解密信息，结合拍摄时间和分辨率，他推测，这应该是锁眼系列中第二代的 KH-4B 卫星拍摄的。

他顺着苕溪熟悉的走向找到古城的位置，点击放大，屏幕上出现的图像让他大吃一惊：这张黑白照片中，他们花了几十年时间历经千辛万苦才发现的良渚古城尽收眼底。古城的各个部分：莫角山以及它上面的三个小高台、城墙、外郭城，还有塘山和西北的岗公岭的几处水坝等都清晰可见。几乎良渚所有的遗址点都能在上面找到。他真的被震撼了，如果早点看到这张图片该多好，良渚遗址的发现要提前数年。

事实上在此之前，谷歌的高清卫星图片已经覆盖这个区域，他们还曾特意请专业的公司用无人机制作了整个片区分辨率高达8厘米的正射影像。但这些影像对遗址结构的显示都不是很理想。这是因为谷歌卫星图片和一般的数字正射影像都做过正射处理以保证平面测量的精度。而且为了避免影像反差过大，往往有意识地选择在阴影较弱的光线条件下拍摄。而阴影恰好是地表的结构能在画面中凸显出来的关键因素之一。早期的锁眼卫片出于寻找地面军事设施的需要大多倾斜拍摄，光影角度的选择正好符合他们的要求。加上20世纪六七十年代良渚地区的农村还没开始使用液化气，大家烧饭靠柴火，村民都要上山砍柴，所以山体上植被很少，当时还没有开展大规模的基本建设，都是原始地貌，地面的形态看上去比较一目了然。

他找到岗公岭的位置，放大了仔细查看。看了一会儿，肚子有点饿了，一看表，已是下午一点，赶紧把带来的午餐盒放到微波炉里加热，又用电水壶烧了一暖水瓶的热水，然后泡了一杯绿茶佐餐。等到吃完饭坐到电脑前，他几乎不敢相信自己的眼睛，他看到画面上两个近圆形的山体之间，连着很长的一条垄！原来走的时候无意中把图推得过于靠上了，就是在这个特别的角度，他看到了那条垄。从垄的形状看，很可能是人工堆筑的。他立刻缩小画幅确定这条垄的具体方位，发现在高坝往南挺远的一个地方。前段时间一直在岗公岭附近找，从没想到过这里会有什么。

他打开谷歌地图，找到相同位置，发现这个地方东边是新104国道，再往东是南山和栲栳山。看到这里，他眼前一亮：天啊，它通过栲栳山居然连上了毛元岭和塘山！这太让人兴奋了，这意味着，如果这是个良渚的坝，那它们和塘山就构成了一个整体！

吴勇在空旷无人的办公室里一通大叫大嚷。叫够了，拨通了杭老的电话，告诉他这个好消息。杭老只回了一句话：今晚来我家喝酒！然后他又拨给研究所负责高坝勘探的技工老余，这个陕西汉子正在家里老婆孩子热炕头地安心过年，听到消息也很激动，很侠义地答应他回来上班第一件事就是帮他勘探。

那天晚上，他在杭老家喝酒，喝得酣畅淋漓，大醉而归。

54

初六，蒲姑跟着妈妈去相亲。

上午见的是那个妈妈口中的乘龙快婿，杭州银行未来的科长。这是一个长得像豆芽菜一样高高瘦瘦的男子，看上去三十出头。这让蒲姑想到良渚国的阿牛。她喜欢阿牛那样壮实的男孩子，他们像阳光下的大树，挺直、健康、充满力量，风雨来时他们的怀抱安全又温暖，是女孩子最好的归宿。

男子当然不知道蒲姑在想什么，还在为自己的海外学习经历，和一份令人羡慕的工作而沾沾自喜。说实话，对眼前这个叫艾优的女子，他有点小失望。她长得太普通了，浑身上下没有一点叫人眼前一亮的地方。有的女孩脸蛋儿漂亮让人心动，有的女孩虽不很漂亮但身材妖娆，上帝很善解人意的，既然把她造成女孩子，总得有些让人悦目的地方，否则她拿什么来吸引男人？可是，这个叫艾优的是个例外。

"阿姨说你在考古所工作，你们考古行业不跟市场挂钩，应该是清水衙门吧？每年是不是连奖金都发不出来？"为了显示诚意，男子决定寒暄几句。女孩的妈妈是老妈的闺蜜，他可不想回家挨老妈骂。

"我们是事业单位。"对男子的话蒲姑大多数听不懂，她突然想起昨天妈妈说的话。

"现在是市场经济了，外企工资高、升职机会多，大家都想尽办法进外企。次一点的去银行这样的单位，图个奖金高，福利好。事业单位就是鸡肋，也就你们这些乖乖女还去那种地方。不过没关系，我们单位年终奖挺高的，你就是不工作我都养得活。"可能是被蒲姑不谙世事的样子激起了责任心，男子竟然开始夸口了。

蒲姑想，若不是为了去考古队工作，我为何来这里？但这个是秘密，当然不能告诉他。她想了想，说："嗯，我喜欢我的工作，我不会要你养活的。不过我妈妈说我家在城站附近有一处房子可以给我。"

"城站啊，那儿都没什么好学校，不是学区房，我们将来肯定不能住那儿。孩子教育是第一位的。"

蒲姑感觉很奇怪，这个男人，自从来到这里，眼神飘忽从未在我身上停留超过两秒钟，更不敢看我的眼睛，也不问我喜欢什么，平时有了时间都做些什么，现在却在规划我和他的未来，这岂不是太可笑了？他凭什么以为我喜欢他？是时候吵醒他的自恋梦了。

"你想得太多了吧？你都不了解我，我也没说喜欢你。你要没有什么别的事情，我想回家了。"

男子正居高临下地感觉良好，猛然吃了个呛。他没想到这个看上去极为平常的女孩竟然先拒绝了他。男子白净的长脸涨得通红，惊愕地张着嘴不知道该说什么。

蒲姑站起身，对那个张口结舌的男子微微一笑，说："谢谢你今天来见我。我知道你了。倘若有缘说不定以后还会再见。对不起，我先走了。"

等在门外的妈妈迎上来："聊了这么久，是不是都有点意思啊？"

"没可能。"蒲姑一直往前走,停都不停。

她妈妈追上去:"你什么意思啊?没成啊?"

蒲姑学着她的口气说:"就是没有意思啦。我对他没感觉。"

"什么叫没感觉?这么好的男孩子你没感觉?眼光够高的啊,艾优你不会以为自己是大美女吧?停下停下,今天你不说清楚就别回家了。"妈妈是真的生气了,拉住蒲姑的衣袖,一起坐到路旁的长椅上。

"说说到底什么原因。"妈妈满脸怒气,简直就像要杀了她一样。蒲姑往旁边让了让,说:"不喜欢就是不喜欢,不喜欢还需要原因吗?好,我告诉你是什么原因,他的眼光里没有热度。"

"这叫什么原因!什么叫眼光没热度,你拿温度计量他的眼光了吗?你这孩子越来越让人捉摸不透了。"妈妈更加生气了。

蒲姑不知道她是不是应该告诉妈妈,那个男子看她的眼光很像良渚国的村民们在牛市上挑牛时的眼光,挑剔、掂量、权衡、施舍,唯独没有尊重和爱。可惜她是知道爱的目光是什么样子的,她的阿牛早就给她演示过了。

她只是觉得很奇怪,交男友是我的事情,妈妈为什么那么着急?她有点同情小女子艾优了,有这么一个神经兮兮的妈妈得多烦人啊。自己从小就没妈妈,八婆基本上只要保证她不饿着不冻着就可以了,对她没有任何要求,更不会干涉她自己就能决定的事情。她可以说是自由自在地长大的,像一只飞翔的鸟儿,天地之大,无问东西。因为无忌的缘故,父亲和八婆有心把虞姑调教成淑女,但对她基本上就放养了,健康快乐就好。她为此很开心,无拘无束,随性随心,正是她想要的生活。但是怎么说呢?凡事都有正反两面,有的时候,看到妈妈为她担心着急生气,也会有一股温乎乎的暖流从心底涌上来。在这个世界上,有一个人,把你的事情当成自己的事情,随时准备为你献出所有,不也是一种幸福?她挺享受这种被人在乎的感觉的,将来如果回到良渚国,最让她不舍的可能就是这个世界的妈妈对她无保留的爱了。她突然明白了为什么每次去阿牛家她都赖着不想走，阿牛家虽然并不富有，但是阿牛有妈妈，阿牛的妈妈看他的时候眼光柔柔的，让蒲姑羡慕嫉妒。自己家有慈祥的八婆，有能干的煮娘，还有强壮的花工，可是没有妈妈，有妈妈的家才像个真正的家。妈妈是常驻人间的天使，再平常的女子，在妈妈面前，都是一个受宠的小公主。

不过蒲姑做事是有原则的，不解决目光的温度问题，她是一个都不见了。这让妈妈很抓狂，都是她的小姐妹介绍的，而且是自己主动要别人帮忙的，现在倒好，主角拒绝出场。看来相亲这条路是走不通了，唯一的希望就在那个北京小伙身上了。她决定尽快跟杭老的老伴联系，无论如何要抓紧时间把优优的终身大事解决了，这丫头整天一副没睡醒的样子，遇到大事就犯迷糊，眼看就奔三十了，老妈不给她做主，不知道要耗到什么时候呢。

55

年后刚上班，老余就信守承诺跟着吴勇小队开上了鲤鱼山。一番钻探勘察，老余告诉吴勇，他在卫星图片上发现的那个长垄确实是人工堆筑的。而且，这条坝的两侧还有两条人工短坝，东侧的那一条短坝已经被新104国道截断了，西侧的那一段非常短，在卫星图片上不仔细看很难发现。吴勇和队员们大喜过望，把这三条坝根据发现点命名为狮子山（东）、鲤鱼山（中）和官山（西）。这是2011年他们得到的最好的新春贺礼！

初战告捷，吴勇信心大增，又打开万老发给他的、给他带来好运的卫星图片仔细查看，在三个坝的西面发现三个疑似点。当天下午，他就带人去了，但是在那里挖了两天一无所获，只好作罢。后来有一天，他不甘心，再一次带着老余、艾优来到宣杭铁路西侧的疑似地点梧桐弄附近。这里是一条百米左右东西向的长垄，中间和西侧被两条小路切断了，断口是一种纯净的红土。最让他们想入非非的是这附近有个地名叫赤坝。之前他们就多次慕名而来，在中间断口的地方仔仔细细地勘探过，一直没发现人工堆积的证据。

这次来了之后，他们兵分两路，他和艾优在北侧水稻田里钻探，老余在高垄西侧断口下勘探。忽然老余喊他过去，他跑过去一看，被挖开的土里露出了草泥包，顿时高兴地跳了起来。看到艾优在一边发愣，拍了一下她的肩膀，说：丫头还没整明白呀，咱们发现第四条水坝啦。草泥包是人工堆筑最有力的证据呀！

蒲姑想起妈妈有意撮合她和吴勇的事儿，脸一下子红了。这个吴勇，有学识，聪明，灵活，跟他在一起，还是蛮开心的，虽然他跟阿牛是完全不同的两种人。如果说阿牛可以用"暖"字来形容，那么吴勇则可以用"酷"字来形容。他有时候玩世不恭，有时候又极其认真。两种状态和谐地在他身上奇妙地统一起来了。

那厢吴勇哪里会知道自己正被人拿来跟前男友比较呢，他还处在发现第四条水坝的兴奋之中："到目前为止，南侧的这组水坝就整体被咱们揭露出来啦。这组坝都不高，十来米，我看咱们就管它叫低坝系统吧。这一组坝通过栲栳山、毛元岭跟塘山连成一体，构成南线大屏障。这样，北部山里的高坝群第一道防线，加上南部长条的低坝群第二道防线，就形成了良渚古城外围完整的水利系统。通过这样的高、低两道水坝防护体系，把大量的雨水蓄留在山谷和低地之内，古城遭受洪水侵袭的可能性被大大降低了。妙极！"

他说得神采飞扬，谁知艾优似乎并没进入角色。她瞪着无知的眼睛："什么叫草泥包?"

"就是草裹泥呀。我觉得草裹泥一定是古人从勤劳而睿智的水利工程师河狸那里学的招数。河狸常常先把树干咬断倒在河口，再衔来树叶、块石、泥土填在带杈的树枝上，层层填筑建成拦河大坝。坝建成后，上游冲下来的泥沙、草木便淤积在这里，渐渐形成了防渗结构，蓄水成库。这个小水库就成了河狸安全舒适的家。它老先生在这片水域里捕鱼游戏，风吹不到，浪打不着，玩儿得可开心了。"

吴勇今天高兴，所以特别有耐心："你想啊，良渚古城有八座水门和一座陆门，说明良渚社会的居民极度依赖水路跟外界联系。筑坝形成的水库，如果跟周边的水域连上，加上古城里的河道，岂不成了一个高效的水路交通网？良渚先民真是太伟大了！"

吴勇讲到这里，蒲姑突然嘀咕了一句："当然啦，是大鲧亲自设计的呢，他是良渚国最聪明的共工了。而且那个不叫草泥包，那个是息壤。"

"艾优你说什么？息壤？鲧？大禹的父亲？"吴勇问道。

蒲姑知道自己说漏嘴了，忙打岔说："是啊，大禹治水的故事不是说他的父亲叫鲧嘛。"

"哦，还以为你说水坝是大鲧造的呢。"吴勇若有所思地说。

"那也不是没可能啊。"蒲姑意味深长，她真希望吴勇能听懂她的话，不要再那么费力地猜测了。

吴勇却不再理会她，继续解说他的新发现："我推测这个系统同时具有防洪、运输、用水、灌溉等多方面的综合功能，跟良渚古城的生产与生活关系相当密切。天目山资源丰富，玉料、石料、木材、漆等等都是生活必需品，良渚时期还没有轮式交通以及配套的道路系统，水运应该是最便捷的运输方式。高坝所在的山谷陡峻，降水的季节性明显，夏季山洪暴发，冬季又断流，不具备行船条件。但通过筑坝蓄水形成的库容，可以把多个山谷的水上交通连接起来，用作运输。记得高坝系统中的岗公岭、老虎岭和周家畈三坝，用坝顶高度和谷底高度来推算，满水的时候可以沿山谷航行上溯三千多米。低坝系统中的鲤鱼山等四个坝群满水的时候可北溯三千多米，直抵岗公岭坝的下方，东北面又可以跟塘山长堤渠道贯通……"

"吴队，这儿就只我们两个听众，这么专业的演说你不觉得有点大材小用吗？"蒲姑笑着打断了吴勇的长篇大论。

"哎呀，不好意思，没刹住。"吴勇脸红了，"不过良渚的先民确实很聪明，由不得人不佩服。你看啊，高坝和低坝坝体的底部都是先用淤泥堆筑，有一些地基松软的地方还采用了挖槽填入淤泥、外部包裹黄土的结构，这跟良渚古城宫殿区莫角山的堆筑方式完全相同。山谷的关键部位，再用黄土、草裹泥堆垒加固。如果我没记错的话，这是良渚时期建筑土台、河堤普遍使用的工艺。这种工艺对增加抗拉强度，防止崩塌非常有效，现在咱们有的防洪大坝还在使用呢。只是让人费解的是，同为水利工程，塘山长堤为什么没用草裹泥呢？塘山长堤底部铺筑块石，上堆筑黄土，跟良渚古城的城墙堆筑工艺类同，难道塘山长垒是外郭城的一段城墙？"

"说不定那个地方不需要用草裹泥呢？我累了，吴队你还让不让人活了？"蒲姑有点听累了，这个吴勇可真轴啊，她想起逼她赶快解决"个人问题"的妈妈，是不是这个世界的人都这么爱钻牛角尖？

56

吴勇从包里拿出矿泉水，分发给同伴，三个人就地休息。

"吴队，你为什么对考古这么痴迷呀？我觉得天天在荒野之上翻弄土疙瘩，一寸一寸地刮地皮，十天半个月也找不到什么有价值的东西，挺无趣的。"蒲姑问。

吴勇一愣，说："咱们不是考古人员嘛，考古人员就是干这个的呀。难怪你老犯迷糊，原来专业思想都还没确立呢。今天正好借这个机会咱们好好唠唠这个话题。不过说实话，我也不是从一开始就喜欢考古的。大学 4 年基本就是应付课程和考试。唯一支撑我坚持下来的念头就是'说不定什么稀世珍宝就出自我的洛阳铲下呢'。但是后来有几件事情，给我很大触动。

"那是一次实习，我们去了宁波的名山后遗址挖掘，我挖到一个商周时期的硬纹陶碎片，是经过反复揉捏和高温煅烧制成的，硬度极高，原物应该是普通百姓日常用的器皿。那块碎片上全是指纹，人的指纹。我当时很震撼，我知道人的指纹是独特的，终生不变的，这个陶片因为这个无意中留在上面的指纹便具有了个体性，甚至说有了生命的特征。我想，历史上一定有过这样一个人，现在我可以触摸到，我跟他已经产生了关联。这几千年里，只有我跟他有过这样一次关联。或许这个人只是因为需要做了一个陶罐，制作的时候无意中把指纹留在了上面。然后他就用这只陶罐盛水，饮用。他一定不会想到将来的某一天，有一个叫吴勇的人，会对着这个陶罐的碎片浮想联翩。

"还有一次是参观隋炀帝的墓。因为年代久远，墓里已经尸骨全无，只剩下一条腰带。我当时心里五味杂陈，那样家喻户晓的一个人就这样毫无尊严地裸露在一个寒酸狭小的地方。这个时候历史已经不是书上的历史了，你就在那个时空里面，这个人就躺在那里，你都知道他以前说过什么话。那个时候的感觉真的难以描述，唯一的念头就是：所有生活中的不如意都不重要了，活着就好好相亲相爱吧，世间真的没有什么恩怨能耗得过时间的。

"从那以后，我慢慢喜欢上了自己从事的考古研究。考古，不只是发现先人生活过的痕迹，他们的所思所想，喜怒哀乐，他们的生存智慧和制作工艺，它还会让活着的人因为了解过去，而更加珍惜现在，这不正是考古的意义所在吗？"

说上面一席话时，吴勇的眼光游离，脸上有一种神圣的光芒，像一个诗人在独白。蒲姑被他充满激情的演说深深吸引了。她崇敬地看着吴勇，脸上一派女孩的天真。吴勇注意到了，脸红了一下，继续说：

"跟你说一件跟考古有关的我觉得比较浪漫的事吧。你知道20世纪70年代，在湖南长沙唐代铜官窑遗址出土的那一批瓷器吧？我一个朋友正好参加了那次挖掘。他说刚挖出来的时候，他们像平时一样拂去上面的浮土，惊喜地发现居然每件瓷器的上面都题了四句诗！其中有一件题的是：'君生我未生，我生君已老。君恨我生迟，我恨君生早。'这首诗被埋在地下一千几百年，宋元明清的书生没有人不知道，《全唐诗》也没收录。这么可爱的一首诗如果不是这件瓷器被发掘，就永远被遗忘在历史的尘烟中了。你知道李白一生写了多少首诗吗？杜甫又写了多少？现在我们能读到的估计十分之一都不到。被闻一多先生誉为'诗中的诗，顶峰上的顶峰'的《春江花月夜》，令无数人为之倾倒，它的作者张若虚仅存诗两首。"

说到这里，吴勇把目光从遥远的地方收回来，转向蒲姑感叹道："你看，作为考古人员，能亲手完成这个过程，是多么美丽又幸运的一件事啊！"

蒲姑似懂非懂地听着，他说得有道理啊，我们良渚国有的东西，我们的丝袍，我们的木桌，我们刻在竹简上的符号，我们用的陶罐、玉器，被埋入土中，很多都烂掉了。他们又想知道我们是怎么生活的，就只好挖地，挖墓啊。不知为什么，她的耳边不断回放着刚才吴勇提到的那首诗："君生我未生，我生君已老。君恨我生迟，我恨君生早。"这首诗深深打动了她。吴勇为什么偏偏选中这首诗给她讲？看着吴勇被阳光雕刻得黑白分明的面部轮廓和掩藏在阴影里的五官，蒲姑突然生出几分伤感：倘若我和这个世界的某个男子相爱，不就像这首诗里说的那样了？

她情不自禁地脱口而出："这首诗好让人伤感啊！这背后肯定有故事吧？"

"你是说唐瓷上题的那首诗？哈哈，我就知道女孩子肯定喜欢。还真有人根据这首诗编了一个故事。话说1000多年前的大唐盛世，一个20多岁的落魄书生在科举考试中屡屡名落孙山。为了养活老母，他不得不放弃幻想，面对现实。但是他一介书生，手无缚鸡之力，能做什么呢？幸好一个好心的邻居，介绍他去官窑做画工，负责在瓷器上写诗或作画。官窑附近住着一个妇人，靠给窑工洗衣做饭为生。妇人长相俊秀，命却凄苦，经媒妁之言被嫁为人妇，但成亲当天，其夫的父亲病逝，家族众人视她为扫帚星，其夫一怒之下把她休了，此后再无人敢娶她为妻。书生来后，妇人见他文弱，便对他格外关照。一来二去，书生对妇人暗生情愫，妇人也仰慕书生的才华，心有灵犀。终于有一天，书生向妇人表白，妇人自知年近四旬，年长书生太多，为世俗所不容，便写了一首诗回绝他：

我生君未生，君生我已老。
恨不生同时，日日与君好。

"之后书生再访，妇人决然闭门不见，不久就相思成疾，抑郁而终。书生悲痛不已，挥笔写下这首爱的誓言，并把它绘在瓷器上。这首诗在土里埋藏了1000多年，字迹依然很清晰，堪称奇迹。"

"好凄美的故事啊！吴队，你觉得现实中会有这样的事情吗？不在乎生于何时，不看重世俗偏见，爱我所爱无怨无悔。"说完，定定地看着吴勇。

"当然没有！人都不是生活在孤岛上，人是社会动物，所有的决定都会受到伦理道德、社会舆论的左右。只有你们女孩子才会把情看得那么重。"吴勇想都不想就回答，似乎一点也不在乎蒲姑听了他的这番话会有多失望。

"依我看，情啊爱啊，都是谈恋爱的时候哄女孩子的伎俩，真的要成两口子，还要看对方会不会做家务，会不会带孩子，能不能吃苦。年龄呢，当然要男大女小啊，因为要传宗接代嘛，而且女的也比男的衰老得快。"一直在旁边听吴勇吹牛没作声的老余，终于忍不住了发表高论。

蒲姑听了，顿时无语。她突然想回去了，离开数日，不知良渚国是否安好，不知阿牛怎样了。对比眼前的吴勇和老余，她更加想念她的阿牛哥。是啊，他们都比阿牛博学、聪明，但是他们比阿牛少了一个"真"字，这个世界确实比良渚国先进、便利，但它比良渚国少了一个"纯"字。在这个快速旋转的世界里，人的情感因为附加了太多不相干的内容而不再纯真，人的生活因为选择太多而不再纯粹。杭州之行，没有改变这些考古学者的执念，却让她意识到了良渚的可贵，也算是没有白来。

第七章

良渚　前2300　繁华散尽

57

淳于王的病越发重了。为了城墙和水坝两大工程，他像一盏油灯，把身体里仅存的一点能量全部耗尽了。

他病得可真不是时候。战书已经发出，原本以为会吓退对方，乖乖就范。谁知花厅国竟然应战了，还说为了尊严要拼死一战。这让淳于王很头大，这种时候王是要带兵打仗的，可是他目前的状态，别说带兵打仗了，连饮食起居都成了问题。

八婆说，淳于王是人，人的寿命只有四十几年，所以淳于王已经算老人了。老人是经不起这么劳累的。

"先王为什么不把王位传给他的儿子，而是传给淳于王呢？"虞姑问。艾优也觉得匪夷所思。

"这个说来话长了。不过你问我算问对了，我来你家之前一直在王宫里伺候王，对这事儿最清楚了。"八婆谈兴甚浓，一看就是个喜欢八卦之人，"先王的儿子们才智平庸，先王认为他们不能担此大任，想把王位传给无杜，也就是你们的爷爷。有一天，先王说：我所有的老朋友都已过世，我感到悲伤又孤独。我活过、爱过、笑过，也哭过，我亲见这个国家从婴儿长到成年，我已经活够了。如今这老迈的身体，就像东海边的一粒沙，风吹来时，随时可能从地上消失，飞向天际。说完，他定定地看着你们的爷爷：老伙计，可惜我不得不跟你分开啦。听到这句话，无边的忧伤像潮水一样涌上了无杜的心头，他顿时泪水滂沱，他决定不做这地上的王了，跟先王一起走。他们君臣的感情实在是太深了，这么多年像骨头连着肉长成了一个人。失去对方是一种撕心裂肺的痛楚。

　　"当年海水退了之后露出这一片陆地，先王发现这里水源充足，土地肥沃，适宜居住，便带领乡民从山上下来。他看见一个青年，正在聚精会神地耕地，犁前驾着一头黑牛、一头黄牛。奇怪的是，这个青年从不用鞭打牛，而是在犁辕上挂一只簸箕，隔一会儿，敲一下簸箕，吆喝一声。先王等此人犁到地头，问他：耕夫都用鞭打牛，你为何只敲簸箕不打牛？青年见老人慈眉善目，便拱手答道：牛为人耕田出力流汗很辛苦，再用鞭打，于心何忍！我打簸箕，黑牛以为我打黄牛，黄牛以为我打黑牛，就都卖力拉犁了。先王一听，觉得这个青年有智慧，又有善心，对牛尚如此，对百姓肯定更有爱，便邀他一同治国。这个青年就是无杜。从那时起，两人就再也没分开过。

　　"无杜陪伴先王左右，不只指导国民开荒种地，堆土造屋，还制定了很详细的治理方案，帮助先王建立了良渚国。当时因为雨季到来的时候常会有山洪暴发，百姓对上天充满恐惧和怨恨，他们决定先帮助百姓信神，这样灾难来的时候人在精神上有所倚靠。他们发现乡民们喜欢用石头磨制成手镯戴在女子的手腕上，就按照手镯的样式，制作了琮。每当遇到困难和灾难，无杜就带领乡民举行祭祀仪式，手持琮向上天祈求。慢慢地，大家发现有上天在保佑他们，不再感觉孤立无援，内心安定了许多。渐渐地，琮也成了他们心目中神的信物，只要看到它，无论遇到多大的困难，都不会失去希望。

　　"先王得知无杜铁了心要跟他一起仙去，一时找不到合适的人接替，只得在临终前的最后一刻把良渚国托付给了淳于王。淳于王是七公主的郎君，他处事决断，胸怀大志，对先王言听计从，忠心耿耿，把良渚国交给他，先王是放心的。但是淳于王有人的缺点，他自以为是，刚愎自用，而且对神不是很虔敬，很多人不喜欢他。有时候他甚至要求夷吾在神徽上只刻神人，不刻神兽，为了良渚国的国家利益，夷吾大多隐忍不发。现在马上就要打仗了，淳于王还病着，不知道会发生什么事情，真的很让人担忧。"说到这里，八婆深深叹了一口气。

艾优听得出神，所谓的神话传说大概就是这样的吧？虽是口口相传，却也是正史啊。突然，她生出一个问题：先王叫什么名字？

"他叫尧，我们良渚国就是有虞氏。"八婆回答。

"你说什么？良渚就是虞代，良渚的国王是尧？"艾优大叫。前面那些她都可以当故事听，可是说到虞代，说到大尧，她再也没办法淡定了。

她知道，史料有这样的记载：有虞氏是上古时代的一个方国或部落，也是夏以前的一个独立的朝代名，古史传说中的圣王尧、舜就是有虞部落的首领。夏以前的朝代是虞，春秋时人还言之凿凿，春秋以后不幸文件散失，有关虞部落的史料大量湮没，近代辨伪思潮兴起后，古史辨派的学者索性从信史中将虞代一笔勾销，把夏以前的古史一股脑儿归于"神话传说时代"。古今史家因此忽略了"虞代"是一个独立朝代的事实，表述中国上古史时一贯以夏商周"三代"并提。目前，有部分考古学家依然认为，虞代才是中国历史的开端，也是中华文明的开端。

那么虞是在哪里呢？目前史学家比较认可的说法是，尧的发祥地在山西临汾，舜生于河南的姚墟，有虞氏部落居于虞地（今河南省商丘市虞城县）。传说舜禅让给禹后，禹让自己的儿子启登上王位，开创夏朝。夏禹始建都于阳城，后迁阳翟，均离洛阳不远。夏王朝的第三个帝王太康迁都斟鄩，这就是后来"夏墟"调查中发现的二里头遗址。为维持自己的统治，禹将舜的儿子商均改封于今河南虞城，实际是强迫有虞氏进行迁徙。有虞氏大部分族人向南方江浙太湖流域地区（今浙江良渚古城遗址）迁移。

还有一种观点：太湖地区的先民曾于4200年前来到中原，成为华夏族的一支。他们把太湖玉器带到中原，成为中原文明的一大特色。夏亡后，夏裔重返桑梓，南达太湖流域，带来了中原的青铜文化。良渚玉器与中原铜刀至少有五六百年的"金玉良缘"。先是"禹为越后"，然后"越为禹后"。中原一带古遗址挖掘发现的玉琮或许可以作为这些推测的考古学支撑，但仍然显得证据不足。

现在良渚国的巫婆亲口告诉她，他们就是有虞氏，他们的那个活了1000年的先王就是尧！这怎么能不让人兴奋！《韩非子·显学》上说，虞代延续了1000余年，现在八婆说尧活了999岁，那不是正好对上吗？如此，"金玉良缘"一说还真不是空穴来风呢。艾优浑身燥热，心脏狂跳，唯一的念头就是马上回到考古队，告诉吴队和杭老这个令人激动的发现！

58

"八婆，你们的蒲姑什么时候才能回来呀？我想回杭州了。"艾优若无其事地问道。谁知道对面这个诡计多端的老巫婆发现她的企图之后会想出什么幺蛾子。为了保守秘密，把她永久扣在这儿也未可知呢。

"应该快了。她的事儿快办完了。"八婆肯定地说。

"她去办事儿就让身体在那儿躺着呗，反正你们巫族无所不能。"

"是我不想夷吾老爷为蒲姑担忧。良渚国危机四伏，太多事情需要他操心了。"八婆倒是一个心疼主人的好管家，"其实我们巫族也不是无所不能的。我们可以穿越到未来，却不能像黑鹕那样穿越到过去。而且即便是去未来，能走多远还要看个人修炼。你住的地方，跟良渚基本在同一个共生圈，所以很容易。"

"杭州城里人多了，为什么是我？"艾优问。这几天她一直在想这个问题。

"你不是跟挖祖坟的那些人是一伙的嘛。而且，跟你换魂更安全啊。你是我们灵异家族的人，你自己不知道吗？"八婆用一种奇怪的眼神打量着一脸懵圈的艾优。

"怎么可能啊？！我从来没觉得自己有什么特异功能。你们搞错了吧？"艾优一头雾水，不知道自己怎么突然成了这个老巫婆的同类了。

"我查过族谱，你母亲的前二十六代先祖是我们巫族。你母亲可说是良渚大祭师的第二十六代女儿。她本人或许并不知晓，这是因为巫的通灵能力久不使用是会沉睡的，需要某种激发才能被唤醒。这次你在这里和我们一起生活了这么多天，说不定什么时候它就被唤醒了。"

太惊悚了！艾优只觉得一股寒气从脚底升起，直冲脑门。难怪活了快30岁，一直跟身边的世界若即若离，原来自己跟别人是不一样的！

"那蒲姑去哪儿，办什么事了？"失语了半晌，艾优才打起精神问道。

"她到你们的世界，找你们的人，去劝说你们不要再挖墓了。各有各的生活，互不干扰比较好。"

"可是人都是有好奇心的。不挖开看看，怎么知道你们有什么呢？"

"我们有什么，怎么生活的，我们的史官不都刻在简牍上了吗？看看那个就行了，别挖了。"

艾优几乎不敢相信她的耳朵："你说什么？简牍？什么简牍？"

"就是记事用的简牍嘛。记事的符号刻在竹片上，再用麻线编制成册，就成了简牍了。我不能跟你说太多了，有些天机不可泄露。触犯天条会遭天谴的。还有，我跟你说的话，千万不能让你们的人知道，那也是要遭天谴的。"

八婆起身去收拾屋子了。

艾优呆呆地坐在那里，脑子里像一团乱麻，人造神器琮，良渚国即有虞氏，先王就是尧，记事的简牍，这些考古学家们一直无处下手的悬案，在这短短的一席谈话中全部真相大白。说出来谁敢相信呢！而且，最让人难以置信的是，自己竟然是巫族！太可怕了，我竟然是巫族！

59

水坝工程遗址暂告一段落，吴勇被派去对庄桥坟遗址出土的陶器与石器进行进一步整理。

庄桥坟遗址位于浙江省嘉兴市下属的平湖市林埭镇群丰村，是新石器时代的古人类遗址，属于良渚文化。从2003年起，浙江省文物考古研究所与平湖市博物馆联合对这个遗址进行了两期发掘，出土了椭圆形豆、盖豆、泥质红陶罐、盉、高柄豆等物品。

庄桥坟遗址的特别之处，在于考古人员在出土物上发现了大量的刻画符号和原始文字。史学界普遍认同中国最早的文字是甲骨文，距今3600多年，而庄桥坟遗址距今5000多年，难道殷商时期才出现的甲骨文，早在良渚时期已有了雏形？这些是甲骨文的原始文字吗？如果是，岂不是将中国的文字史向前推了1000多年？

2013年7月6日，全国众多古文字专家来到平湖，现场对这些符号进行了论证，确认是迄今为止中国发现的最早的原始文字，这让大众很兴奋，不少媒体都派了记者去报道这件事。吴勇就是在这种情况下加入庄桥坟遗址研究团队的。

吴勇发现陶器上的刻画符号大多是在烧前就已经刻在上面了，而且石器上的刻画符号跟陶器上的有几处相似。就像河南人喜欢用龟甲写字一样，良渚人似乎对石钺情有独钟，好几件石钺的表面都出现了刻画符，有两件石钺残件甚至两面都刻有良渚文化的原始文字。石钺上的这些划痕并不很深，但只要侧转一下，就能看到表面有一些排列成序的划痕，有的单个存在、笔画比较多，显得稍微复杂一些，有的是几个字符组成一组，笔画相对简单。除了石钺正面的6个字笔痕稍浅，风格略有不同外，其他的文字刻画的方法基本一致，说明当时在石钺上刻画原始文字已经比较规范了。

吴勇把这批出土物上出现的两百多个字符都描在纸上，发现那些单个的符号很像一件件事物，比如旗帜、鱼虫等，连在一起的那六个符号比较简单，每个符号的笔画不超过5笔，有3个是相同的，有两个像现在的"人"字，看得出来是表达某种意思的一句话。可见当时的先民已达到了一定的文明程度，有了表达数字、表达概念的需要，并且用简单的文字记录下来。

他知道，文字发明前的口头知识在传播和积累中有明显缺点，因此原始人类从最初的使用结绳、契刻、图画辅助记事，到后来用特征图形来简化、取代图画，做了相当的努力。当这些图形符号简化到一定程度，与语言形成特定对应时，原始文字就形成了。庄桥坟遗址发现的应该就属于这类原始文字。但是这些文字没有早期汉字的结构，所以还不能说是甲骨文的前身。

5000多年前，也就是良渚文化的时代，世界上许多文明开始发展书写系统。现在普遍认为距今5500年左右的苏尔美人的楔形文字是世界上最早的文字。在古埃及，早在3400年前的阿比多斯，人们就开始使用完整的象形文字。中国最早的文字可追溯到距今3400—3200年商代的甲骨文。

作为世界上最古老的三大文字系统中唯一沿用至今的文字，汉字的来源一直是学术界争论不休的问题。目前主要有两种观点。一种认为距今3400年左右，在当时中国的中原地区突然出现这套"近乎成熟"的书写系统，与古埃及文字的出现一样，足以证明是移植自外来文化。最早铭文是以直行书写，这跟距今3500年以前的两河流域铭文是一样的，中文书写还与两河流域以一个符号表示一个口语音节的原则相同。所以有学者认为，很可能这套书写原则在距今4000年前后传入了中原地区。

另一种观点，就是传说中的黄帝史官仓颉造字。说到仓颉，吴勇想起一则源于南北朝后期和唐代的佛教故事。在这个故事里，仓颉是印度三仙人之一，梵天大神派他们下凡到人间，分赴天竺与中华两地造字，分别弄出了汉字、梵文和佉卢文三种文字。这个充满戏剧性的神话传说，似乎暗示了汉字缔造的异域影响。唐释道世《法苑珠林》卷十五写道：昔造书之主，凡有三人。长名曰梵，其书右行；次曰佉卢，其书左行；少者仓颉，其书下行。意思是，梵文从左往右写，佉卢文从右往左写，都是横着写。汉字不同，竖着写。还说，梵、佉卢，居于天竺，仓颉居于中夏，梵、佉取法于净天，仓颉因华于鸟迹。当我们探讨汉字起源的时候，这些记载就显得颇为耐人寻味。

吴勇认为，虽然仓颉造字有神话的成分，但并非完全不可信。在没有文字、口口相传的年代，传说也可说是记录史实的一种方式。从历史的角度看，这么复杂的汉字系统不可能是一个人发明。仓颉应该是在汉字的收集、整理、统一上做出了突出的贡献。如果这个推论属实，仓颉收集整理的就应该是原始文字。被他收录在内的很可能就有6000多年前的湖北省大溪文化遗址出土陶器上的170多种符号、山东省大汶口文化出土陶器上的象形符号、西安市半坡彩陶上的半坡陶符、河南省贾湖遗址发现的距今8000年前的龟甲上的贾湖契刻符号，以及庄桥坟遗址出土的5000多年前的良渚刻画符号。

事实上早在1935年，何天行前辈就已经发现良渚有原始文字。当时，风华正茂的何天行正在复旦大学就读，是中国文学系四年级学生。在学校开设的课程中，有一门就是考古学课，这门课激发了他对考古的极大兴趣。因此，他经常利用假期到民间探访，采集各种古器物，这其中就包括良渚。1935年冬天，何天行在良渚踏看遗址时发现了一个椭圆形的黑陶盘，上面刻有十几个符号。他把这些符号与甲骨文、金文中的符号对照分析，发现其中七个在甲骨文中有同形字，三个在金文中有同形字。何天行由此断定这些符号为初期象形文字。他的发现得到了学术界的重视和肯定。当时把这些刻符定性为文字而非图画还是需要胆量和学识的，何天行慧眼识珠，成为发现良渚黑陶文字的第一人。

但是，令人失望的是，良渚文化后来又有了很多重大的发掘，偏偏在文字方面的发现非常之少。有人甚至讨论，为什么良渚这样高度的文明没有文字。对此，吴勇也是百思不得其解。联想到良渚时期工程量浩大的古城和水利系统建设，以及复杂的信仰和社会阶层，很难想象良渚先民仅仅是通过口头传递信息。换句话说，有没有这样的可能，我们在陶器、石器和玉器上看到的，只是"良渚文字"的一部分，而在良渚人的信息记录和传播中起到了重要作用的这一套符号系统，也就是良渚人的"文字"，由于木质、纺织类文物在江南的酸性土壤里很难保存的缘故，再也难寻踪迹？

60

淳于王的病榻前，夷吾、无忌和太医默默无语。

淳于王半躺半坐地倚在丝绒靠垫上，脸色苍白，眼珠发黄，两只手无力地垂放在被子外面。太医轻轻地把食指和中指按在他的右手腕处给他号脉。

"脉象微弱，气血特别虚。现在唯有用最后一个法子了。"

"你是说……"淳于王的眼睛里露出一线希望。

"对。能吃的药都吃了，目前只剩下这一个法子了。"太医点点头，"阿牛家人的血是甜的，补气血有奇效。还是淳于王有先见之明，把他招进宫守在身边确保万无一失。"

"竟然有这种事！"夷吾心里暗暗吃惊。当年先是把阿牛的爸爸喂了山神，然后又把阿牛招进宫，这些都是淳于王吩咐他一手操办的。他以为这一切都是为了良渚国，万万没想到背后竟是这样的一个杀人计划。

"他现在在哪儿？"淳于王问站在一边候旨的大理句末。

"我已经把他从城墙工地招回来了，现在住在王宫侍卫寝舍。王何时需要，告诉我，子夜趁他熟睡时便可下手。"

夷吾感到后背阵阵发凉，人若是残忍起来，真的连禽兽都不如啊。突然，他感觉到有一束目光投射过来。抬头看到无忌正注视着他，两人眼光相遇时无忌微微点了一下头。他知道无忌一直不赞成他父王的严治酷刑，他这是示意我尽快通知阿牛吗？正在想着，听到外面一阵喧闹声。然后一个兵卒进来报告：不好了，大王，有人偷袭王宫。

"赶紧召集王宫侍卫，快去！"淳于王脸色突变。

"好，这就去，几个盗贼而已，王不必担忧。"站在门口的武夫冲了出去。武夫是王宫的老守卫了，他家六代为王宫守卫，太爷爷武丹是得到先王多次恩赏的大将军，曾率兵一路向南平定南夷的骚乱。先王赏他的石钺一个个排在一起，可以铺满一个房间的地面。

过了一会儿，武夫进来禀报：几个身手不凡的蒙面人越墙进来把阿牛劫走了。夷吾听了暗暗松了一口气。"什么?!"淳于王大叫一声，晕了过去。"父王，父王，你怎么了？太医，太医，快来看看父王怎么了？"无忌扑到淳于王的身上。太医赶紧掐淳于王的人中，过了好一会儿，淳于王才醒了过来。他示意夷吾和无忌靠近一点，断断续续地说："我恐怕是挺不过这一关了，良渚国现在内忧外患，我真的是不放心走啊。但是，死生有命，天命难违呀。我走以后，良渚国大小事务就拜托夷吾照看了。

无忌还年轻，性格又比较优柔寡断，不宜担重责，跟着夷伯多学着，凡事多请教。"说完，就断了气。

"大王，不好了，村民们要造反了。"一个兵卒连滚带爬地冲进来报告。

夷吾跟无忌起身到院子里。听声音似乎有很多人在外面，王宫的大门眼看就要被撞开了，宫女家奴们为安顿护卫各自的主人，乱作一团。武夫带着侍卫拼命抵住宫门。

"打开宫门，放他们进来。"夷吾对武夫说，然后吩咐身边的王宫侍卫："把王抬到王宫的院子里，我有话跟村民们说。"

手持农具斧头挤进宫门的村民，一眼看到院子正中的棺材，都愣住了。刚才还闹哄哄的一大群人，此刻鸦雀无声。夷吾一脚跨上院子里的花坛，说："乡亲们，你们的王，现在就躺在这里，他为了良渚国，劳累至死，临死前还记挂着国民国事。现在是我主事，你们来有何诉求，尽可如实道来，夷吾一定设法解决。但是我也告诉大家，良渚国眼下内忧外患，内忧是洪涝灾害愈来愈频繁，外患是北方诸国的进犯近在眼前，我们赶建的城墙就是为了拦住这些贪婪的入侵者。为了良渚国的安全，过不了多少时日，我和太子无忌将带领众将士远征花厅王国，为国诛敌。这种时候，最需要全良渚国的百姓上下齐心，一致对外。

"我明白由于天灾人祸和各种苛捐杂税，大家的基本生活已经很难维持，乡民们造反实属无奈。我宣布，从今日起，除了兵戎、祭祀、城建工程等相关开支，其他各类征税都将减免。智者说，劳则思，思则善心生；逸则淫，淫则忘善，忘善则恶心生。所以，从今往后，停发爵位补贴，王公贵族与平民百姓一样自食其力。所有人不分高低贵贱，安居乐业，淡泊度日，神的面前，众生平等。同时我对乡亲们也有一个请求，近日我和无忌就要开始征兵了，还望各家把家中的好男儿都送来，为保卫我们的家园杀敌建功。我们要让外敌知道，良渚国是不可征服的。"

夷吾讲完了，下面一片寂静，过了两秒钟，人群中突然爆发出一阵热烈的掌声和欢呼声。

61

良渚博物院新馆开放后，来参观的市民日渐增多，有的还是从外地来的旅游者。为了了解博物馆的运作情况，吴勇去客串了几回讲解员。其间参观者询问最多的问题是：良渚文化文明程度那么高，已经达到了国家的级别，怎么会突然就消失呢？是什么原因让它彻底消亡的呢？良渚文化消亡之后去了哪里呢？

对这类问题，他的回答通常分三个部分。首先，之所以说良渚文化消亡了，是因为在这个地区发现的后续文化，诸如马桥文化、钱三漾文化和广富林文化，并没有延续良渚文化时期已经非常发达的文化元素，而更像是在一片荒原上渐渐重新聚集起来的人群。

上海的马桥遗址地处良渚文化区，从年代上来讲，也紧接着良渚文化，但是文化面貌完全不同。马桥遗址的出土物更多包含了山东地区的岳石文化和中原地区的二里头文化因素，年代大致对应中原的夏和商代。考古学家们发现马桥文化有一个奇特的返祖现象，就是在良渚文化晚期出现的许多工艺复杂精美的玉器、陶器、象牙器在马桥文化遗址中一件也看不到。发现的遗存都只是些粗陋的陶器杂件，陶器上的原始文字比上距千年的良渚文化更为简单。目前人们对这种现象唯一的解释就是新石器晚期发生了某种变故，大批先民死亡或者远走他地，这个地区众多聚落荒废，文化突然衰落，马桥文化与良渚文化风格传统渊源因此中断。

钱山漾遗址位于湖州市城南钱山漾东岸南头，也是在良渚文化区域，存在的年代位于良渚文化和马桥文化之间，是一个居址。非常让人不解的是，良渚晚期常见的T字足鼎、双鼻壶等陶器均未出现，而这里出土的大型鱼鳍形足鼎、足根内侧有凹窝的扁侧足鼎、高把浅盘豆、圆足盘、盆等器物个性十分明显，风格跟之后的马桥时期也相差甚远，十分耐人寻味。

广富林遗址位于上海松江区广富林村北侧，是一处距今4000—2500年的古遗址。这个文化层叠压在良渚文化层之上，出土的陶器跟分布在江苏高邮、兴华一带的里下河区的"南荡遗存"有相似之处，来源可追溯到龙山文化王油坊类型。因此，广富林文化具有鲜明的移民文化特征。

由此可知良渚文化确实是突然消亡了。那么消亡的原因是什么呢？这也是吴勇面对询问者一言难尽的问题。

良渚文化的衰落至今还是一个待解之谜，学术界有多种说法。20世纪80年代初有学者提出一个观点，认为主要是由于环境的变迁引起的。他们说，良渚文化晚期曾发生过一次大水灾。这次水灾淹没了许多聚落和农田，使原来的小湖泊迅速扩大，地下水位上升，人口陆续分散，进入到浙西山地、苏南丘陵、宁镇山脉和中原地区。

良渚文化时期是史前聚落建设高峰时期，已调查发现的聚落达120处以上，晚于良渚文化时期数百年的马桥文化遗址至今发现的仅10余处，这种聚落数量锐减的现象应当是人类迁移的直接结果。人口迁移还造成良渚文化在其他地区的传播和扩散。在宁镇地区的江宁太岗寺、丹阳王家山、福建的昙石山文化遗址等都发现良渚文化与各地文化交流的现象。

造成人口迁移的原因可以从考古发掘中找到线索。良渚文化时期地面上留有水灾的痕迹——淤泥层。杭州水田畈、吴兴梅堰、青浦果园村等遗址上都有数厘米厚的淤积层，浙江的百泉、唐家墩、钱山漾等地也都曾发现淤泥层。此外，太湖的最终形成也为此说提供了证据。太湖的最终形成期是在良渚文化晚期到马桥文化之前，地理学者对太湖湖底做过考察，发现许多地方为土质坚硬的黄土，即它在成湖之前，这些地方是陆地。1949年以来，在太湖水底多次发现良渚文化时期的石器。良渚文化时的太湖至少比今天小得多，当时在后来成为湖底的高地上仍有人居住。良渚文化末期，由于水灾的发生，使得太湖水面不断扩大。这些迹象可以被看作水灾说的直接证据。但也有学者认为，目前还没有证据说明大水淹没了整个良渚文化的分布区，即便如此，良渚人也可以迁徙到地势较高的地方重新安营扎寨，并留下他们生活的遗存。因此，现有证据显示的一定范围的水灾影响并不能证实它是良渚文化衰落的主要原因。

第二种论点认为良渚文化晚期，贵族阶层追求奢靡，长期把大量的人力物力用在土木工程和奢侈用品上，大规模持续不断的非生产性劳动使得良渚社会不堪重负，社会内外关系失调，从而导致社会控制体系的逐渐瓦解，最终导致良渚文化彻底衰亡。这从良渚出土物里那些美轮美奂、越制越高的玉琮和贵族墓葬里成堆的玉璧便可以看出来。但是，这个论点的致命缺陷在于，社会关系失调最多导致政权更替，城头更换大王旗，但文明和文化应该还在，因为人还在。

吴勇觉得，水灾频发会导致乡民颠沛流离、生存困难，阶层分化、贫富悬殊可能加重了良渚晚期国家内部的管理危机，但不可能导致整体消亡。所以，吴勇更偏向于相信在新石器晚期，海平面上升，致使发生了一次大规模的海侵，大部分平原、耕地、聚落都被淹没，已经不适合人类居住，导致良渚先民大批向外迁移。暴雨不会一直下，洪水总有止息的时候，但当海水漫过陆地，人类还有存活的希望吗？

这让他想起亚特兰蒂斯。据传大西洋上的亚特兰蒂斯，曾拥有高度发达的文明。古希腊哲学家柏拉图描述亚特兰蒂斯是一个美丽、技术先进的岛屿，它的历史可追溯到公元前370年。柏拉图在书中写道：亚特兰蒂斯不仅有华丽的宫殿和神庙，而且有祭祀用的巨大神坛。亚特兰蒂斯人拥有巨大的财富，最初诚实善良，具有超凡脱俗的智慧，过着无忧无虑的生活。随着时间的流逝，亚特兰蒂斯人野心开始膨胀，他们开始派出军队，征服周边的国家。亚特兰蒂斯人的生活变得腐化堕落，无休止的极尽奢华和道德沦丧，终于激怒众神，于是众神之王宙斯一夜之间将地震和洪水降临在大西岛上，亚特兰蒂斯最终被大海吞没，消失在深不可测的大海之中。

虽然只是个传说，但也不能排除亚特兰蒂斯确实存在过的可能，据说有考古学家在巴哈马群岛的北比密尼群岛附近海域发现位于海面以下5米、长达540米，突出海底约0.9米的"比密尼石墙"，墙体的每个石块至少0.45立方米。顺着墙体探测，竟然发现更复杂的结构，有几个港口，还有一座双翼的栈桥，俨然是一个沉没几千年的古代港口。由于巴哈马的海域是属于下沉地形，因此引起不少猜测。

目前考古界有关良渚文化的消亡的原因分析，跟亚特兰蒂斯的沉没何其相似！

那么良渚文化消亡之后去了何方呢？这又是一个让人挠头的问题。事实上，在考古界，良渚文化的去向及其对外的影响和传播已经成为良渚文化研究的新内容。这之中，江淮地区的新沂花厅、海安青墩和浙南地区的遂昌好川、温州老鼠山，因为毗邻太湖流域，含有较多的良渚文化因素而受到特别的青睐。

1987年发掘的花厅遗址北部墓区，清理出62处墓葬。这批墓葬的葬式、头向和随葬陶器的基本组合，都属于大汶口文化风格，但是出土的玉器中，琢刻神人兽面纹饰的琮、琮形管、锥形器和素面梳背、璧等明显具有良渚文化特质。这种"文化两合"现象让专家们想入非非，他们勾画出这样一个故事：良渚文化极度强盛之后，先民们派出精兵北上远征，打败了原来住在花厅村的大汶口文化原住民并且占领了这个地区。在安葬这些客死异乡的士兵时，特意随葬了最能反映本民族特色的玉器和陶器等器物，以慰藉他们的思乡之情，同时也随葬一些原属大汶口文化的战利品，甚至让敌方未及逃走的妇女和儿童一起殉葬，以缅怀他们在战斗中的勇敢和荣光。

1997年发掘的浙南好川墓，也存在着明显的多种文化混合的现象。好川遗址的年代上限在良渚文化晚期，下限至夏末商初，约距今4200—3700年。在发掘的70座墓葬中，玉器仅出现在7座大型墓葬里，其余多为陶器和石器。陶器中的鱼鳍形足鼎、双鼻壶、宽把杯，玉器中的锥形器、琮形管等，都有清晰的良渚文化身影。但墓葬形制、随葬品组合却与太湖流域的良渚文化迥然有别。其他诸如印纹陶罐、三足盘等为当地固有的文化传统和特色，而大镂空高把豆等陶器，又让人联想到遥远的花厅遗址，莫非地处浙南的好川文化还跟苏北徐州新沂的花厅王国有着某种神秘的联系？

这几个遗址分别位于良渚文化的北方和南方，而且或多或少带有良渚文化的元素特征，所以关于良渚文化消亡之后去了何方这个问题，大致可以猜个八九不离十了。只不过为什么这些遗址都出现了文明倒退呢？

面对观众疑问的目光，吴勇很想说：你问我我问谁去？

62

终于回来了！艾优记得，老巫婆就那么伸手一推，她就身轻如羽毛，飘飘忽忽穿过时光隧道，回来了。刚醒过来时，她有点恍惚，怀疑自己是不是做了一个梦，像庄周梦蝶。据说庄老先生在梦中幻化为蝴蝶，在天地间遨游，逍遥自在，不知何为庄周。忽然醒来，发觉自己仍是庄周，梦中的感觉是如此真实以至庄周不知是自己化成了蝴蝶，还是蝴蝶化成了自己。以此类推，躺在这里的，究竟是蒲姑还是艾优？这个房间显然是艾优的，镜子里的人也毫无疑问是艾优，脑中所思当然是艾优所想，那可能就是做了一个不着边际的梦吧。她摇摇头，嘲笑了一下自己。突然，她看到了自己紧紧攥在手心的玉龟挂饰。这是飞起的那一秒钟她从脖子上扯下来抓在手上的。她不是做梦，她就是实实在在地在新石器时代晚期的良渚生活了将近一个月！

那又如何？反正现在她妥妥地躺在自己的小白床上。她喜欢她的这张小床，带有小抽屉的床头上固定了一盏小小的荧光灯，一按开关，温暖的光就倾泻而下。放上一只松软的靠垫，晚上睡觉前半倚半躺地靠着看看池莉和六六的言情小说，特别舒适。在夷吾宫殿蒲姑的闺房里，她每日"就寝"的是一张硕大而笨重的木质床。说是床，其实并不贴切，它没有床腿，形式与日式榻榻米更接近。床的三面有雕花护栏，材质应该是地道的红木，打磨得非常光滑细腻。表面甚至一丝不苟地涂了一层朱漆，光可照人，放在今天绝对是奢侈品级别的。房间非常宽敞，但是按照现代社会标准，基本就等于没装修。红烧土的地面，屋顶没有天花板，只拉了一张竹席遮住其上的梁柱。虽然如此，相比普通老百姓的木骨泥墙的茅草屋，已经是相当豪华了。

还是回来好！她的小窝虽不大，配置的是宜家买的简易实木家具。但知道她爱干净，当年装修的时候妈妈特意给她按照主卧的配置开了一个洗手间。洗手间里除了洗脸池和抽水马桶，还有一个小小的冲淋房，很方便。在夷吾的宫殿，洗澡要坐在一个大木桶里，由使女一盆一盆地打来热水往身上冲，房间里又没有暖气，洗澡不是一件很享受的事情。对比之后，她的结论是：还是现代社会更适合自己。虽然这里的天空有时候会有雾霾，不似史前的良渚那么纯净，蔬果畜肉也做不到百分之百的天然无污染无转基因，甚至有地沟油之类不良商家制造的餐桌隐患，但是我们的食物品种繁多，除了杭帮菜，还有川菜、鲁菜、粤菜、淮扬菜，各种舌尖上的享受。我们有高铁、飞机等等现代化的交通工具，想去哪儿都很便捷。旅游是她唯一的爱好，在考古所，他们每年夏天最炎热的时候有二十天假，冬天春节前后也有二十天假，除了春节那几天在家陪老爸老妈，其他时间她基本都是在路上。霞浦的渔村、贵州的梯田、四川的九寨沟，她都去过。她不跟旅行团，而是单身一人带着简单的随身用品上路，遇到有意思的地方就多待几天，太多人工雕琢的无趣之地马上离开。后来听人说这种玩儿法叫深度游，她的名字叫背包客。她解嘲说："大家口中的诗与远方我占了一半，很知足。"这要是长期生活在良渚，交通工具只有一只慢悠悠的小船，她非憋坏了不可。

不过，在良渚国，她是真正体验了一把自由自在的滋味儿。不是身的自由，而是心的自由。王亲贵族相当于被国家包养，生活水准高，劳心者治人，自由度当然极高。平头百姓呢，虽说要为果腹而劳作奔波，日子也是单纯富足，日出而作日落而息，没有限时完成的工作压力，也不必看老板脸色。简单的生活，简单的人际关系，其结果就是自由。那种生理和心理的最大限度的自由，也是一种回不去的状态了，估计当今的现代人类永远无缘享受了。似乎为了验证这一点，妈妈在门外叫唤了：优优，你起床了吗？上午有别的安排吗？没事的话妈妈有话跟你说。

"妈，什么事呀？好不容易回家睡个懒觉。"她知道，老妈每次和颜悦色要和她好好谈谈的时候，十有八九是催她交男朋友。对这个话题，她真的是怕了。有时候被逼急了，她恨不得上街拉个男人就结婚。可人家不一定干呢，现在的男人，饿了有美团，闷了有微信，一个人轻松快活的，谁也不想弄个包袱来背。在他们看来，一夫一妻的婚姻模式是农耕时代的产物，对现代人，早就过时了。要不是大妈们有忧患意识，整天闹着要抱孙子，估计华夏民族断子绝孙也并非危言耸听。

她妈一听屋里有人搭话，估计她也该起床了，干脆门一推，进来了。二话不说，往床沿上一坐直奔主题："优优，我跟杭老的老婆打听了，那个小吴还没成家呢，好像连对象都没有。"艾优一听不干了："妈你这不是无聊嘛。你打听人家吴队干什么，他成没成家跟我有什么关系呀？还跟杭老打听，杭老会怎么想！妈我求求你，我的事儿你别乱插手行不行？真烦死了！"

她妈一听生气了："介绍的不行，自己认识的还不行，你到底想怎么样？"

"我跟吴队根本就是普通同事，你们这么乱点鸳鸯谱，我以后还怎么跟吴队相处？我告诉你，没合适的我就不嫁，谁规定必须嫁人了？林巧稚条件那么好还单身呢，凭什么我非得嫁人？"艾优的犟劲儿也上来了。

"人家是名人，你是小小老百姓，没有可比性！我们小户人家只求平凡的幸福。妈就想啊，等你有了自己的小家庭，再生个一男半女的，妈现在退休了，身体还好，平日你们小两口上班，我和你爸在家带带孙子，这样多好啊！"艾母的脸上满是憧憬。

见到这副光景，艾优真也不忍说什么狠话了。按说老妈的这个要求并不高，生为女人，结婚生子也算天经地义的人生责任。可是偏偏这么自然的一件事，对她就是勉为其难。从小到大，几乎从没有男生明里暗里地对她表示过一点暧昧。他们有的跟她很交心，跟别人不能讲的都来跟她讲，就是没有人像电影里那样红着脸说：你愿意嫁给我吗？估计她就是人们所说的"安全女孩"，不来电，无伤害，没危险。有时候她有点不平，自己怎么就成了超级"剩女"了呢？

也许她应该跟妈妈配合，去见那些别人给她介绍的男孩。但是她知道，这个不只伤自尊，成功率也是相当低的。男人们一向都是外貌至上主义者，而这恰恰是自己的短板。不过这次老妈倒是有点跳跃性思维啊，她老人家怎么惦记上吴队了？

63

花厅国城门外，两军交战。

良渚国的将士在夷吾和无忌的鼓动下士气高涨，虽然长途跋涉，真的大敌当前，却都抖擞精神，杀声冲天。几十万大军将王城围了个水泄不通，特制的竹弓箭派上了大用场，墙头上的守兵频频中箭倒下。花厅兵戎面对强大的敌人毫不畏惧，拼死守城。只是兵力悬殊，三个回合下来，折兵损将，城墙上布满尸体。活下来的无心恋战，打开城门，缴械投降。良渚国将士冲进城门，直捣王宫，活捉了国王。那个冲在最前面，活捉了国王的正是阿牛。夷吾和无忌大量征兵时，阿牛在城墙工地上结识的众弟兄全部来了，这些身强体健、元气满满的壮汉听闻淳于王要吃阿牛的消息后先是把他从王宫里劫了出来，后又组织了声势浩大的"闯宫"活动，却在王的庭院里因为夷吾的一席话，成为第一批应征北伐的士兵。他们凭着一股哥们义气，和对夷吾的崇敬，不惧死亡，冲锋在前，表现得非常出色，是这次战斗的主力。

正当众将士设宴狂饮，庆祝胜利的时候，信使捎来了大鲧的消息：良渚连日暴雨，海面上涨，很多房屋被淹，现在古上顶、城墙、塘山长垄上都住满了人，平日以捕鱼为生、水性比较好的乡民已在准备舟楫沿水路逃命，还有一些年轻力壮的正扶老携幼往山上迁移。海水还在上涨，估计坚持不了多久了。信使告诉他们，大鲧的意思是，你们就不要回来了，待我组织乡民逃离大水之后来找你们。

夷吾和无忌都非常吃惊，虽然洪涝灾害是在意料之中，但没想到海侵这么快就来了。无忌看着夷吾脸上凝重的神情，知道事情比预想的还要严重。在他年轻的生命里，夷吾是一个仅次于父亲的角色。在某些方面，他对夷吾的依恋甚至超过对父亲淳于王。夷吾博学睿智，遇事从不慌乱，而且有极为准确的预知力和判断力，一直是父王的左膀右臂。他性格温厚，心胸阔达、包容，对淳于王的主观专断，只要不触犯原则，总是随和隐忍，无忌觉得夷吾的耐性简直就是无限的。作为良渚国的大祭司，夷吾可谓一人之下，万人之上了，但是他从不滥用手上的权力，谋事定策皆以百姓疾苦为界，有一种发自心底的善良。

"无忌，你速速带几个兵士回良渚，协助大鲧招呼乡亲们逃离，能逃到这里最好，我和众将士在此守候。如若时间不允许，无问东西南北，尽快就近寻到地势高的地方安顿。吩咐大家只随身带上生活必需品，多带一些干粮，其他全部舍弃，都是身外之物。"他加重语气，"最最重要的，千万记住了，回去后的第一件事是到我的密室取出十节玉琮，贴身保管好。那上面有我的咒语，紧急之时带上它，神会保佑你们平安。记住了，无论将来流落在何处，不要忘了你们是良渚国的国民。"说完，他从上衣口袋里掏出两粒仙丹，"万一命有不测，你和虞姑可服下此药，救你们于大水之中。留下良渚国的王室血脉，便可告慰先王和列祖列宗。"

无忌带了三个卫兵，稍事准备，便上路了。日夜兼程，赶到良渚时，出现在他的眼前的是一片泥泞，进水的房屋，奔走逃难的人群，凌乱倒塌的柜台、桌椅。古城昔日的良辰美景和曾经的繁华市井，那些小贩的叫卖声，一家接一家的店铺，小街上熙熙攘攘的人流和在大人中间奔跑玩耍的孩子，全部不见了。古上顶成了人们的避难所，夷吾的宫殿率先向乡民们敞开了大门，随后，大鲧的宫殿、王的宫殿，以及古上顶大多数为官的府邸纷纷效仿。一时间，那些高大宽敞、富丽堂皇的厅堂里挤满了无家可归的人。八婆和一批家佣正在忙活着，煮了一大锅稀饭供众人充饥。家里的米酒，晾晒的腊肉、腌瓜菜、干菜、果干，也都拿出来了。建成不久的城墙，此时成了古城居民的安全岛。城墙上搭满了临时遮风挡雨的帐篷，一家人在凄风冷雨中紧紧依偎。大鲧带着救卫队的精锐人员，一边赶制大型船只，做好逃离的准备，一边打开池中寺的谷仓，发放稻米，让各家蒸煮一批便于携带的干粮。

按照夷吾的吩咐，无忌首先来到夷吾宫殿后院的密室，取出了十节玉琮，用丝绸小心地包起来放在随身的行囊里。然后去找大鲧，跟他一起安排乡民分批逃离。第一批，除了几个负责运送照料的青壮年，大都是家有老人、妇女和幼童的家庭。他们拖儿带女行动缓慢，现有的舟船全部优先载他们逃离。无忌跟带队的青年大致说了一下去花厅的路线便让他们上路了。无忌吩咐，遇到食物不足或者乡民生病等情况可随时靠岸安顿下来，见机行事。本来阿牛的妈妈也是被安排在这一批里的，但老人家固执地不肯离开，说要等阿牛回来，谁劝都不行。

第二批是一些渔民家庭，这批人没费什么事，家里船都是现成的，只不过每只船上多带了几个乡邻。这些渔民个个水性很好，长期水上打鱼或者运输，对自己驾驭舟楫的本领也极为自信，把一些生活用品搬上船之后，很快就出发了。几十艘渔船和竹筏同时远航，场面极为壮观。大部分船只顺流而下，有几家船主比较有想法，认为上流可能更易生存，选择逆流而上。两路船队从此分道扬镳，飘零天涯，看了让人伤感。

无忌心如刀割，他忍住泪水，目送最后一只小舟消失在浩渺的水面上。前途莫测，他已无力保护自己的国民，唯有在心里祈祷，愿上天保佑他们途中风平浪静，安全着陆。共工鲧真是一个负责任的好官，他到处跑，哪里需要就去哪里，几乎连坐下来喘口气的时间都没有。他和淳于王婵精竭虑，穷其所能，倾全国之力修建了城墙，筑了多条防山洪的大坝，最终却没能拦住洪水与海水的侵袭，没能保护自己的国民，他感到无比懊恼。一个人的时候，他会仰头问天：上天啊，良渚人到底做错了什么，要承受如此大的灾难？我们这么虔诚地祭拜天地，我们辛勤劳作，恪守本分，为什么你还要抛弃我们？

水灾发生后，他去了天庭，虾兵蟹将拦住门不让他进，他们还记恨着他偷息壤的事。现在他真正是上天无路，入地无门，一切只能靠自己了。幸好多年的共工生涯，他的手下聚集了良渚国最精锐的能工巧匠。他们连夜赶制舟楫和竹排，将一批批的乡民渡离良渚，去谋生路。海上风浪瞬息万变，前面有多少凶险，无人知晓。在天灾面前，人的力量何其渺小！无忌说夷吾和众将士已经占领了花厅王国，正在那里等着我们去团聚。这个消息给千难万难中的他带来了巨大的信心和勇气，眼前的千头万绪终有完结的一天，那时云开日出，尘埃落定，人们在新大陆重建家园，岁月依然静好。

64

时隔一个月回到考古队，艾优感觉处处新鲜。无论是在家任性地跟老妈吵闹，还是跟队友们去挖地三尺，心里有一种说不出的远行归来的兴奋。

挖了一天土回到住处，照例是看书或者调研，她忍不住想跟吴队说说良渚的事儿。虽然八婆再三叮嘱天机不可泄露，但是把这么多事情都烂在肚子里也不太可能吧。好在汉语修辞里有诸多办法可用，比如暗示、比喻、旁敲、侧击之类。

她轻轻走到吴勇房间门口，探头见他好像正在看一份什么材料，松了口气，总算不用听他解说那些让人头疼的数字了。

"吴队，忙什么呢？聊会儿天唄。"

吴勇抬起头，"正好想跟你说呢，这是最新一期《科学》期刊。上面发的这篇文章有点意思。"

艾优接过杂志，在翻开的那一页，看到文章标题为《公元前1920年的洪水暴发为中国传说中的大洪水和夏朝的存在提供依据》（*Outburst flood at 1920 BCE supports historicity of China's Great Flood and the Xia dynasty*），

作者是南京师范大学地理系教授吴庆龙，美国普度大学（Purdue University）葛兰治博士和台湾大学的大卫·科恩博士（Dr. David Cohen）。她快速浏览了一下，这篇文章大致是说：古籍记载，大禹成功治理了黄河大洪水从而建立起中国历史上第一个王朝——夏朝。然而，大禹治水的真实性和夏朝的起源时间还存在巨大争议。寻找大洪水的地质证据是重要的突破口。本文作者发现在公元前1900年左右，位于青海省黄河上游的积石峡附近，曾由于一场强烈地震引发山体滑坡，形成一个大型的滑坡坝，河水灌入形成堰塞湖，把黄河堵塞了6—9个月。当堰塞决堤时，大水汹涌而来，淹没了下游低地，致使其下游25公里处史前喇家遗址毁灭废弃。对洪水沉积物和喇家死于地震的人的遗骨使用碳年代测定法，研究人员推测这场特大洪水发生在公元前1922年，前后不超过28年。

文章上说，2007年作者和同事们偶然发现了这个古代堰塞湖的沉淀物，但是那个时候，他们不知道一场特大洪水的证据应该是什么。2008年7月，他们突然明白了，考古学家在喇家遗址发现的所谓黑沙实际上可能就是他们所说的大水的沉积物。随后的调查证实了这个揣测，并显示这场特大洪水的沉积物有20米厚，比黄河高出50米，显示那是一场罕见的破坏严重的洪水。

作者认为，这个研究的意义在于找出了已有的和新发现的多个证据线索之间的联系。从一场特大洪水的地质证据，联想到它与喇家遗址被毁同时发生的事实，再由喇家遗址倒推出洪水的日期。

"这个喇家遗址被称作中国的庞贝古城，在青海省民和县官亭镇喇家村，是一处新石器时代的大型聚落遗址，距今4000年左右，因地震被毁。地震发生时，它的洞穴和很多物件都被大地震瞬间埋没。迄今最早的面条状遗存就是在喇家遗址出土的，人称'中华首例米粉'。"吴勇见艾优一目十行地似已读完，开始发表自己的看法，"如果这篇文章的推测成立，大禹治水很可能不只是一个神话。那么夏朝的建立也就是在几十年内大约是公元前1900年发生的。如果夏朝是从公元前大约1900年这个更晚一些的日子开始，那么这也支持一种看法，那就是夏朝正赶上从石器时代到青铜时代的过渡。现在不少考古学家已经把夏朝跟河南偃师的二里头文化联系在一起，而二里头文化恰恰是中国跨越新石器时代和青铜时代的文化。这样，时间以及沿着黄河发展，与青铜器时代的开始以及那场大水的传说本身都相符了，一切就都连起来了。而且很可能这场大洪水范围从南到北，覆盖整个中华大地，前后延续近20年，良渚也在其中。大水过后，各地幸存的逃亡者融入二里头文化，中华文化从此大一统。"

吴勇知道，世界各国的神话传说、史诗和宗教故事中关于远古洪水的记载十分普遍，比如《圣经》中有"诺亚方舟"，印第安传说中有"雷鸟与食人鲸"……虽然他们述说的可能并不是同一波洪水，但至少可以说明上古时期，水灾是先民们不得不面对的巨大灾难。也正因为如此，史前的重大历史事件和文化现象，甚至像中华文明的起源这样的重要命题都能从大水中找到真相。

而相比于其他民族的大水传说，中华民族的大禹治水有它的独特之处。美国华盛顿大学的地貌学家蒙特戈梅里教授说，世界上有各种各样的关于洪水的传说，而有关禹帝的传说则相当奇特，"那不是关于生存的问题。他的故事是关于疏导洪水，是关于治水的问题"。

还在大学的时候，他曾经通读过《圣经》，当然跟信仰无关。《圣经》故事出现在西方的文学、绘画、历史等方面，要了解西方文化，《圣经》是绕不过去的一部经典。诺亚方舟是出自《圣经·创世记》中的一个引人入胜的传说。由于偷吃禁果，亚当和夏娃被逐出伊甸园。上帝对亚当和夏娃下了诅咒，使人类的后代要通过不断的劳动才能获得食物，勉强度日。因此，人们的心中不免充满了对神的厌恶和亵渎。同时在人间，人们互相掠夺食物，此后，该隐杀死了他的弟弟，揭开了人类互相残杀的序幕。在上帝眼里，这些都是罪恶。人世间充满着强暴、仇恨和嫉妒。上帝看到人类的种种罪恶，愤怒万分，决定用洪水毁灭这个已经败坏的世界，但不想伤及无辜。在上帝眼里，只有诺亚是个纯粹的人、完人和敬畏上帝的人。上帝把自己要毁灭世界的想法告诉诺亚，并把舟的规格和造法告诉了诺亚。此后，诺亚一边赶造方舟，一边劝告世人悔改其行为。《圣经》对诺亚方舟的描述最为细致。在书中，上帝告诉诺亚要用歌斐木来建造方舟，方舟要有300腕尺（腕尺是从前的长度单位，1腕尺相当于45—56厘米）长，50腕尺宽，30腕尺高。从大小上看，这简直就是4000年后的"泰坦尼克"号！

诺亚在独立无援的情况下，花了整整120年时间终于造成了一只庞大的方舟，并听从上帝的话，把全家8口搬了进去，各种飞禽走兽也一对对赶来，有条不紊地进入方舟。7天后，暴雨从天而降，一连下了40个昼夜，人群和动植物全部陷入没顶之灾。除诺亚一家人以外，亚当和夏娃的其他后代都被洪水吞没了，连世界上最高的山峰都低于水面7米。

上帝顾念诺亚和方舟中的飞禽走兽，便下令止雨兴风，风吹着水，水势渐渐消退。诺亚方舟停靠在亚拉腊山边，也就是今天亚美尼亚和伊拉克的交界处。又过了几十天，诺亚打开方舟的窗户，放出一只乌鸦去探听消息，但乌鸦一去不回。诺亚又把一只鸽子放出去，要它去看看地上的水退了没有。由于遍地是水，鸽子找不到落脚之处，又飞回方舟。7天之后，诺亚又把鸽子放出去，黄昏时分，鸽子飞回来了，嘴里衔着橄榄叶，很明显是从树上啄下来的。诺亚由此判断，地上的水已经消退。于是，后世的人们就用鸽子和橄榄枝来象征和平。

这就是"诺亚方舟"故事的由来。很多年以来，史前大洪水以及诺亚方舟让人类得以延续的传说在西方被人们普遍接受，像中国大禹治水的故事一样深入人心。

"大禹治水应该是确有其事。我觉得当时的情况很可能是这样的：尧舜之时，华夏大地洪水泛滥造成水患灾祸，百姓深受其扰。地处东南的大鲧受尧帝之命治理洪水水患，他用的是障水法，也就是在山上设置大坝，在岸边提高河堤，但海水的水位越来越高，连日暴雨不能排走，南方的不少田地和房屋都被海水淹没，曾经繁华富足的良渚文化彻底消亡了。迫不得已，鲧只得带着年幼的禹逃离故土来到中原，正遇到这里黄河大水泛滥，民众愁苦不堪，这让他想起被大水淹没的故乡良渚，便主动请缨，出任共工。但事实证明，他那一套障水法是不可能根治水患的。这时禹已经长大，他接过父亲的肩上的责任，继任治水之事。他改用疏通的办法，终于成功降伏了水灾。这些可能都发生在二里头遗址。"艾优说。

"可以嘛，艾优，分析得头头是道啊！关键是，你还敢冒天下之大不韪，大胆地把大鲧设想为良渚人，学术勇气极为可嘉！好像业界一直认为大鲧父子生于西羌的。这可是涉及中华文明起源的大课题了，希望我们能找到相关考古实证。"吴勇笑道，"不过你的这个推测还真跟陈剩勇先生的观点有异曲同工之妙。"

"真的?"艾优很兴奋，她没想到自己的异端邪说竟然还有专家认同。

65

吴勇做作地咳了两声，他是真的不想让这个小妮子太得意，但是偏偏他看过这本书。

浙江社科院的陈剩勇先生1994年出了一本《中国第一王朝的崛起》的书，从多学科、多角度论证了夏朝源于长江下游。他的根据是：首先，禹来自江南。《史记》上明言，当困于洪水中的人民嗷嗷待哺，禹"令益予众庶稻，可种卑湿"。大禹命令手下干将把水稻种子分发给闹饥荒的老百姓，是水稻，而不是当时北方的主要作物小米，好在"卑湿"的低地水田里种植。禹所领导的政治区域里的老百姓的日常主食，是南方的水稻。这种作物，直到后来的春秋战国时期，还是北方中原的珍稀品。

其次，夏朝的精英语言是古越语。夏朝统治者说的不是中原话，夏朝的国家领导人的称呼，今人念起来很别扭。夏后启、后羿、帝芒什么的，这不是北方汉语从古至今的特点。中原人说炎帝、黄帝，不会蹦出帝炎、帝黄。

而且，良渚文化的丧葬风格、玉器的发达和特色、祭坛、礼器和绸缎等诸多方面，在中国所有的龙山文化时代的考古遗址中，与历代文献里记载的夏朝的物质文明的特点最相契合。考古学家们还发现，夏代祭祀用的三大礼器"封顶盉""爵""盉"都与良渚文化息息相关，其中"封顶盉"正是根源于良渚文化的"陶鬶"。由此可以推断，"原始夏族"可能起源于良渚文化的一支。这支中国史前最奇妙的文化，随着第一王朝的崛起而转向了崭新的发展方向。

具体过程很可能是这样的：禹之时，海侵已消退，华北平原雏形已现。禹以"原始夏族"的身份进入安徽地区，与当地部落结成了"部落联盟"，此即"禹娶涂山"传说的由来。此时的安徽北部地区，正处于黄泛区上游的淮北平原，禹运用多年累积的与洪水争斗的经验，联合当地的"夷"族展开了漫长的治水工程，这就是"益佐禹治水"传说的源头。

水患平息后，禹所带领的"原始夏族"除以其功绩受到其他部族的拥戴外，在与"夷"人长期融合的背景下，其势力已足以号召天下，是以"禹会诸侯于涂山，执玉帛者万国"。壮大后的"原始夏族"，势力挺进豫东南地区并一路向西，直抵伊、洛，迫使原先中原地区的部族完全臣服。首领"启"由此成为天下的共主，从而建立了我国历史上第一个王朝。

禹大会诸侯于涂山、会稽，是中国禅让时代最后的两次盛会。会稽的地望，是今浙江绍兴。禹去世后，葬在浙江会稽，古今从无异议。这也是夏朝源于长江下游的重要证据。所以陈先生认为中国第一个"家天下"的上古王朝夏朝是由多种不同的地域文化相激相荡、相互融合而成，其中最重要的基因成分源于良渚文化。

"太妙了！这几乎就是我想说的。关于中华文明的起源，我倒是也有一些大逆不道的想法，吴队想不想听听？"

66

把第三批村民送走，水面又上涨了不少。眼见整个良渚国已成为一片泽国，只剩一些山峰，以及反山、古上顶、塘山等比较高的土墩还没淹，像一个个孤岛浮在水面上。无忌和大鲧决定跟乡亲们一起撤离。

船舱里，无忌正在安抚虞姑和八婆：莫怕，不妨事的，良渚的地势比其他地方要低，最易被淹。只要划出这段水域，寻到高处，我们就登陆上岸，那时就安全了。上岸之后，我们一路向北，去花厅王国找夷吾。花厅已经被我们占领了，夷吾带着众将士会把一切都准备好，我们一到了那里，很快就能安顿下来，过正常的日子啦。

虞姑病恹恹的，多日没有好好梳洗，头发乱了，身上的衣服也是皱皱巴巴的，她整洁惯了，这种邋遢的、居无定所的状态让她感觉很难堪，全身有说不出的难受。还好有无忌在身边，心里稍稍安定一些。她可怜兮兮地看着无忌，满腹的委屈全写在脸上了。蒲姑则忙着照顾船上的一个生病的妇人。可能是着急加上生活不规律，妇人腹泻了。虽不是大毛病，在水上行驶，却是诸事不便。此时蒲姑刚把她安顿好躺下休息，在船舱里坐定，听到无忌安慰虞姑的一番话，便接口说："去看看花厅王国挺好，外面的世界这么大，我们当然也不能做井底之蛙呀。"

蒲姑从杭州回来的第二天，淳于王就过世了。紧接着，出兵花厅国，夷吾、阿牛、无忌都穿上戎装上前线杀敌，生活陷入动荡不安之中。她一介女子，也帮不上什么。后来大水来了，她发现自己还是可以做些事情的。这些日子她一直跟在无忌和大鲧后面救护乡民。她的鬼主意特别多，连大鲧都服了她。大鲧说，真是时势造英雄啊，平日没觉得蒲姑这丫头有多能干。蒲姑心想，你不知道的事情多了，我连良渚未来是什么样子都知道。在余杭，吴勇带她去过古上顶——他们管它叫莫角山，他们肩并着肩站在莫角山上，看着夕阳染红了天边，太阳像一个巨大的火球缓缓落下。她还记得当时吴勇说的话，他说，这里将会建成一个遗址公园，供人们参观缅怀，让这片土地向人们讲述良渚先民5000年的功名荣光。她听了有点激动，也许这些考古学家是对的，正是借着这些出土物，我们才有机缘遇见彼此。虽然相隔了几千年的时光，我们好像就生活在同一片天空下。她想，等到这个公园建成开放了，我得找个机会穿越过来，但不是借住在艾优的身体里，而是以良渚国大祭司女儿的身份来接待那些想了解我们的人，就穿着我们良渚国的衣裳，梳着我们良渚国女子的发式，告诉他们我们吃什么，穿什么，地里种什么，水里养什么，那一定非常有意思！

"蒲姑所言极是！背井离乡，漂泊天涯，皆乃迫不得已而为之，但是视角异而视之异也。我等不妨视其为一次远行吧。"无忌清秀的面庞上露出一丝笑容。连日来忧心如焚、奔波劳累，他一直双眉紧锁，这是他第一次脸上有了一点笑意。他吩咐用人端来三杯茶，一杯放在自己面前，另两杯分别给了虞姑和蒲姑。喝完杯子里的茶，蒲姑站起身去船头查看情况，突然一阵大浪打来，船身摇晃了几下就被水彻底淹没。蒲姑眼前一黑，昏了过去。失去知觉前，只听无忌大叫了一声，八婆，保护好虞姑！之后就什么都不知道了……

67

"吴队请听好，下面就是我的重大推理。"艾优清了清嗓门，正色地说道：

"依我看，我们中华民族的起源跟《圣经》上记载的有异曲同工之妙。事实上，无论是西方世界还是我们中华民族，人类的发展似乎都经历了'创世记'和'大洪水'这两个重大的历史事件。《圣经》在《创世记》第二章7节说'耶和华神用地上的尘土造人'，他造的就是人类始祖亚当和夏娃，所有人都由他们繁衍而成。中国的'创世记'是女娲用黄土造人：天地开辟之初，大地上并没有人类，是女娲把黄土捏成团造了人。她干得又忙又累，竭尽全力干还来不及。于是她就拿了绳子把它投入泥浆中，举起绳子一甩，泥浆洒落在地上，就变成了一个个人。

"看得出来，这两种不同的说法讲述的其实是同一个故事。不光造人的方法，连用的材料都是一样的。无论是上帝自己造还是委托他女儿造，结果是一样的，就是人被用泥土捏出来了。所以，就创世记这个问题，东西方文化并无太大分歧。而大洪水恰恰也是《圣经》和中国神话及史料，乃至很多其他文化里共同提到的事件。所以我认为它也是真实存在的。当不同的文化和族群不约而同地讲述同一件事时，它实际存在的可能性是很大的。

"那么，我们的史学家之所以对中华文明的源头这个问题那么纠结，就是因为在中国，大洪水把这个进化的过程打断了。其实，真相可能是这样的：新石器时期，在黄河下游慢慢形成了以陶器为主的大汶口文化（距今约6500—4500年），该文化在距今4500年前后过渡到龙山文化。与此同时，地处长江下游的太湖流域，另一支以精美玉器闻名于世的良渚文化渐渐形成（距今5300—4300年）。这时候，他们各自过自己的日子，没有任何交接。也就是考古学者们说的'满天星斗'。

"在这个过程中，炎帝神农氏与黄帝轩辕氏从西北或者西南来到了中原，炎黄的后人在部落联盟的兼并与反兼并、控制与反控制之争中，逐渐融合、统一，形成华夏民族。良渚文化消亡之后，大鲧带着幸存的良渚先民也逃到了中原地区安定下来。之后大禹因为治水有功成为国王，建立了中华历史上第一个世袭王朝——夏朝。

"所以，中原可以说是中华文明发枝生叶、星火燎原之地。这里一马平川，视野开阔，便于战马驰骋，也利于农业发展。但中华文明的源头大概不能说就是中原。因为无论各地的区域性文明发展到什么程度，大洪水过后，基本都所剩无几，整个华夏文明重新洗牌。洗牌之后的牌局是按照谁的思路，谁就是中华文明的源头。

"我们都知道考古发掘已经证明，大洪水之前，也就是距今5000—4000年这1000年里，良渚古国在当时的东亚地区，可说是都城最大、玉器最精美、影响范围最广的。中心在良渚，北部到达淮河流域。良渚人精琢玉、擅养蚕，在制陶、丝绸纺织、稻米栽培、治水工程、宗教意识、祭祀礼仪制度等方面，已经进入非常成熟的方国时期。而当时中原的二里头一、二期和古蜀的宝墩文化都还处在比较原始的新石器阶段。

"可惜的是这样一个发达的地区出现了海侵，海平面升高，古城、村落、农田、河道、码头等，人们赖以生存的资源全部沉入水底，良渚文化消亡了。良渚文化消亡后，北方出现了陶寺、石峁，西南出现了三星堆、金沙。不约而同地，这些文明里都有玉琮和玉璧，有神人兽面纹，有干栏式建筑，有土祭台……毫无疑问，这些再生的文明都来自幸存的良渚人。在二里头文化之前，这些地区也经常有洪涝发生，虽然不至于到整个文化消亡的程度，但无疑生产力非常低下，文明程度也很低。是良渚人给这些地区带来了文明的曙光。可以这么说，大洪水摧毁了良渚古国，成全了中华文明。

"一言以蔽之，中原是中华文明的摇篮，但中华文明的源头可能还要去良渚文化中寻找。到目前为止，我的结论就是这样的，除非有新的史料或考古实证出现。"

"哇，果然是不鸣则已，一鸣惊人呀，竟然有这样一套完整的理论！"吴勇手捂胸口，他是真的被艾优慷慨激昂的一番演说惊到了。之前艾优在队里的表现最多可说还过得去。分配给她的事情也会认真完成，但对考古缺乏激情，很少自己主动思考。他一直觉得艾优的专业思想还需要确立，没想到冤枉她了。

"只不过似乎想象的成分多了一点。咱们毕竟是考古人员，不是作家。"

"错！考古人员同样需要想象力。胡适先生说过：大胆推理，小心求证。考古就像破案，先有预设，然后再一步步倒推回去。我这个预设，说不准哪天就被新的考古发现证实了。"艾优越发地张狂起来，脸上满是孩子气的得意。

看着那对深深的酒窝，吴勇突然产生了亲亲这张脸的冲动。他掩饰地大笑道：好，好，看来丫头这次是真的脱胎换骨了。

68

虞姑醒来，发现躺在自己的雕花木床上，身上也换了干净的衣衫。八婆正在清理宫殿里乡民们留下的废弃垃圾。

"这是怎么回事？我不是跟无忌一起坐了船出逃了吗？"她惊奇极了，骨碌一下坐了起来。"八婆，八婆。"她冲着八婆的背影大叫。

"虞姑醒了啊。"八婆赶紧放下手里的家伙奔过来，"感觉怎么样？你都不记得了呀？我们的船翻了，一船人都落水了。是阿牛把你和我救上来的。"

"阿牛？阿牛从花厅国回来了？"

"他不放心我们，特意赶回来的。他到的时候我们刚刚离开，他就找了一条船跟在后面。后来看到我们的船被大浪打翻了，就赶过来救。他看你都昏过去了，身体这么弱，怎么可能经得起海上的颠簸呢？就把我们载了回来。等身体调养好了再说。你看今天天都放晴了，说不定过几日大水就退了呢。"八婆安慰道。她知道虞姑这样的身子骨，到了海上能坚持多久都很难说。回到良渚，说不定还真是上天的安排呢。

"无忌和蒲姑呢？他们都在哪里？阿牛没救他们吗？无忌不会水，会不会出事？"虞姑一下子紧张起来。

"阿牛说他在水里寻了半天，没寻着。没事的，他们很可能被其他船上的人救起来了。大鲧水性好，他一定可以救他们的。你现在身子还很虚，要多静卧休息，更要放宽心才是。我在熬粥，等会儿好了叫你吃。"八婆扶虞姑躺好，盖好被子，去忙了。夷吾远在花厅国，蒲姑和无忌下落不明，家奴们都撤走了，照顾虞姑全指望她了。她觉得自己肩上的担子好重。幸亏阿牛赶回来了。阿牛心好，又能干，真是个好孩子。

已成为孤岛的古上顶，并非荒无人烟，有一群恋旧的乡民依然聚集在此，不愿离去。他们世世代代生活在这里，这片土地上有他们辛勤劳作的汗水，也安息着他们的先人，这是他们赖以生存的根基。他们不相信上天会无情地把它收回，期待着大水退去能另起炉灶，卷土重来。等待转机的日子里，他们各家都把自己备着的食物、药材拿出来，集中到八婆处，由八婆精打细算，统一安排，争取多维持些时日。阿牛每日挨家探访询问，发现有生病的和需要特别照看的就集中在一处，安排人送饭、熬药，悉心护理。几十户人家聚集在一起，像一个大家庭，互相关爱，抱团取暖。

阿牛回来，最开心的是阿牛妈。她说当时没走就对了，是上天让她在这儿等阿牛的。唯一让他们担心的是虞姑的病情。虞姑其实也没有什么大病，但就是特别虚弱，每天思虑忧愁，以泪洗面。阿牛冒着山洪暴发的危险进山采了些草药回来，八婆每日煎药给虞姑服用，变着法子替她调理，却总也不见起色。后来阿牛甚至划破手指，取了一些自己的血来给她滋补，都没见明显的效果。阿牛分析她得的是心病，惦记着无忌，相思成疾。如此拖了数日，虞姑竟然命归九泉了。到处是水，要什么没什么，阿牛只得带了几个壮汉锯了一棵树，打了一口简易棺材，把虞姑用船就近渡到反山墓地安葬了。八婆把家里现有的一只龙首镯、几只锥形器，以及她一直佩戴不离身的龙首小玉环都随葬在墓里。

虞姑，这个美丽安静的女孩子就这样满怀心思地去了另一个世界，带着对无忌绵长的思念。她在世上默默地活了十几年，用全部的热情爱蒲姑，爱无忌，爱阿爸，爱八婆，爱身边所有的人。她把少女的纯真和寂寞一针一线缝进了阿爸的祭袍。此后很多年，这件祭袍都是夷吾的最爱，每次穿上它都能感受到爱女的体温和那颗滚烫的心。

古上顶的高墩上，滞留的良渚人还在凄风冷雨中坚守着重建家园的美好梦想。这一天，他们突然发现远处水面缓缓漂来一团黑乎乎的东西，近了一看，是一团稻草，里面有一团泥土，泥土里冒出细细的、绿色的嫩芽。"息壤！上天来救我们了！"众人惊呼……

下部 〰

现迹金沙

在中国失落的古文明中，几乎找不到比三星堆更加神秘的文化了。

　　四川省广汉市城西7公里，距南兴镇4公里处的鸭子河畔，突兀地隆起三个彼此相连的黄土堆，像三颗星星散落人间，三星堆因此得名。因紧邻月亮湾，素有"三星伴月"的美称。当时谁也不会想到，在这三个极为普通的土堆下面，埋藏着一个惊天秘密——一个古老的文明国度在此沉睡了数千年。

第八章

广汉月亮湾　1929　宝物现身

69

　　燕道诚一锹下去，听到咣当一声，他心里说声："不好！硌着石头了。"俯身查看。天色已晚，看不真切，便对着他家的院子唤："娃他妈，把油灯拿来。"过了一会儿，老婆子踩着双裹过的小脚，端着油灯出来了。黑夜风大，煤油灯罩子里的火苗忽闪忽闪的。

　　"这边。他娘的龟儿子！挖着石头了，千万别把我铁锹搞卷了。"燕道诚一边指使老婆跨过蓄水沟，一边心疼地说。他家日子不富裕，这把新铁锹是他惦记了很久才下决心买的。刚才正挖得顺手，想着加把劲今晚就把这一段完工的。

　　昏暗的灯光下，燕道诚看到一团白花花的东西，摸了一下，平展展、硬邦邦的，难怪铁锹铲上去好像碰到一堵墙。"麻烦大了，下面有石头块，看样子还不小呢。"这个壮实的汉子有点懊恼，看来今天是没法干完了。开春，地里活计也多，这个蓄水沟已经耽误不少工时了。他琢磨着明天必得把种子播下了，否则到了秋后一家老小都得喝西北风。

　　"莫非挖到宝物了？"老婆把煤油灯凑近，一边仔细查看沟底，一边狐疑地问。

"啥子宝物哟，做你的大头梦吧。走，回屋困觉。明晨早起接着搞。"燕道诚小心地收起铁锹，拿过搭在栅栏上的外衣，不理老婆，率先回屋了。老婆端着煤油灯，相跟着，也进了屋。不一会儿，这个有着一间堂屋三间睡房的农舍便没了动静。夜色里，偶尔传出燕道诚香甜的呼噜声。这个朴实的四川农民做梦也想不到，他那一铁锹挖开的远不是自家的蓄水沟，而是古蜀国神秘的大门，一场震惊世界的大戏已经在他手上拉开了帷幕。燕道诚这个名字也将被历史铭记。

第二天早上，天还没亮透，燕道诚就把儿孙都叫了起来。无论如何蓄水沟今天必须完工，雨季马上就要来了，今年水稻田的灌水就指望这个沟了。

他家的蓄水沟从宅子旁边一直通到他家祖上留下的几块薄田，出了院门抬脚就到了。到了地头，儿子说了句："爹，你先歇会儿，我来。"就扛着铁锹跳了下去。燕道诚也是70岁的人了，虽说这些年一双手从没离过锄头柄，地里的活儿多少有点力不从心。好的是儿子燕青保还在壮年，也孝顺，地里的活儿抢着做，生怕累着爹。谁知刚挖两锹，铁锹就碰上了石头。燕青保弯腰想把石头挪开，才发现是一块平整的石板，伸手推了推，纹丝不动。他赶紧叫他爹过来。正在田埂上抽烟的燕道诚这才记起昨晚自己提前收工的原因。他站起身，拍拍屁股上的土，招呼孙子，顺手拿起自己的铁锹，跳到沟里。两人合力挪开大石板，一股寒气迎面扑来，下面是空的！

"慢！"燕道诚拦住要往下跳的青保，"别是蛇洞吧？"他从洞口往里看，黑乎乎的，什么也看不见。"口这么大，应该不是蛇洞。走，下去看看。"说着，率先沿着洞壁慢慢向下挪。燕青保也往下找地方落脚。孙子燕明良跟着想下去，被燕道诚喝住了："你留在外头，若有不测赶紧叫人来。"

洞不是很深，长方形，四面都围着石板。地上好像堆着什么东西，燕道诚凑近一看，是一堆石头，泛着白光。伸手一摸，有大有小，凉飕飕，光滑滑的。他心里一惊：莫非真的是宝物？摸上去很像玉器哩。转脸看到青保莫名其妙地看着他，便吩咐道：你回去把旅长送我的手电筒拿来，在我睡房矮柜的最上边的抽屉里。再带上提兜和麻绳。我和明良在这儿等你。

两人原路返回地面。太阳亮得晃眼，外面的世界跟一个小时前没什么两样，唯有燕道诚的心跳得有点乱了节拍。他因为念过几天私塾，识文断字，还外出闯荡过，颇得乡人敬重。乡里乡亲，张家写个帖子，李家拟封家书，都来找他帮忙。到县城赶集，别人逛商店买东西，他却总爱到茶馆喝茶，听听川剧，看看变脸，自得其乐，也因此结交了不少江湖好汉。跟普通的村民相比，算是见过世面的。他估摸着，这个洞里的东西，专门用大石板封住，绝不是寻常物，他燕道诚很可能真的要时来运转了。燕道诚拼命按捺住心脏的扑通乱跳，却忍不住频频朝家宅的方向张望。从他家到这个蓄水沟百把米的距离，来回不过几分钟。平日也就是一抬腿的工夫，此刻却显得极为漫长。"龟儿子，莫不是寻不着手电筒？"他有点犯嘀咕，就对在一边看书的明良说："去看看你爹，是不是找不到手电筒。让你娘帮他找找，赶紧的，别耽搁。"

明良应了一声走远了。他燕道诚精明一世，虽说日子过得紧巴点，但上天给了他儿子也给了他孙子，一样都不缺。尤其是长孙燕明良最得他的遗传，有股子机灵劲儿，一到上学的年龄就被他送去学堂念书了。他老了，家里得有个识文断字的。这孩子也还争气，看到有字的纸片就拿起来认，还真有几分老燕家的样子。

那天天黑以后，燕道诚带着儿子在这个长方形的坑道里收获了400多件玉器，有玉琮、玉璧、玉瑗、玉板等。因为怕被人发现，他们一次不敢拿多，全家合力搬了好几趟才全部运回家，藏在家里最隐蔽的角角落落。燕道诚再三吩咐，谁都不准说出去，否则会招惹杀身之祸的。为了这个昂贵的秘密，燕家的老老少少都变得谨慎而多疑起来，连邻居来家里多坐一会儿都感觉不安。这个本分的农民家庭在享受财富带来的丰泽之前，先尝到了它的苦涩。

70

日子似流水一般过，转眼距离挖出宝物的那个夜晚已经 1 年多了，地里的庄稼种下了也收上了，村子里并没有什么异常，所有人都按部就班地过着自己的日子。燕道诚见状估摸没人发觉，心思便有点活泛起来。想想这些玉石虽说很可能价值连城，藏在家里终究不顶吃不顶穿的没啥意思。正好家里养的母鸡下了几只蛋，老婆子让他进城到集市上卖掉。他提起鸡蛋篮子怀里揣着一块玉挂件、一只玉瑗就上了路。不到中午鸡蛋就卖完了。这次他没去茶馆，而是直接去了陶旅长家。这个陶旅长就是当时住广汉的国民党旅长陶宗伯。两人在茶馆听戏时结识，颇为投缘。陶旅长虽说文化水平不高，但性格耿直，并不嫌弃燕道诚一介村民的身份。上次两人聊得投机了，还送了他一只手电筒。这可是个新鲜玩意儿，而且挖宝的时候还真用上了。燕道诚觉得，就冲这一点也应该给陶旅长一点回报。

"这是么子宝物嘛？"陶旅长把玉瑗拿到灯下仔细查看。玲珑的玉瑗被他那双肥厚的大手捏着让人忍不住心疼。陶旅长是见识过金银财宝的人，只是眼前这只玉瑗看上去并不起眼，由于长期埋在地下，表面已经有一些沁入，显得不那么光亮了。见陶旅长有些失望，燕道诚赶紧说："旅长，您再仔细看看，这个是古玉。听人说古玉比新玉值钱哟。"

"看着像是古玉。莫不是仿的？"陶旅长显然对眼前这个乡巴佬的收藏能力没有信心。燕道诚本想讨好一下旅长，报答他的知遇之恩，谁料旅长好像并不识货，他只好实话实说了："真的真的，肯定是真的。我在家宅旁边挖到的。"

陶旅长眯着的眼睛顿时睁大了："此话当真？"

一周之后，广汉县南兴镇真武村来了一个连的兵，要在这里进行军事训练，带队的正是陶宗伯本人。他对这次军训很上心，亲自披挂上阵，却又不正经练兵，每天带着一队人在村子里这里挖几个坑，那里掘几个洞，似乎在寻找什么。原来，他把燕道诚送他的玉瑗拿到成都找古董商看了。古董商看了之后两眼放光："这是哪里来的东西？稀世珍宝啊！"陶旅长一听，喜不自禁，当即决定进驻月亮湾。

几天下来，真武村被陶旅长的手下翻了个底朝天。这些原本都是村民的农田，现在被他们弄得坑坑洼洼的，所以路过的人都是怒目而视。但人家手里有枪，田主敢怒不敢言。如此折腾了几个月，一无所获。陶宗伯不过是一介武夫，如何有这个耐性，骂了几声娘就打道回府了。他拍拍屁股走人，留下满目疮痍。被误了农时的乡人哪里咽得下这口气。不久，广汉县城里有个传言不胫而走：陶旅长在月亮湾挖到好多宝物，都是价值连城的古玉器。

陶旅长的家里凭空涌来众多贵客。大家心照不宣，嘴里说着祝贺祝贺，眼睛却在屋里四处搜索。陶旅长苦笑着迎来送往，说哪里哪里，都是江湖谣传。撅着屁股忙半天，宝物的影子都没见着。众人带着失望的笑容离去，心里在骂：你小子也太不够意思了，好事大家分摊，自己独吞算个鬼的朋友。来人可都不是等闲之辈，结果可想而知。一段时间以后，陶旅长就淡出了乡人的视野，据说被罢了官，回老家种田去了。不知那只拿惯了枪把子和金条的肥手如何去握锄头柄。

可怜本分农民燕道诚懊恼得无地自容，原想报答旅长的知遇之恩，没承想把旅长送上了绝路，真是世事难料啊。再说家里一屋子的宝物沉甸甸地压在他心头，这么藏着也不是个办法，还得想法子出手。可这到底是什么等级的宝物，他并不清楚，如何跟人要价呢？但是上天既然把这些东西给了他，自然会有安排。机会说来就来了。

1932年秋天，一个极为寻常的日子。燕道诚吃完午饭到邻居家串门，邻居家正好来了一位客人。邻居介绍说这是他家亲戚，姓龚名熙台，是成都有名的金石学家，听说广汉有宝贝特意来看看。说者无心，听者有意，燕道诚当即邀请龚先生去他家做客，说自己就是爱结交有学问的人。龚先生也是个爽快人，当天出了邻居家的门就进了燕道诚的家。燕道诚关上门，拿出几块小件玉饰物和绿松石珠投石问路。龚熙台从口袋里掏出放大镜仔细查看，爱不释手，连价都不敢还，当即全部买下。

71

次年，成都东方美术学校校刊的创刊号上，出现了一篇署名龚熙台的题为《古玉考》的文章。龚文述，1932年秋他从燕家购得玉器4件，经其考证这些玉器是古蜀时期的器物，推测燕宅旁发现的玉器坑为蜀"望帝"葬所，这里出土的可以穿起来的绿松石珠是古代帝王冕旒饰物……这是第一次把月亮湾遗址和古蜀国的历史联系起来。

该文一出，古董商蜂拥而至，广汉民间挖玉成风，古玩市场上广汉玉成为最走俏的品种。这可急坏了广汉县县长罗雨苍。罗县长觉得古物出土应该归国家所有，随即下令禁止私人乱挖乱掘，同时向上方申报。

一位正在广汉传教、叫董笃宜的英国传教士得知了这件事。董氏是华西边疆研究学会（West China Border Research Society，简称"学会"）成员，对汉州历史颇有研究，他意识到这批古物的历史价值，认为应该及时保护，不可任其散失。他先找到陶旅长，劝说他把从燕道诚那里获得的几件玉石器捐给国家。陶旅长一听马上做了一个拔枪的动作，却发现自己的枪已经被收走了。恼羞成怒的陶旅长破口大骂："老子为了这几件玉器乌纱帽都丢了，现在你让老子把它们捐给国家？你做梦吧？我陶某如今就是一介草民，没那个义务！"

好在董氏早在劝人信上帝的营生中练就了足够的耐心。董氏按照陶旅长提供的线索辗转找到燕道诚家，又是一番劝说。燕道诚矢口否认，说：就挖到那几块，都出手了。董笃宜见说不通，又向燕道诚问清楚古玉发现地址，在空空的地洞里考察了半天，一无所获。回到村子里见人就问，你从燕家买玉器了吗？买的话就交给国家吧，这些可是国宝啊。搞得村子里的人远远看到他就绕道走。

董笃宜在村子里转了一圈之后，不死心，又回到燕道诚家，缠着他要买玉器。燕道诚见这人不好摆脱，只好从米缸里拿出几块玉坠、玉佩之类小玩意儿把他打发走了。

虽然是小件玉器，董笃宜却如获至宝。他知道文物不分大小，它的价值在年份，不在块头。他找到华西协合大学的美籍历史学家戴谦和，把这几件广汉玉交到他手上供他研究。戴查看后鉴定这些为商周遗物。然后，戴谦和抑制不住兴奋，征得董笃宜同意，把这几件玉器拿给他的好朋友葛维汉看。葛维汉看了，惊愕不已。

这个葛维汉是个美国人，早在1911年就作为传教士到了四川，是个中国通。后来他返回美国芝加哥大学，获得宗教学博士学位，继而又在哈佛大学专修了人类学专业。1932年，葛维汉重又踏上中国土地，在华西协合大学任博物馆馆长，兼任人类学教授，教考古学、文化人类学。

从此，呼吁尽快在月亮湾考古挖掘，以免国宝流失的人群中又多了一个葛维汉。

迫于民间压力，政府不得不有所动作。

1934年春天，应广汉县国民政府的邀请，华西协合大学博物馆馆长葛维汉、副馆长林名均教授等人带着一帮学生组建了一支考古发掘队，开进月亮湾，从此揭开中国川西平原考古的序幕。罗雨苍还特意派了80多位官兵持枪保护，决心不可谓不大。挖掘进行得颇为顺利，出土了玉器、陶器600多件。事实上，这个开局相当不错。林名均教授曾撰文说：该遗址"或为古代重要人物之坟墓，诸物乃殉葬所用者也，又或为古代祭祀天地山川之所，亦有可能"。他断言："蜀中埋葬于地下之古物，较此更古更重要而尚未经发现者，必有无穷之数量。"可惜的是，因为时局动荡，这第一次正式发掘只持续了十多天便草草收场。可见只有现世安稳才有闲心去发思古之幽情啊。

就这样，眼见就要显露的伟大发现与人们擦肩而过，而且一搁置就是20年。

20世纪50年代初，有一个人明确表示了对三星堆的浓厚兴趣，他就是四川省博物馆馆长、四川大学教授冯汉骥。冯汉骥多次去三星堆挖掘考察，还说了一句惊世骇俗的话：这一带遗址如此密集，很可能是古代蜀国的一个中心都邑。一语成谶。

第九章

三星堆　1986　拂去历史尘埃

72

1986年7月18日，广汉县南兴镇第二砖厂工人陈烈钊像往常一样来这里挖土做土坯。挖了一会儿突然听到"砰"的一声脆响，刨出来一看，见是一截玉，已经断了，另一段还在土里埋着。他知道这段时间四川省文物考古研究所的专业考古人员正驻扎在月亮湾长期考察，这一小段玉说不定正是他们在找的东西呢，便马上去考古队营地报告。接待他的正是当天值班的考古队队长陈一川。从1980年10月起，年仅27岁的陈一川就随着考古队进驻月亮湾，开始三星堆遗址的挖掘，至今已是6年过去，并没有很大的发现。

砖厂工人陈烈钊骑着自行车闯进工作站。"挖土挖出玉刀了。"这是满头大汗的陈烈钊见到陈一川时说的第一句话。陈一川的心跳开始加快，直觉告诉他：多年的三星堆挖掘工作终于迎来了最重要的时刻。

陈烈钊挖到的不是玉刀是玉环，他无意中踩中了距今3000多年前的古蜀王国的祭祀坑。

事实上，陈一川他们进驻三星堆之后，砖厂的农民并没有停止挖土。他们挖土的方法是先从底下掏，然后从上面捣下来，这样省力、效率高，挣钱也多。陈烈钊闯进来的时候，考古队员们正在离现场100米的住处整理春季发掘报告，几个人一听赶紧放下手里的活儿赶过去，二话不说把现场封了布探方。

陈烈钊取土区域的旁边是块水稻田，秧苗长得正欢，他们挖深了之后开始有水渗过来。他们只得一边往下挖，一边排水。挖着挖着他们越来越难保持淡定，这个坑道的结构形式跟安阳殷墟武官村大墓的坑太像了！

"一点黄色的物体从黑色灰渣暗淡的颜色中'跳出'，再用竹签和毛刷清理下去，一条金色的鱼纹清晰显露了出来……"这是1986年的7月30日，一号祭祀坑发掘的第10天。

凌晨两点半，炽热的7月末川西平原，负责清理的人员拿竹签往下挑，又看到了鸟的图案，很快，一条雕刻着纹饰、弯弯曲曲的黄金制品露面了。"这恐怕是古蜀王的金腰带吧？"陈一川想起他们在距离这里不远的一个遗址挖到的金腰带。

"陈队长，这玩意儿莫非是黄金的？"民工的问话打断了他的胡思乱想。陈一川心里一惊，赶紧说：啊，不是，黄铜的。怕引起哄抢，他随口撒了个谎。他让在场的考古队员停止挖掘，去把住处的人都叫来。

后半夜的三星堆田间安静异常，围观的好奇农民陆续散去了。陈一川迅速做出决定：所有正在参加发掘的人都不能离开现场。他让四川大学来此实习的一位大学生赶紧骑自行车去广汉县城向当地政府报告，自己则连夜赶去成都向单位汇报。

五点多钟，天刚刚亮，36个武警在广汉县委书记的安排下持枪来到现场，一些早起的村民也聚集过来看热闹。陈一川这才对众人宣布：有重大发现，金腰带出现了！待到物品完全出土，人们发现，这不是腰带，而是一根1米多长的金权杖。

金杖上的人物刻像为圆脸，嘴呈微笑之形，头戴"玉冠"，看上去身份极为特殊，极具王者之气，它与共刻在金杖上的鱼、鹰图案一起组成一幅典型的"象形文字"。在古蜀世系表中所记的蚕丛、柏灌、鱼凫、杜宇、开明等蜀王中，哪一位蜀王与此有关呢？人们把金杖上刻的图案从左至右读下去，正好是"鱼凫王"三个字，也就是说该金杖的主人应是"鱼凫王"。

在这个取土断面下方，暴露出玉戈、玉璋等精美玉石器，玉器的旁边散落着被火烧得发白的碎骨渣。这个发现让正住在砖厂忙着清理考古标本的考古队员们欣喜若狂，他们把出土的玉石器及骨渣全部集中起来。民工们还主动把挖到的文物交给考古队，协助考古队员把已经运走的泥土重新翻检，以免有任何遗漏。从这个坑里，他们清理出玉器、石器、陶器、海贝和青铜人头像、青铜人面像、跪坐人像、铜戈等青铜器，另有金杖、金面罩、虎形箔饰、金块等4件金器。此坑定为一号坑。

由于文物众多，考古队员起初推测这个坑是座大墓，但在坑中并没有发现完整的人骨。而且坑中清理出的众多器物，多有人为损毁的痕迹，或者被火烧过。坑中还发现许多蚌壳以及人骨渣、牛羊骨碎片。从烧得发白的骨渣情况来看，这些骨渣曾被放过血。所以他们判断，这个坑并不是一座墓葬，而是一个进行宗教祭祀仪式的场所。

过了几天，8月14日傍晚，当考古队员把一号祭祀坑回填完毕，带着丰收的快意即将返回驻地时，又一个惊人的消息使他们刚平静下来的心再次激动起来：在一号祭祀坑东南20—30米处，砖厂工人取土时又挖出了铜头像，还说，铜头像的眼、眉、唇还化妆了呢。近乎神话的消息，牵引着队员们再次奔向现场，取土断面已经露出了坑的一个角。此即为日后令人惊艳的二号祭祀坑。

经过十余天的紧张挖掘，探方内的文化层堆积被清理完毕，露出下面跟一号坑相似的板结五花土。这些夯土被清理之后，祭祀坑的东南角现出一个大型兽面的下颌部分，因为是倒置在坑角，高过埋在坑里的所

三星堆青铜纵目人面像

1986年广汉三星堆遗址二号祭祀坑出土，高66厘米，宽138厘米，厚85厘米（三星堆博物馆供图）

有其他器物而先露出地面。紧接着，一根、两根、三根、十根、数十根象牙纵横交错地出现在他们眼前。象牙密密匝匝，根本无处下手，民工们只好在坑上临时搭上木板，蹲在木板上，弯着身子，小心翼翼地用竹签一点一点地清理象牙缝隙中的泥土。考古队员则俯卧在木板上测绘出象牙分布图。

象牙层之下，是满坑的珍宝：精美的青铜尊、青铜人头像、大大小小的人面像、眼睛外凸的纵目人面像、身体断开的青铜立人像。还有黄黄亮亮的金面罩、金面铜人头像……令人目不暇接，犹如打开了一个巨大的宝库。散落在青铜器之间的玉环、玉璧、玉戈、玉管、玉珠等玉石器，更是玲珑剔透，温润可爱。

考古队员们感觉他们简直就像阿里巴巴在叫"芝麻开门"一样，翻开一层土，就是一个惊天秘密。太令人兴奋了！

73

银杏像往常一样左手操起捶衣棒，右手拎起一篮脏衣服去了江边。阿爸去山里采草药了。他给病人开的方子里缺了几味药材，连镇子上的中药店都配不到，只好自己进山采。阿妈去世得早，银杏跟阿爸相依为命。阿爸要为乡人看病挣钱养家，银杏小小年纪就担负起所有的家务。做饭、洗衣，连家门口的那块菜地都是银杏自己在打理。

今天阴天，江边人很少。银杏将阿爸那件出诊时才舍得穿的深衣展开铺到水面上泡着，眼睛四处张望。突然，她发现远处有一个黑黑的东西正逆流而上快速往这边漂过来，不一会儿就到了跟前。银杏定睛一看，大吃一惊：这竟是一只用玉石做的小小的乌篷船！银杏赶紧伸出捶衣棒拢住船头，把石船用力拖到岸边，然后用深衣的一只袖子拴住船头，另一只袖子绑在岸边的小树上，好奇地把头伸到篷子的下面。一眼看到两只大鳖躺在船舱里，吓了一跳。仔细一看，鳖一大一小，鳖身是深绿色的，上面有很好看的花纹。虽然一动不动，眼睛紧闭，手脚却柔软温热，有生命迹象。

鳖的旁边，有一只精致的漆木盒。银杏打不开，捧在手上还挺沉，就连同两只大鳖一起放在篮子里，拿回家了。回家后，她把鳖放进养荷花的大水缸里，眼见它们开始游动，好像活过来了，这才放心地去洗菜做饭。快到中午的时候，阿爸回来了，一听说这件稀罕事，连饭也顾不上吃，找到一根石针挑开漆盒上的锁。打开一看惊吓不小：里面竟然是一件硕大的玉器！玉器玲珑剔透，光滑油润，还刻着繁琐的纹饰。老人活这么大岁数从来没见过这么豪华的物件，猜想这一定是个宝物。只是宝物的形状非龙非虎，不圆不方，看上去很奇怪，说不定是巫师用的神器。

"事情闹大了，随身带着这玩意儿，这两只鳖身份不寻常。我看明天咱就寻机到江里把它们放了，留着恐怕有灾。"老汉小心地把宝物放回到漆盒里，合上盖子藏好。

　　第二天一早，老人就起床了，叫了银杏一同来到水缸前，又是一惊：两只鳖不见了！他吓得魂都快没了，嘴里念叨着：坏了坏了，这下麻烦大了。老天啊，我不是故意的，我今天就打算去放掉它们的。我真是老糊涂了，干啥子要等今天嘛，昨天放了不就完了嘛。

　　正在后悔不迭，身后传来一声："叩谢恩人！"父女两人惊诧不已，回头一看，一对年轻男女并排立在那里，正对着他们深深鞠躬。

　　"你们是?"老人瞪大眼睛，这穷乡僻壤哪里来的这对金童玉女！看他们细皮嫩肉的也不像村子里的伢子。

　　男子看了一眼水缸，说："我们本是楚地居民，1000多年前大水淹没了楚地，幸得巫师仙丹我俩才得以借鳖身活命。但是巫师设定的咒语是他日必得有人将我们放入水中方可还原。感谢两位的救命之恩！请接受我们跪拜。"说到这里，两人扑通跪下了。

　　"赶快请起！你们叫什么名字?"老人扶起他们。男子与女子交换了一下会意的目光："她是我妻子蒲姑，我呢，就叫我鳖灵吧。"

　　"平平安安就好。我们先吃早饭，再慢慢聊。银杏，快去为哥哥姐姐准备早饭。"

74

　　三星堆挖出稀世珍宝的消息很快就传开了，电台、电视台、报社等新闻媒体的记者蜂拥而至，争相披露：这些形象夸张的青铜雕像群和数量众多的重要文物，把巴蜀文化的上限向前推进了1000多年，填补了中国青铜艺术和文化史的重要空白。

一向被考古学家们无视的蜀地，竟然有这样一个辉煌璀璨的史前文明，整个世界都为之震惊。国内外的考古专家、历史学家、社会学家一起涌向三星堆，考察研究。面对众多真人大小、造型奇特的青铜人头像，4米高的青铜通天大神树，2.6米高的青铜大立人像，金权杖，大量的玉器，成吨的陶器和石器，专家们目瞪口呆，不知所措：这是什么东西？做什么用途？那尊青铜纵目人面像，眼睛像望远镜一样往前伸，配上一对硕大的招风耳，难道这就是传说中的"千里眼""顺风耳"？高高的鼻梁，阔嘴，薄唇，颇有点像白种人呢，莫非三星堆的老祖宗是外来人种？

最后，他们摇摇头，耸耸肩，一筹莫展地说："三星堆遗址是世界上最引人注目的考古发现"，"比著名的中国兵马俑更加非同凡响"，"他们可能会使人们对东方艺术重新评价"。中国的专家、学者赶紧回去翻书。可是，查遍古籍，"无史可考"，连最早的《甲骨文》《古本竹书纪年》中都找不到一点记录。仅有的一点相关信息来自《左传》《史记》《华阳国志》的远古传说："纵目人蚕丛，其身黑，其目纵。"是蚕丛，还是千里眼？

三星堆共出土了20多个青铜面具，即便是合乎比例的面具，造型也非常夸张。这些青铜面具和人像高鼻深目、颧面突出、阔嘴大耳，耳朵上还有穿孔，根本不像中国人，甚至可以说不符合地球人的形象。倒是现代科幻作品中大眼睛外星人的造型，与这些面具有几分神似。有外国媒体乃至科学家猜测，三星堆文明可能是"外星人的杰作和遗迹"。

有人说三星堆两坑器物的埋葬情况"不正常"。坑形四四方方的，很规整，坑内的物品应该都是神圣的祭祀品。但这些物品被发现在埋葬之前已被砸碎烧毁，最后才倒入坑中，并且是逐一分层倒进去的。许多学者对此存疑：为什么要埋葬这些物品？埋葬之前为什么要打碎烧毁？既然打碎烧毁了为什么还要细心码放？是发生了什么事情吗？改朝换代的政治事件还是洪涝天灾？

三星堆出土的大量青铜器中，基本上没有日常生活物品，多为祭祀用器，并且带有不同地域的文化特点。特别是青铜人像诡异的造型及金杖上神秘的符号和图案，与世界上著名的玛雅文化、古埃及文化非常接近。而这些古老文化还有一个共同特点，都在北纬30度。这仅仅是一个巧合，还是另有缘由？面对众多热议猜测，中国考古学者苏秉琦十分明确地说：那是中国的"古文化、古国、古城遗址"。

四川广汉三星堆遗址就这样在人们的热议中，面带神秘微笑，成为又一个千古之谜。此后近20年的时间里，陈一川，这个四川省文物考古所三星堆工作站资深研究人员，一直驻扎在三星堆，对数千年前的古蜀文明遗址进行着挖掘和研究。

在他看来，三星堆遗址包含的文化因素非常复杂，不同方向的古文化都曾对三星堆文化产生过影响，多种文化呈"米"字状在这里汇合，形成一种极富生命力的"杂交文明"。三星堆灿烂夺目的古代文明，正是通过吸收汇纳多种文化才得以形成并发展繁荣起来的。三星堆遗址中出土的锥形器、泡形器、牙璧等玉器，无疑源于东南沿海的良渚文化。那么，大量象牙、海贝、青铜神树、人像以及金面罩、金杖是来自哪里？除了东南良渚文化的幸存者来到古蜀，还有谁到过这里呢？

75

"为什么是我？"只剩下两个人在房间的时候，蒲姑红着脸问道。刚才发现只有她和无忌二人流落到了这个千里之外的江边时，她非常意外。到底发生了什么？为什么无忌会跟自己在一起？而且他竟然说她是他的妻子。这个被他称作妻子的人不应该是姐姐虞姑吗？

"还记得在船上时，我给你们喝的那杯茶吗？"无忌深情的目光让蒲姑脸红心跳。这个目光让她想起阿牛，想起她跟杭州的妈妈讨论的目光的温度问题。在这样的目光里，自己就算是块冰也会被化掉的啊！

"在我回良渚之前，夷吾已经知道大水不可避免，我们没有回天之力。他给了我两粒仙丹，一粒我自己服下，另一粒令我放在给虞姑的茶里。这样，由我们俩保留住良渚的血脉和文明。可是那天把茶端给你们的时候，我神差鬼使，把那杯有仙丹的给了你。蒲姑，其实很早以前我已经爱上你了。但我不想伤害虞姑，她是一个好姑娘。上次你昏睡不醒，我一个星期吃不下饭，睡不着觉。从那时起，我发现我已经离不开你了。上天可怜我，让你又回过魂来。现在我们终于永远在一起了，太令人开心了！"

无忌说着，轻轻拥过蒲姑。蒲姑这边除了惶恐还是惶恐。"公子您别这样！"她挣扎出无忌的怀抱，端坐起来。

无忌的眼睛里蒙上了一层雾："你不会责怪我薄情吧？我知道移情别恋不是一种值得尊敬的情感。但是，谁能阻止爱情的生长呢？蒲姑，请不要拒绝我。在这个世界上，我只剩下你了。"

一阵伤感涌了上来，海水漫过来的那一瞬间的记忆太深刻了，至今想起来还心有余悸。是的，我们已经失去了所有，故土、家园、亲人。在这个世界上，只有无忌和我同病相怜，相依为命。自己还有什么理由拒绝这个唯一的亲人呢？

"无忌，我好想夷吾、姐姐、八婆！我们在一起多么快乐，可是为什么要变成现在这样呢？我们做错了什么吗？"泪水从蒲姑大大的眼睛里奔涌而出。

"我想可能是我们越界了。世间的一切都是有它的法度的，就好像地上的秧苗需要三个月才能结穗，这都是上天定好了的，如果我们把它们往上拔，想让它们长快点，那只会把根扯断让秧苗枯死。我们人活在天地之间，地上的山川河流、林木鱼虫，天上的风霜雨雪、飞鸟雁群，都有定数，人只能顺其自然。所以先王一直告诫我们：'人心惟危，道心惟微，惟精惟一，允执厥中。'但是我们太贪婪了，我们喜欢玉器，就挖光了天目山所有的玉石。山上的一块玉石要很多年才能生成，可是我们不断地去向大山索取。玉是有灵性的，是能通神的，它一定感受到了我们人这种贪得无厌的秉性。这次大水，就是上天对我们人的一个警告吧。"无忌伸手擦去蒲姑脸上的泪水，叹了口气，"只是这个代价太大了。良渚国这么广漠的田地，这么多年来筑成的都城、宫殿、店铺，还有众多的乡民，都没有了，现在就只剩我们俩还在一起。而且，你我这次变身为鳖，好像已经过去了很多年。好想知道夷吾、虞姑他们现在何处。"

"还有阿牛。"蒲姑补充道。她知道阿牛跟夷吾一起去打花厅国了。但是良渚国发大水的事他肯定也得着信了，他会不会不放心我赶回来呢？若是那样就麻烦了。她伸手一摸脖颈，吓了一跳：阿牛送给她的玉龟不见了！只剩夷吾为她制的龙首玉环还在。

"蒲姑，你是不是跟阿牛好了？"可能是注意到了蒲姑脸色的变化，无忌突然意识到了什么。

"才不是呢。我跟阿牛是兄弟。"蒲姑脸一红，辩解道。

"兄弟就好。我可不想跟你做兄弟，我要做夫妻。"

无忌轻轻吻了一下蒲姑的额头，然后看着她的眼睛，一字一句地说："我们做夫妻，永远都不分开的那种夫妻。"他把蒲姑整个人圈在自己怀里，对着她的耳朵说："你知道我从花厅回来之前，夷吾吩咐我什么吗？"

"什么？"蒲姑从他怀里仰起头。

"他要我们保留住良渚国的王室血脉。"无忌深深地注视着蒲姑。

"你坏！"蒲姑的脸一直红到耳朵根。

76

1976年，23岁的陈一川赶上了当年最后一届"大学普通班"，考上了四川大学历史系考古专业。接到录取通知书的时候，他才知道，原本分配到汉语言文学系的他被"掉包"了。有个考古专业的新生身体不好，跟他换了。他觉得匪夷所思，学考古跟身体有啥关系？莫非这考古还是个力气活儿？

他跑到在大学教书的表哥那里询问："考古是什么东西？"得到的答案也是懵懵懂懂："你学了就知道了，应该是去博物馆，看些稀奇古怪的东西。"

陈一川心里有点抵触，这和他的预期不一样，他当时报考的是泸州医学院和南充师范学院。他的要求并不高，只想学完回县里当医生或者当老师。

上大学之前，陈一川已经是老家绵阳三台县农科站的站长，还代管了几千亩林地，擅长良种培育和植树造林。人生的轨迹就是这么奇妙，虽然还是挖地，挖出来的东西已经面目全非了。发掘三星堆时，他当年种下的桑树已经有腰那么粗了。

那年，陈一川带着高中的物理课本，还有《高等数学》和《解析几何》，来到成都上大学。负责接待新生的学长看到他带的书，对他笑笑说："这些书没用，你学考古用不着这些。"

开学后开始选课了，陈一川才知道真的用不上。隔行如隔山，这些植树造林、修建水渠需要的硬知识，于考古学毫无价值。第一次上课时，老师告诉他们，考古学是人类学的一个分科。人类学本身可以说是一门边缘学科，它综合了历史、语言、艺术、民族文化、宗教，甚至动物学、植物学等所有跟人类活动相关联的学科。当你把这些信息综合到一起的时候，就需要一种哲学的思维。

陈一川是个务实的人，对老师的话他基本上抱着任你说破天，与我何干的态度。大学4年，他完全是出于本能生吞活剥那些看上去一无所用的知识。毕业后，他被分配到了四川省博物馆考古队工作。直到那时，他才终于感觉到自己真的要干"考古"这一行了。

上大学的时候，脑子里想的还是林地的桑树长得怎么样了。等分到考古队之后，已经过了元旦，距离春节不远了，他大部分时间都在资料室借书看，心里很慌。在经历过几次大实习后，陈一川终于找到了田野考古发掘的乐趣，一门心思开始"恶补"知识。

那年春节后，陈一川终于等到了他梦寐以求的"考古"。1980年3月，新都县马家公社二大队发现了一座木椁墓，由省博物馆和县文物管理所去清理。起初是派一位老先生下去的，这位老先生去了没多久就灰头土脸地回来了，说跟当地的农民谈不拢，考古发掘没办法正常展开了。考虑到陈一川过去植树造林的时候经常跟农民打交道，队里就派他出面去协调。

到了那里，陈一川先点了支烟送上去，问：这两年收成咋样？老乡一见这人浑身都是农民气质，立马把他当自己人了。因为他的介入，新都马家公社木椁墓的考古顺利开展，而且有了重大发现。这个墓已经被盗过，但他们挖的过程中在椁室底部发现腰坑。腰坑打开，众人都惊呆了，坑内积满了清水，积水中满眼是炫目的金黄——一坑完整如新的青铜器！

6月，陈一川在准备新都马家公社木椁墓的发掘简报时，又迎来了新任务——三星堆遗址考古。广汉三星堆遗址一直是四川重要的考古遗址。但当时考古的条件非常差，住的是砖瓦厂的房子，吃的是泡萝卜、酸菜干。因为长期缺乏维生素，有一位考古队员得了痔疮，不得不回成都治疗。年轻力壮的陈一川就顶替了上去，而且一待就是20年。

三星堆遗址发掘了1000多平方米的时候，拍摄整个遗址全貌就成了问题。这么大一片地方，梯子再高也不够用，唯有航拍。陈一川找到了当时的空军部队，层层审批之后，用直升机在空中航拍了一个小时。但是，直升机在空中，很难分辨出哪些地区是三星堆遗址，陈一川就带着队员在直升机飞过来的时候，在遗址的四周拼命挥舞红旗，给摄影定位。除了陈一川和他的队友，很少有人知道后来闻名于世的三星堆遗址发掘全景照竟是这样出笼的。

从1984年开始，一直到2005年，陈一川一直在三星堆遗址考古站任站长，作为领队参与了两大祭祀坑的挖掘，亲历了三星堆从默默无闻到惊艳天下的全过程。

77

祭祀坑的出土物里，最神奇的要数青铜神树了。

二号祭祀坑里共发掘出8棵青铜神树。其中一号大神树高达3.95米，树干残高3.84米，在中国

三星堆一号青铜神树

1986年广汉三星堆遗址二号祭祀坑出土，现藏于三星堆博物馆。国家一级文物，2002年1月被国家文物局列入《首批禁止出国（境）展览文物目录》。高395厘米，是全世界已发现的最大的单件青铜文物。由基座和主体两部分组成，树顶已残缺，基座仿佛三座山相连，主干三层，于山顶节节攀升，树的树枝分为三层，每层三枝，树枝上分别有两条果枝，一条向上，一条下垂，果托硕大，全树共有九只鸟，站立在向上果枝的果实上，一条龙沿主干旁侧而下，蓄势待飞。三星堆青铜神树是古蜀文明的代表，可谓青铜铸造工艺的集大成者，是古蜀先民人神互通的神话意识形象化的写照（三星堆博物馆供图）

迄今为止所见的全部青铜文物中，这株神树称得上是形体最大的一件。神树有三层枝叶，每层有三根树枝，树枝上的花果或上翘，或下垂。三根上翘树枝的花果上都站立着一只鸟，共9只，此即太阳神鸟。一号神树和二号神树的一侧，都有一条蜿蜒盘桓的龙。神树与神龙的一体形象，使神树显示出某种非凡的寓意。

刚出土的时候，青铜神树被土层夯实，变形特别严重。树干断成3截，树枝断成18截，其余的鸟儿、果实碎片多得难以计数。修复神树的工作从1986年一直持续到1996年，整整用了10年时间。

神树由底座、树体和龙三部分组成，结构相当复杂。应该是采用分段铸造法铸造的，使用了套铸、铆铸、嵌铸等工艺，显示远古时期古蜀人冶炼和青铜铸造技术已经达到了相当高的水平。底座呈穹隆形，最下面是一个圆形座圈，底座主体由三面弧边三角状镂空虚块面构成，表达三山相连的"神山"意象，座上的铸饰是象征太阳的"⊙"纹和云气纹。远远望去，神树位于"神山之巅"的正中，卓然挺拔，有直接天宇之势。

树干中间是空心的，类似于铜管。三层树枝，每层三个枝，都从主干上集中分开延伸出去，与现在的三通管子无异。枝丫分出去之后再分并带枝丫，枝丫上还结着铜花果，立着铜鸟，结构越发复杂细致。

这便是神奇的多接头技术！树干和树枝是筒接，大口套小口，外径一样大。筒接不易抽出，相当稳固，完全可以与今天的螺丝旋接技术媲美。其他部分还发现有铆接和榫接，这两种在古代木屋结构中常会用到。比较让人费解的是吊在枝子上的小花和站在上面的鸟儿。这么小的鸟爪是怎么接上去的呢？是现代人使用的电焊、气焊吗？显然不是。因为当时已经有了生漆、松树脂、牛胶，有人猜测古人可能就是用这些材料合成了一种高分子强力化学黏合剂，后来因为某种原因失传了。或者就是当时确实有一种铜焊技术，但是也失传了。

事实上，无论是筒接、铆接、榫接还是黏结技术，即便是在今天，现代人使用现代工具和技术，要造这样一棵大神树，也非易事。还有树上的神龙，5米多长，从树顶蜿蜒至地面，然后头部向上昂起，龙身扭成麻花状，使用的是什么技术就更让人难以推测了。

神树的原型，有学者说是"扶桑树""建木"。它们的造型与功能和三星堆青铜神树极其相似。而"扶桑树""建木"的原型很可能是上古时代的"社"树。后世把"社"等同于土地，作为国家的象征而存在，但上古时代的"社"，却具有更为广大的意义，人们在社坛上从事测天、祭祀天地神灵以及求雨、祈农等政治及宗教活动，是人神沟通的极其神圣的场所。

"社"一般建立在坛上或者山丘之上，这样的坛就称为"社坛"。"社坛"的中心往往是一棵树，《论语》里鲁哀公向孔子的学生宰我请教关于社的问题，宰我回答说："社，夏后氏以松，殷人以柏，周人以栗。"古代在建邦立国之初，必首先建社，社的象征，就是一棵树或几棵树或一片丛林。作为社的标志的树，往往硕大无比。所有这些特征，都与二号祭祀坑出土的神树相吻合。

因为树上有一条神龙，所以也有人把它称作龙树。龙树也是一种古老的传承。在中国的早期时代，将龙与"社树"连接在一起的，是它们共同的"指时"特征。一般的树自然只能称为树，只有作为测天之用，具有"通天"功用的神树，才被称为"龙树"。由于测天、确定时节对农业社会有极为重要的意义，这种通天龙树渐渐被赋予诸如保护庄稼丰收、邦国安全，掌控雨水甚至动植物生殖繁育等多重神性功能。

这些推测是否符合真实情形呢？另一株至今只修复出下半段的青铜神树底座给出了答案。这个神树的三面各有一跪坐铜人像，前臂残缺，参照出土的其他青铜人物来推测，很可能是双臂前伸手持礼器，表现祭祀仪式的情境。毫无疑问，青铜神树所表现的，就是三星堆时期，人们在社树下祭祀的场景。

78

无忌和蒲姑梳洗完毕，来到堂屋。

老中医正在喝茶，见他们进来，示意他们坐下，吩咐银杏给他们上茶。

"鳖灵，蒲姑，我知道你们不是普通人。老汉我虽说孤陋寡闻，那个玉器是什么级别的宝物还是知道的。你们在我这里住了快一个月了，身子也调理得差不多了。择个好日子你们就走吧。不是我不通人情，是我知道你们本来就不属于这里。这个穷乡僻壤不是你们的久留之地。"

无忌拉着蒲姑扑通一声跪下："义父，您对我们有救命之恩。我们俩举目无亲，您和银杏妹妹就是我们仅有的亲人了，就让我们留下尽尽孝心不好吗？"

老人拉他们站起来，说："我只是一介山民，生活简单，有银杏陪着就足够了。上天对你们肯定有别的安排，我老汉可不敢违背天命哪。"说到这里，老人顿了顿，接着说："我昨日进城，听县衙门的人说，近来蜀国大水泛滥，望帝正在招能人治水。你们不妨去试试。"

无忌一听"大水泛滥"几个字，脸色一下子就变了："蜀国也有大水？"

"是啊，岷江连年水患，望帝为此很是头疼呢。"

无忌心潮起伏。他想到被大水淹没的良渚古城，想到被大水害得家破人亡、颠沛流离的良渚百姓，想起至今仍不知流落到何处的虞姑、夷吾、大鲧和八婆。他发现经历了这一场变故，只要听到"大水"这两个字他的心都会疼。他决定了，绝不能让这一切重演！

三天之后，望帝杜宇的宫殿来了一位请求治水的人，他就是鳖灵。

无忌身着良渚贵族的绸缎长袍，乌黑的长发高高笋起，面如冠玉，目若朗星，身材挺拔如玉树临风，眼神坚定似有雄兵百万。此时的望帝已是百岁老者，平时身边也是老臣居多，突然出现一个年方二十、满身朝气的无忌，不禁眼前一亮，仿佛见到年轻时的自己。他面露掩饰不住的慈祥，询问无忌姓甚名谁，缘何来此。无忌说，我叫鳖灵，家住长江边，一日不慎失足落水，顺水流冲带到此，被好心人救起。听闻望帝正招募贤人治水，小民恰好略通水性，也跟随老师学到一些治水的法子，心想不如试试身手，若能治好，也算报答贵国百姓的救命之恩了。

望帝一听，好个小子，说出来的话有情有理，滴水不漏。如此伶牙俐齿，想必办事能力不会差到哪里去。两人一见如故，大有相见恨晚之意。对无忌的治水方略，望帝不断颔首称是，当即拍板任命鳖灵为一人之下万人之上，一言九鼎的当朝宰相。鳖灵上任后的第一件事就是治水。

当时的蜀国，在三峡一带尚处淤塞，整个四川盆地是一个近乎全封闭的围嶂。川内又有岷江、涪江等大河，川西雪山过来的大水无处排泄，于是盆地内经常洪水横流，巴蜀人民终年挣扎在避水逃难中。望帝杜宇虽然竭尽心力，筑堤开堰，又带领人民上山躲避，但治标不治本，常年洪水依然是川内的主要灾难，杜宇因此忧心如焚。这个叫鳖灵的年轻人，简直就像是上天派来给他解围的。

79

陈一川发现自己对二号坑出土的那尊青铜大立人像莫名产生了浓厚的兴趣。

这尊青铜大立人像高180厘米，是迄今为止发现的最高最完整的青铜立人像。按照三星堆文化层推算，至少已经在三星堆的地底下埋了3000多年了。这个铜立人凝重庄严，体态高大，身着华丽的多层长服，腰不

三星堆青铜大立人像

1986年广汉三星堆遗址一号祭祀坑出土。人像通高260.8厘米，采用分段浇铸法嵌铸而成，身体中空，分人像和底座两部分。人像头戴高冠，身穿窄袖与半臂式共三层衣，衣上纹饰繁复精丽，以龙纹为主，辅配鸟纹、虫纹和目纹等，身佩方格纹带饰。双手手形环握中空，两臂略呈环抱状构势于胸前。脚戴足镯，赤足站立于方形怪兽座上。其整体形象典雅庄严，似乎表现的是一个具有通天异禀、神威赫赫的大人物正在作法（三星堆博物馆供图）

束带，有学者认为这是一种古老的祭服。立人头戴复杂的兽面冠，脑后无辫子，应为笄发。从立人肃穆的脸部表情和站立的姿态来看，这无疑是大祭司的形象。在出土物里，祭司和法器都是与先人的宗教信仰相关联的，而在一切靠天的远古时期，人类的宗教信仰在日常生活中占据非常重要的位置，不只主宰着人们的精神世界，还辐射到日常生活的方方面面。从这个切面延伸开去，甚至能找到区域人群的迁移路线与文化习俗的源头，一向是考古学者们极为倚重的研究内容。

无论是在考古界还是对于普通民众，在这个青铜大立人像的身上都存在着两大谜团：他的两只手上究竟握着什么？他的非汉人长相的背后到底藏着什么故事？

立人的双手握成环形呈抱握状，比较诡异的是，这两只手的环形并不在一条中轴线上，这究竟是特定的手势，还是拿着什么东西？有人认为他拿着的是权杖，有人认为是象牙，有人认为是玉琮，也有人认为拿的是法筒，还有人认为就是一个有特定意义的姿势，什么也没拿。众说纷纭。

到底是什么呢？陈一川置身其中，更是百思不得其解。两只手的环形不在一条中轴线上，可以推测他拿的不是杆状物，而是一个有弧度的东西。这个东西最有可能是象牙，因为三星堆祭祀坑里确实出土了大量的象牙，说明象牙是跟祭祀有关的。但是似乎从没见过祭司手握象牙主持祭祀仪式的记载。而且，会不会两只手拿的是不同的东西呢？

有段时间，陈一川的脑子里全是这类疑问。有了这些问题在脑子里，对出土的铜器、石器、玉器的雕像以及其上的图案就格外上心。终于有一天事情出现了转机。那天他和队友们正在库房整理三星堆出土的玉器，突然，陈一川看到一块玉板上有一幅浮雕，一下子豁然开朗。严格说来应该是两块玉板，这两块玉板上的浮雕组成一幅完整的祭祀图。一块玉板的表面浮雕着一株神树，另一块站着五个身着长衣的巫师，其中的三个巫师手里都抱着一条蛇，这应该是巫师祭祀时用的龙蛇。他想起在《山海经》中，有很多关于珥蛇、操蛇、践蛇的记载，古人认为蛇与神有联系，具有神性，能够上天入地，所以三星堆青铜大立人像手里握着的也一定是一条龙蛇。

一直从事三星堆遗址发掘的陈一川知道，1929年春，在四川广汉城西的南兴镇真武村月亮湾，农民燕道诚在挖水沟时，发现了一个石头砌成的地窖，里面藏有三四百件古代玉器。当时的古董商争相收购，取名广汉玉器。这些玉器有的流落民间，有的被国家收藏。而这两块玉板就是来自这批出土物。

当时关于这批玉器的用途曾经有一些不同的声音。最初发表文章公布这批玉器的龚熙台在他的文章《古玉考》里，推测燕宅旁发现的玉器坑为蜀"望帝"葬所。但是1946年，时任华西大学博物馆第一任国人馆长的郑德坤教授对龚熙台的墓葬之说提出质疑。他认为：广汉文化的关键在于土坑中的遗物。龚熙台以为系古代墓葬，然而，上古墓葬的发现记载，从来没听说过用石板作为棺椁的墙壁的。假定真的有这种方法，那为什么燕道诚没有发现人骨头呢？而且古代墓葬必有明器，这个土坑却只有玉器、石器。广汉土坑应该是"晚周祭山埋玉遗址"。"治礼毕埋玉于坑"是古代的祭山礼仪，亦称瘗（yì）玉。广汉文化层为四川史前文化新石器时代末期遗址，年代约在距今4000—3200年。但广汉土坑的文化年代，可定为东周，距今2700—2500年。

有关三星堆大铜立人的第二个谜团就是他的长相。就人物的面部造型而言，人像脸部为方颐，眼睛排列呈倒八字，眼睛形态为中有横棱线的豆荚形，鼻梁高耸，嘴部阔大，这种全不似中国各地民族的面孔从何而来？有考古学者小心翼翼地指出，在艺术风格上，这些古蜀人物雕像"与西亚雕像艺术十分接近"。

陈一川知道，在广汉三星堆发现的青铜雕像、黄金面罩、权杖等文化元素在四川乃至于中原地区是找不到源头的，然而在西亚地区却存在着这类文化形式。距今5000年左右，乌尔地区、尼尼微等地就形成了人物雕像传统。公元前3世纪的美索不达米亚平原也开始制造青铜雕像，在当时的一些古代遗物里都发现了青铜的人物、动物雕像和青铜面罩。考古学家将不同时期和地区发现的雕像做了一个排比，惊异地发现这些青铜雕像的形式在逐渐向东传播。以近东出现最早，并且慢慢传到南亚次大陆。三星堆的雕像不见于中国本土，似乎有足够的理由相信这种文化元素是由西亚传来，并且像近东一样，是用于祭祀。

而且，三星堆还发现了特殊齿贝，这种齿贝只在印度洋有出产；三星堆发现了柳叶形的青铜短剑，扁茎、无格，这种形式中原没有，而中南亚有；三星堆发现了青铜雕像，中原人用青铜做礼器兵器，基本不会用青铜做雕像。在中原九鼎是权力象征，而三星堆则是用权杖。距今6000年左右欧贝德时期西亚就有用权杖象征权力的传统；中原少用黄金做器物，而西亚却有这个传统，如乌鲁克伊安娜神庙头像就覆盖金箔，再比如埃及的黄金面具……

所以，蜀地必然和西亚有文化、商业的交流。

那么这种影响是怎么发生的呢？难道在古蜀，存在着一条和西亚交流的通道？有考古爱好者建议用三星堆出土的齿贝作为线索。因为齿贝是重要的一般等价物，相当于当今的货币，那么相邻的用齿贝的地方必然会有经济交流。把这些发现有齿贝遗迹的地区连起来，不就成了一条线路了吗？目前看来，这条路的走向大概是：印度洋—印度、缅甸、越南—云南大理、陆丰、晋宁、楚雄、昆明—四川凉山、茂县—三星堆金沙文明。

有历史学家称这条路为古身毒道。身毒就是古代印度的别称。顾名思义，古身毒道就是蜀地与印度等地的交往通道。成都丝绸织造自古称奇，在商周时期已发展成熟。因此身毒道又有一个耳熟能详的名字——南方丝绸之路。考古显示，蜀地身毒道开通可追溯至商代。而三星堆的时间大概就在距今4000—3200年，恰好属于夏商时期。所以，大致和商同期的三星堆很有可能就是通过古身毒道和西亚进行了商贸往来。经济上的交流势必会带来文化上的碰撞。当巴蜀的丝绸通过这条路源源不断地流往西方，西亚的审美、技术也通过这条道路传播过来，或许这就是三星堆的文化艺术形式更近乎西亚的原因。

这个思路没什么问题，只是让陈一川困惑的是，这尊青铜立人像的穿着和姿态明显属贵族阶层，甚至是蜀王或者大祭司，为什么西亚人会在古蜀有这么高的地位呢？一个外来的民族，即便出于道义被接纳，也不至于让其充当如此举足轻重的角色吧？

80

治水之前，望帝决定请祭司主持一个盛大的祭祀仪式，为显郑重，也为了祈求上天保佑治水一举成功。

见到祭司，无忌大吃一惊：此人个子很高，深眼高鼻阔嘴，长相甚奇，前所未见。他穿着一件左衽长衫，长衫的底部像燕子的尾巴一样开了一个衩。祭司很严肃，不苟言笑，目不斜视，径直走向祭坛。

仪式在神殿前的社树下举行。社树是一棵巨大的扶桑树，树极为高大，由两棵桑树依倚对抱而成，树叶和果实跟良渚国的桑树极为相似。社树的下面是一个很大的广场，广场中央用石块筑了一个硕大的祭台，祭台上有一个火坛。大祭司面向正南方站在火坛前，左右各跪一人，这两个人左手捧着一只陶罐，右手各持一小截树枝。广场上有很多百姓极为虔诚地匍匐在地。大祭司的身后，立着一个青铜雕像，长相和姿势都像极了大祭司，它的双手举在胸前，握着一只大象牙。

祭坛的四周，摆放着8棵神树雕像，最大的一棵在大祭司的正后方，其余7棵围绕祭坛等距离放置。树枝九出，三枝为一轮，每根枝上立着一只鸟。这应该就是望帝提到过的通天神树了。古蜀国人认为神树是太阳居住的地方，树上常年住着10个太阳，每天有一个太阳由三足鸟托着在天上照耀，其余9个在树上休息，如此轮流当班，每十天一个轮回，此为十日旬。

在场子的外围，立着各式各样的神像。神像是巨大的人面具和人头像，有的是普通人，有的跟祭司一样，长相怪异。这些人像跟那几棵神树一样，材质有点像黑色的"淤泥"。巨大的人面都被固定在一根粗木棍上，立在那里，像一个个士兵，守卫着祭祀广场。望帝告诉他，祭祀的时候，神灵会出现，这些面具是供神灵落脚的，平时都存放在神庙里。

还说，敬水神仪式上大祭司手上一般都是拿象牙，因为象牙可以镇杀水中的精怪。祭地的时候就不能拿象牙了，要拿蛇，蛇才是大地保护神。

祭祀仪式以祭祀乐舞开场，音乐响起，出来四个舞者。舞者的衣着像盔甲一样紧紧裹在身上，头上戴着华丽的冠帽。舞者出场后分成两组，一组持弓状物，另一组双手拳握祭器戈，这应该就是望帝说的祭祀武舞——弓矢舞和剑舞了。每组的两个舞者相背而舞，动作孔武有力，又有一点妖娆，很是独特。

乐舞之后，大祭司从身后的大立人手上抽出象牙，双手举在胸前，目光平视，面无表情，开始念经。其间，那两个跪着的人不断地用树枝从罐子里沾了圣水洒到火坛里。祭司说的话可能是古蜀巫界的咒语，无忌一句都听不懂。刚才在圣殿前，无意中他的眼光跟大祭司相遇了，他发现对方的眼神很不友好，甚至有几分敌视，这让他隐约有些不安。前面等着他的究竟是什么？

81

"那个呀，那些不是淤泥，是青铜。"望帝耐心地解释道，"把山里采来的孔雀石，放在坩埚里架在木炭上烧，才能生出青铜来。还有你说的大祭司，他不是我们蜀国人，他是雅利安人。"

"那为什么要请他做蜀国的大祭司呢？我们自己没有巫族吗？"无忌觉得匪夷所思。良渚国强盛起来之后，也有不少来朝拜的国家，北族南夷之类。他们定期来进贡，良渚国国王收下贡品后会赏赐一些良渚的精美玉器去安抚他们。这些国家有国民羡慕良渚人富裕的生活，也会迁来定居，良渚国就按照家里人口数分配一些田地给他们耕种养活自己。但让外人做大祭司，这在良渚国是从来不可能发生的事情。

"雅利安人是高贵民族，他们带来了很多我们没有的东西，你看到的这些青铜的制法就是他们带来的。而且他们的神比我们的强大有力。过去我们古蜀只敬拜祖先神灵，但是雅利安人的宗教里，除了天神之外，还有六个神：太空保护神、大地保护神、水神、植物保护神、动物保护神、人类保护神。这六个神都是天神造出来的，代表了他的各种美好至善的品质，帮助他一起保佑世间的安宁。那天祭祀的时候，大祭司阿布丁求的是水神，求他保佑你治水成功。为了让水神听到我们的请求，祭祀时陶罐里的圣水还是直接从岷江里取的呢。"

　　"只是为相我有一个疑惑，不知当讲不当讲。"无忌欲言又止，"如果雅利安人的天神这么大能量，我们敬拜的心又很虔诚，为什么水神不能终止洪水呢？"

　　"所有的神都是这样的啊。我们的祖先神也不是我们求什么就允诺什么的呀。人世间有些灾难是我们人必须经历的。每经历一次灾难，我们人就可以从当中学到一些道理。我们求神保佑，只是希望这些灾难不要超过我们人能承受的极限。"在回答无忌的问题时，望帝依然是一脸的慈祥，这让无忌想起夷吾。这样的长辈，真的让人感觉好温暖。

　　"雅利安人崇拜太阳，崇拜火，认为'火'是'无限的光明'。他们尤其强调善行，而且他们认为善行的目的是为了厚生，使生活富足。要生活富足，就必须努力农耕和畜牧，这些都是高尚的职业。他们理想中的生活就是成家立业，牲畜、妻室、子女都兴旺。"

　　无忌发现望帝的头发也像自己一样，是高高地笄在头顶的，听老中医说，在杜宇之前，统治古蜀的是鱼凫一族，有一天鱼凫前往湔山打猎，却在那里突然"仙去"了，蜀国一时无君。恰好这时望帝杜宇出现在古蜀，杜宇"不事渔猎，却善于农禾"，古蜀良田千顷，耕作业是国之命脉，善农事的杜宇因此被推上了王位。杜宇的身材特别高大，比一般人都高出一截，因为他不是本地人，而是云南朱提的古濮人。那时候，濮族耕种方面开化得比较早，多精于耕种。成为第四代蜀王后，杜宇倡导蜀民务农，千里广都之野，手把手地教民众春耕秋收，各种农事。所以蜀国农业发达，物产丰饶，丝织业繁荣，百姓富足，国泰民安，这跟望帝的执政理念有很大关系。雅利安人的理想生活跟杜宇可谓一拍即合。

他记起在祭祀仪式上见到的几位族君，他们的脑后像蜀人一样拖着长长的辫子。这是他第一次见到这种发型，他问望帝这些是何人。望帝告诉他，这些是逃避战乱来此的北人。如此，在古蜀国的幕僚里，有的笄发，有的辫发；有的是汉人，有的是雅利安人。无忌不由佩服起眼前的这位老人了，要有多么宽广的心胸，才放得下如此不同的族人。这些人，不只是在古蜀谋生，而是身居高位。开放、包容，或许正是蜀国强盛的根基。

望帝杜宇时代的蜀国，疆土辽阔，北达汉中，南抵青神，西至芦山、天全，东至嘉陵江。汶山被他建成了牧场，滇黔成了皇族园子。这就是蜀地，这就是望帝。

第十章

青关山　2013　三星堆文明的前世今生

82

2013年1月，一处仅次于殷墟的单体建筑基址出现在三星堆考古人员的面前，是宫殿？是祭坛？是府库？伴随着象牙、玉璧和石璧的出现，他们震撼了、兴奋了，"古蜀宫殿"现身！

消息传出，国内30多名考古专家齐聚三星堆，经现场勘测和论证，最后没有给出答案。

时隔一年后，四川省文物考古研究院在当年2月26日披露，他们在2013年的三星堆遗址发掘工作中，发现的这座商代单体建筑基址，基址呈"亚"字形，基址里有象牙，有玉璧，还有石璧。建筑的具体用途还有待进一步挖掘、论证。

这个至今功能未定的基址位于三星堆古城西北部的青关山台地上，北濒鸭子河，南临马牧河。台地顶部高出周围地面3米以上，是已发现的三星堆遗址里最高的地方。台地东西两侧都有水道环绕并且跟鸭子河、马牧河互通，有可能是建筑基址群的环壕。

青关山遗址的挖掘可以追溯到2012年。当时四川省文物考古研究院在三星堆遗址北部和东南3.25公里的范围内进行考古勘探，勘探显示，整个青关山土台都是由人工夯筑而成的，现存面积大约有16000平方米，其中第二级台地面积大约有8000平方米。12月16日，陈一川带领考古小队对青关山台地进行了清理。开始时他们猜测，这个土台很可能是三星堆王国的"宫殿区"所在地。

半个月之后，扰土取尽，一处单体建筑基址显现出来，规模之大远超想象。这是一座大型红烧土建筑基址，平面大致呈长方形，呈西北—东南走向，与三星堆城址以及一号、二号祭祀坑方向一致，东西两侧似乎有门道。整个基址应该由6—8间正室组成，分为两排，沿中间廊道对称分布。这个神秘的"亚"字形建筑到底有着怎样的身世？

专家们的意见并不统一。有人认为，它位于古城的最高点，应该是宗庙、神殿之类的建筑，因为没有一点生活设施和生活痕迹，不像是活人居住的地方。但是除了少量的象牙、玉璧之外，并没有发现大量的祭祀用品。也有学者认为，这个建筑呈长条形，两头开门，两侧没有门。建筑中间是通道，通道两边是面积很接近的小房间，这种设计很容易让人联想到古代的府库，很可能就是王室专用的仓库。

另外一个困扰考古学家的问题是，这个建筑只在墙基内外各有一排分布很密集的疑似"檐柱"痕迹，却没有发现任何用于承重支撑的"内柱"。如何解决支撑问题？一般建筑每隔4米就应该有内柱，这个建筑南北跨度（宽度）大约15米，但内部没有明显柱洞。是以斜墙作为支撑，还是"人"字形屋顶？

不管怎么说，青关山建筑基址在面积上仅次于殷墟，如此大的单体建筑基址在南方地区还是首次发现。根据地层叠压关系、包含物和建筑形制，他们判断这处遗址的使用年代大约为商代。

陈一川注意到，在大型建筑基址群之下叠压着3—4层薄厚大致相同的红烧土堆积，各红烧土层又分别与夯土层间隔叠压，总厚度超过4米，说明这个地方存在着三星堆各时期的高等级建筑，青关山台地在相当长的时间内都是三星堆古城的核心区域之一。

宫殿区和城墙是数代考古人员前后数十年苦苦追寻的对象，虽然青关山大型建筑基址群或许并非他们所期待的宫殿，但城墙一事已无悬念。这些年，随着"北城墙"的发掘，古城的四面城墙已经"合围"，三星堆古城的完整轮廓已昭然若揭。

这个城东西长1800多米，南北宽1400米，现存总面积2.6平方公里。城墙的始筑年代相当于中原的早商时期，北城墙稍晚一些。祭祀坑和其他文化遗存依功能不同而分布在城内的不同地点。三星堆可说是一个经过系统规划的非常发达的城市。

此前考古界认为，三星堆古城墙建筑的时间是从三星堆文化二期开始的，古城在三星堆文化三期，便从鼎盛走向衰落。但近期考古人员在三星堆古城青关山土台和青关山之间的凹地发现了西周至春秋时期的生活堆积，包括灰坑、灰沟和房址，其中出土了大量西周时期完整的陶器、玉璋、绿松石和金箔片等高级文物。并且古城墙在三星堆文化四期的时候还进行了修补。说明三星堆古城并没有极速衰落，它的繁荣一直延续了差不多1500年，直到西周时期。

在三星堆遗址西北的鸭子河的北岸，他们还发现了10处商周时期遗址，其中广汉境内6处，什邡境内4处。2012年6月，他们对其中的广汉西高新药铺遗址试掘，这个遗址就位于三星堆遗址的对岸。在新药铺遗址，他们清理出西周时期文化遗迹138处，包括窑2座、灰坑30座、沟槽12条、柱洞94个。灰坑内的遗物绝大多数与陶窑有关，残破陶片十分丰富，可以复原出一大批器物，他们因此推测这里应该是新药铺遗址的制陶作坊区。

从这些遗址可以看出，三星堆遗址周边密集分布着商周时期的多个中小型聚落，而且离三星堆遗址越近，分布越密集，成都平原西北是三星堆文化的集中分布区。

古蜀国是一个与中原夏商王朝平行发展、高度文明的古国。古蜀文明在商周时期曾辉煌了上千年，而且良渚、中原、荆楚、藏彝、东南亚、西亚都在这里留下了不可抹去的痕迹。从商末周初到春秋战国，华夏大地政坛动荡，偏安一隅的古蜀王朝，完成了从鱼凫到杜宇，又从杜宇到鳖灵的改朝换代。那么，政权交替中的古蜀国究竟发生了什么？三星堆的祭祀坑在高层的权力游戏中充当了什么角色？

83

岷江发源于岷山南麓，流经成都平原，在宜宾汇入长江，自古被称为四川的"黄金水道"。岷江全长1200公里，上游水流湍急，成都一带河谷宽阔，水运交通发达，杜甫有诗云："幽燕盛用武，供给亦劳哉。吴门转粟帛，泛海陵蓬莱。"这样一条贯通东西的水路，可以把物资从东海运到草原深处，任何想要控制草原的中原王朝，和任何想征服中原的草原帝国，都不会放过这样的便捷通道。

然而，杜宇时期的岷江，却是年轻的鳖灵遇到的第一大挑战。

据望帝所述，前段时间蜀国进入多雨季节后，遭遇百年不遇的大洪水，暴雨不断袭来，遍布在巴蜀大地上的千百条江河露出原始野性，一时间，洪水滔天，肆意横流，人们辛苦建成的田园住宅，即将收获的庄稼，全部被大水席卷而去。洪水所及，房屋倒塌，百姓四处奔逃。往日，人们常常是熬到雨停水退，才从丘陵高岗上下来，在平原的泥泞上重建家园，在水患中艰难挣扎。这次雨停之后，人们吃惊地发现，水非但不消退，反而日渐高涨，顿时慌了神，望帝也没了主意。他精通农事，治水于他是勉为其难。

鳖灵首先去洪灾涝区勘察水势地形，仔细查看之后，发现起因是往年蜀地江水东去的出口——金堂峡谷因为滑坡塌方被土石树木堵塞了，滔滔洪水奔流到此盘旋着出不去，上游水流不断冲来大量的沙石、草木，把个原本就不宽阔的峡谷愈堵愈死，洪水猛涨，所以没几日，蜀地便成了汪洋泽国。

而且，岷江自上游的高原地区冲入平原后，河道渐渐变得曲折蜿蜒，纵横支汊。每当洪水季节到来，这些狭小的河流无法排泄一泻千里的岷江水，便四处漫溢。河道不断变迁，防不胜防，导致水灾频发。

当务之急当然是疏通金堂峡谷，解一时之困，但要解决根本问题，必得选取一条向东流经、地势较低的河道，作为排泄洪水的主干道，然后对这条河道实施截弯取直、加固筑堤，保证水流畅行无阻，这样让岷江水沿着选定的线路流入沱江，穿过平原奔流而下，不再四处泛滥，危害百姓，方为长久之计。鳖灵初步判断，可以在巫山一带开凿石壁，把巫山的峡道开通。巫峡一旦畅通，原本淤塞横流的川内江河，都将从巫峡顺势而出，一泻万里，形成奔流不息的滚滚长江。看来制服洪水是蜀国未来相当长时期的一项重要国策了，暂且称它为"东别为沱"吧。大鲧在岗公岭筑坝引流的招数在此都可用上。哦，我的良渚，我的亲人！你们给予我的永无穷尽。无忌在心里无数次地呼唤他挚爱的故乡和故人。

巨大的治水工程开始了。年轻的鳖灵在望帝殷切的目光中，作别爱妻蒲姑，率领数万民众，手持开山利器，乘着竹筏，浩浩荡荡开往金堂峡谷。数月之后，被阻滞了许久的洪水，携带着积蓄的巨大能量，以一泻千里之势，从峡谷中奔流而出，滔滔东去。大地渐渐露出了陇岗，被洪水深浸的土地终于见了天日，蜀地的百姓欢呼着冲下高岗，他们又成了陆地的主人！

鳖灵治水的足迹从川西平原起，南达青衣江的乐山，北抵嘉陵江水域。3年后，蜀国的每座山峰、每条河流都已装在他的心里了。他站在山顶，用目光深情抚摸每一寸土地，这便是他的国、他的民。

清晨，鳖灵的宫殿。

蒲姑被鸟儿的鸣叫声唤醒，简单梳妆之后来到庭院里。今天阳光格外明亮，她打算把家里的被褥都拿出来晾晒。

家奴来禀报，望帝杜宇来访。蒲姑一惊：莫非夫君有恙？

蒲姑疾步来到堂屋，跪拜行礼："民女蒲姑拜见望帝。"

"夫人请起。告诉你一个好消息，鳖相已经制住了洪水，蜀国有望了。"杜宇轻轻扶起蒲姑，关切的目光在她脸上停留了几秒钟，便由家奴领着在匡床上落座。

"原来是好消息！差人来告诉为奴一声便可，何需望帝大驾光临。"蒲姑诚惶诚恐地恭立在望帝对面。来蜀国数月，这是她第一次见到望帝。老人虽已百岁，依然腰板挺直，高大魁伟，目光犀利，并不显老态。之前她跟无忌提起过，是否应该两人一起去拜见一下望帝，感谢他老人家的知遇之恩。宰相可不是一般的官职，人家对你一无所知，就凭一番自荐之语就一锤定音，可说是天大的恩情了。但是无忌说，男人的事情，女人最好不要掺和。蒲姑知道他是小心眼儿，怕别人惦记她的美貌，想金屋藏娇，便由着他去了。今天老人家直接就来家里了，若是让无忌知晓，可如何是好？

这厢蒲姑正思忖着怎样打发眼前的望帝，那边杜宇在心里赞叹：好一个绝色佳人！望帝虽然已经百岁，但他首先是个男人，然后才是老人，男人们怜香惜玉的心是不会随着年龄而衰退的。

"夫人所言极是。老夫也是借此机会来拜会一下夫人。坊间传闻夫人的才貌世间罕见，老夫早就盼着一睹芳容啦。只是忌讳男女授受不亲，又恐鳖相不甚愿意，不便打扰。听说夫人近日贵体欠安，鳖相又不在身边，凡事还要小心为上，不可大意。"

"只是受了点风寒，无大碍，今日似已痊愈。望帝思虑得周全，小女也一直想着能有机会与夫君一起去拜会望帝，感谢望帝的知遇之恩呢。只是夫君一心治水，以为用政绩来报答望帝是最好的，也不枉望帝的一番信任。这拜见之事就耽搁了下来。恳请望帝不要怪罪我们不懂礼才好。"蒲姑跽于望帝对面的席上，恭敬地答道。

"夫人不必拘礼。鳖相为救蜀国于水患也是鞠躬尽瘁，令人钦佩。听闻夫人做得一手鳖相的家乡菜，甚慰夫君的思乡之情。鳖相说你们住在江边，莫非夫人跟鳖相是同乡，都是楚地人？"

蒲姑想起无忌曾吩咐过她，千万不要让人知道他是良渚国的王太子，以免望帝生疑，便说："正是。民女与夫君是青梅竹马，自小便相识的。两家大人亦是至交。因居于江边，喜食鱼、虾等河鲜，嫁与人妇，居家过日子，难免要洗洗涮涮，柴米油盐，民女便学了几道家常菜，没料想甚合夫君胃口。无非一些粗茶淡饭，不需什么烹饪技巧的。乡民喜欢八卦，越传越没谱儿了。"说到这里，蒲姑起身从家奴手上接过茶托，亲手端给望帝。

"望帝您请用茶。尝尝民女刚从村民手上买的竹叶青，是今年的新茶呢。"

这个可爱的女子就这么娉婷地立在面前，伸手可及，这样的诱惑哪个男子可以抵挡？何况他是望帝，是万众瞩目、一言九鼎的君王。一阵冲动，杜宇情不自禁握住了蒲姑的手。

"啪"一声，杯盏跌落在地上，碎了。与此同时，房门被踢开，两人惊恐地抬头，只见怒发冲冠、双目喷火的鳖灵就站在门口，白皙的脸涨得通红，屋外的阳光把他长长的影子投在地面上，似一柄利剑直刺屋内的一对男女，一声怒吼在耳边炸开："杜宇，你为老不尊！"

……

84

从1929年在月亮湾燕道诚家附近发现那坑从天而降的玉器，到1986年挖掘出璀璨夺目、令人惊艳的三星堆一、二号祭祀坑，再到2013年三星堆古城墙"合围"和可与殷墟媲美的青关山建筑基址现世，古蜀国的神秘面纱正在一点点被揭开。那么住在这里的古老三星堆人，他们来自何方？

成都平原西北方向、青藏高原东北部、黄河流域的上游，有一个氐羌族部落，与华夏族的祖先发源于同一地域。上古时，岷山发生地震，居住在山里的氐羌族整个部落顷刻被毁，幸存的乡民不得不举族迁徙，顺水而下，逐水而居。

带领他们的便是第一代蜀王——蚕丛，一个"衣青衣，劝农桑，创石棺"、把野蚕变为家蚕的人。

蚕丛部落之民，长相奇特，眼睛像螃蟹一样，向前突出。头发梳成"椎髻"，置于脑后，所穿的衣服，从左边斜分衽口。他们在山崖凿洞为室，擅长养蚕，不晓文字，未有礼乐。狩猎采摘，养蚕制丝，无衣食之忧，倒也自得其乐。后来山里的气候越来越干，越来越冷，变得不那么适宜居住了。蚕丛思忖是不是应该另寻他处了。可是去哪里呢？突然有一天，一场大地震从天而降，地动山摇，大山崩塌，巨石滚落。族民死伤过半，废墟之上，一片荒凉。族长蚕丛伤心之余，振作精神，安抚族民，带领部落里的青壮年，不舍昼夜，重建家园。

一日，有人自山外来，告诉他们，山外有广都沃野，千里平原。蚕丛喜出望外，思虑再三，决定带领族人，走出大山。他们一路向南迁徙，翻山涉水，来到了成都平原。

《山海经》曾记载过一个充满神话和农业文明色彩的国度。这个神秘的国度就是诸多文献中"蜀王本治瞿上"的瞿上城。瞿上城是蚕丛在成都平原建立的第一个都城，其具体地望，就在今天的成都市双流县南牧马山九倒拐。牧马山是成都平原西部第一座山，仿佛城垣一般，防守极便，立国在这里，可以控制平原。山上又好耕种，足以自给。山体多为砂石岩，适宜开山凿洞居穴。九道拐重峦叠嶂，绵延起伏，两条九弯八拐的山沟从山脚通向山顶，暗藏玄机。这样的地势可进，可退，可守，是一块"风水"宝地。

蚕丛王率部驾着木筏顺岷江而下，长途跋涉来到牧马山脚下，一眼就相中了九倒拐这块地方，决定在此立国治蜀，并取名为"瞿上"。意为纵目人建立蜀国治所选择的最好的地方。蚕丛死后，柏灌接替他成为蜀国的第二代王，这个权力的交接过程很可能是通过武力完成的，因为史书记载，蚕丛国破，蚕丛国的遗民很多逃到了四川的姚安和西昌境内。之所以要逃，最合理的解释是被俘者会被虐待。在三星堆出土物里，有一件奴隶石雕像，发髻高耸，下穿犊鼻裤，一端反系后腰带上，另一端扭系胸前，双膝下跪，龇牙咧嘴，样子十分恐怖。这很可能就是蚕丛国遗民的遭遇。于此可知，蚕丛国臣民们，为何愿"随王化去"了。南宋蔡梦弼《成都记》中说："柏灌氏都于瞿上，至鱼凫而后徙。"

第三代蜀王鱼凫，是氐人的一支，原本生活在岷江上游，这一区域山多水多，鱼凫氏族以渔猎为生。夏商之际，鱼凫氏族从岷江上游的河谷地区南下，经由灌口从成都平原的西北角进入了成都平原腹地，迁徙的路线与蚕丛氏迁入成都平原的路径一致。

鱼凫进入成都平原地区选择生活的区域，《蜀王本纪》记载，"鱼凫王田于湔山"，湔山，成都平原西北的都江堰和阿坝汶川县之间的茶坪山。鱼凫部族起步于湔山，被杜宇打败后也退居于此，鱼凫进入成都平原后的兴衰之路都与湔山紧密关联。

鱼凫氏族战胜柏灌氏，获得古蜀统治权后，并不满足于对湔山一地的治理，为壮大和发展部族，不断向周边的区域扩张或迁徙。距离湔山不远的成都温江是鱼凫氏族选择的另一个较长时期定居生活之地。清嘉庆年间成书《四川通志》载："鱼凫城在县（温江县）北十里，相传古鱼凫氏所都。"又载："大墓山在县北二十五里。图人云：是鱼凫王墓。"说明鱼凫王在温江一带有所活动。

温江位于岷江东岸，是成都平原的腹心地带。这里地势平坦，水草丰美，十分适合渔猎和放牧，也适宜发展农业和蚕桑业。与岷江上游山区比较，在此渔牧既安全又稳定。1996年发掘的鱼凫村古城遗址就位于温江境内。

鱼凫村原先建在台地上，城内地面明显高于城外，城墙主要修筑在台地边缘，属于平原台城型。整个城区平面是一个规则的六边形，这个形制比较独特。因为宝墩文化时期的其他古城遗址大多是长方形的，如郫县古城遗址、成都西郊化成村遗址、成都南郊十街坊遗址、岷江小区遗址等。

温江鱼凫村面积约40公顷，在众多的宝墩文化古城遗址中仅次于宝墩遗址，已经显示出比较先进的文明，城市内已经存在功能分区，出现了祭祀坑和礼器等与宗教祭祀相关的文化因素，筑城采用较土坯墙先进的卵石，城墙的修筑过程中有意识地采取了一定的防洪措施。

鱼凫王不断开疆拓土。为实现统治的需求和适应部族的发展，鱼凫王东迁，鱼凫村古城在使用一定时间后被废弃。宝墩文化古城群逐步衰落，新的古蜀都城三星堆拔地而起。宝墩文化与三星堆文化交替和代兴的过程，也是鱼凫王从早期部族首领发展成为古蜀国王的过程。鱼凫文化随着早期国家的建立逐步发展成为古蜀文明。

商周更替之际，在湔山发生了一场战斗。战斗的结果是作为交战一方的鱼凫王战败，从此退出历史舞台。而打败鱼凫王的，就是杜宇。

杜宇发现郫邑（四川郫县城北）这个地方，"山林泽鱼，园囿瓜果，四节成熟"，"桑、漆、麻"，特别丰饶，遂鼓励农民发展种植，国力亦因之强盛。《蜀王本纪》言："（定都）汶山下，邑曰郫"，"治瞿上。为别都"。杜宇建国后，除将国都定在郫（四川郫县）外，尚把瞿上（四川双流县）定为别都，以有效管理其他地区。

杜宇受民拥戴，雄霸一方，已非先前酋长式"蜀主"，而是真正意义上的国君了。《华阳国志》称他为"一号杜主"，比肩于夏桀成汤。这时为周朝初年。杜宇建立了自己的国家——古蜀国。

后来鳖灵取代杜宇，称丛帝，定都广都樊乡（四川双流县境内）。开明王朝传十二世，历经350年，第九世时迁都成都，在成都平原兴建了规模宏大的早期城市。城市周边是大片的农田，农舍乡居点缀其中，安稳而富足。

与同时期黄河流域的中原文化相比，繁盛的古蜀文明有诸多独特之处。古蜀人穿着左衽的细苎麻布衣或丝衣，衣服上绣有龙、云、人面、回字的图案，衣服袖口窄小，背面比正面长，像长着尾巴一样。他们用三足陶盉烹煮肉食，用瓶形陶杯装盛酒浆，用海贝做法定货币进行买卖。作为货币的海贝既是财富的象征，也被用于祭祀仪式或陪葬来彰显死者的显赫身份。在这个国度里，宗教的地位至高无上，每一个蜀王本身也被传说赋予神秘的力量。古蜀的巫师在神树下，戴着黄金面具主持祭祀仪式，向上天祈福。

江流奔涌，泉水充盈，土壤肥沃，地下储有金、银、玉、铜、铁、铅、锡矿藏，林中犀牛、牦牛、大象出没其间，瓜果四季皆熟，漆、麻、桑蚕、雌黄、白土物产丰饶。开放的文明中心成都，像太阳一样，向东亚大陆的西南隅放射着璀璨的光芒……

85

颜面丧尽、无地自容的糟糕感觉之后，望帝方想起为自己辩解：美色当前有所失态，这难道不是所有男人都会犯的错吗？望帝的错是男人的错，无忌的愤怒是男人的愤怒，前者为王，后者为相，孰是孰非，如何道得清辨得明？

只是此时的鳖灵已非往日的鳖灵了。大水之事关乎百姓生死，关乎国家存亡，治了水患便是拯救了国与民，治水英雄鳖灵在民众中的威望已经不在望帝之下了。他若是因为发怒做出非常理之事，就算望帝有心杀了他，百姓大概也不会依。望帝思忖再三，无论怎样推脱，这事儿是自己见色起意，理亏在先。宰相鳖灵在外奔波为国解忧，自己身为一国之君竟然乘机挖人墙脚，不说大逆不道，至少是个人修养欠缺，自律不足。好在自己年老体衰，也该退位了，不如借机把王位让给鳖灵算了。如此禅让，外人看是本王高姿态，私底下，我与鳖相之间也算扯平了吧，从此天高云淡，两不相欠，也是一桩美事。何况，从这次治水可以看出宰相鳖灵的执行力还是很强的，智商并不在自己之下，又年富力强，这是天佑蜀国呀，送来这么一位贤臣。唯一遗憾的，是要委屈太子了。现在中原各国都已实行世袭，自己原本打算让太子继位的。

不久，蜀国的百姓看到了一幅感人的画面：因为鳖灵治水有功，民众也拥戴，望帝决定将王位禅让给年轻的宰相鳖灵，由他带着蜀国再创辉煌。全国上下一片欢呼，称颂他们的王在世袭时代里的禅让之举。这是一个伟大的王做出的以国家社稷为重的睿智决定。这背后的真相有谁知道，又有谁在乎呢？世人总是喜新厌旧的，对于他们来说，逐利避害、趋炎附势也算是一种本能吧，他们又有何理由不接受如朝霞般悦目而蓬勃的开明王呢？

227

望帝黯然离去。他已无颜面生活在鳖灵的府邸附近，逃离吧，躲得远远的。人都是健忘的，无需多少时日，百姓就会把他们曾经的王彻底从记忆中抹去，这里发生的一切都与自己无关了。望帝去了岷山，他相信，虽然相距遥远，岷山脚下静静流淌的岷江水自会把他的思念捎到故地，捎给故人。时隔不久，隐居深山的杜宇就带着痛失王位的遗憾含恨死去。

杜宇死后，在他的家乡云南朱提突然出现了一种从未见过的鸟儿，它的体形与鸽子相仿，上体暗灰色，腹部布满横条纹，飞行时急速无声。这种鸟每到春天，就会不住啼鸣，鸣声酷似"布谷"，因为啼鸣不止，常常啼出血来。家乡的人见到，想这莫非是杜宇所变，来提醒我们该播种了？特别神奇的是，此鸟一叫，漫山遍野一种不知名的野花便悉数绽放。人们思念教民务农的杜宇，便把这种鸟唤作杜鹃，把这种野花唤作杜鹃花。真是"庄生晓梦迷蝴蝶，望帝春心托杜鹃"啊。

在地球的另一边，布谷鸟的叫声意味着春天的到来。因为这里的布谷鸟每年都是在非洲过冬，到了3月份欧洲转暖时再返回来。特别有意思的是，交配之后，雌性布谷鸟就准备生蛋了，但它却不会自己筑巢。聪明的布谷鸟妈妈就想了一个"偷梁换柱"的办法，它偷偷飞到知更鸟、刺嘴莺等比它小的鸟的巢里面，移走原来窝里的一个蛋，换上自己的蛋。因为蛋上的斑纹很相似，所以轻易不会被发觉。布谷鸟的鸟蛋一般比其他鸟蛋早孵化。幼鸟出来后，会立刻把其他的蛋扔出巢外。它之所以这么做，是因为它不久就会长得很大，需要吃光养母找到的全部食物。"鸠占鹊巢"说的就是布谷鸟啊，这跟望帝犯的男人的错误倒是很相像呢。

真的成为蜀王，鳖灵才发现，望帝的这个位置不是那么好坐的。百姓们倒还好，没有天灾，土地总会长出粮食，定时喂养，家畜总会长大，他们的要求并不高，只要能让他们安心地农耕畜牧、休养生息，不去太多打扰他们，基本就可以了。最大的麻烦是朝廷之上的派别之争，最让人费心费神。

目前蜀国的权力阶层有两大阵营。以大祭司及其助手为首的神权阵营和以鳖灵为主的王权阵营。这些年望帝在其中所扮演的角色其实就相当于黏合剂，把这两块泥巴捏得像一块泥团，他做到了。过去鳖灵以为是他大度，现在才知道这其中有多少让步和无奈就只有当局者心里明白了。

登基大典上，他的目光再一次与大祭司的目光相遇。其中的不友好已经明白无误，他因此确认自己在祭祀仪式上对大祭司的目光没有误读。但是这次他没有躲闪，而是勇敢地迎了上去。这个雅利安人确实已经把他当作了头号政敌。现在再也没有望帝在上面罩着了，他必须强硬起来，而且他要联合其他的同胞，这个傲慢的高鼻深目阔嘴不会懂得，汉人的礼让并不等同于软弱。

86

这期间，历经几代蜀王变更的古蜀，官场有怎样的生态，政坛是怎样的风起云涌，在众多遗址被发掘之前，无人知晓。人们只是通过传说知道有古蜀国的存在，知道有几位颇具神话色彩的蜀王曾在这里领导他们的臣民。而其中的细节，无从猜想。

但是，三星堆遗址的出土物为我们提供了一斑以窥全豹的机会。

面对祭祀坑出土的大大小小近百件石头雕像、青铜雕像、青铜面具，陈一川决定从人物的发型入手来推测。发型是区分族群的重要标志，发式不同的人极有可能来自不同族群。

三星堆两个祭祀坑中出土了一批青铜人像，有断为两截的青铜大立人，也有只残存头部的青铜人头像。在青铜器时代，青铜是一个国家的宝贵财富，这些青铜人像无疑有着极为值得深究的内涵。陈一川发现，在能辨认出发型的64件青铜人像中，只有两种极为不同的发型：一种长长的辫子拖在脑后，有点像后来的满族人，考古学上称之为"辫发"；一种头发卷起来，用笄系在脑后，叫作"笄发"。笄发的花样颇多，有的把头发盘在前额，看上去像只羊角，有的还在头顶上扎了个蝴蝶结。青铜大立人梳的就是笄发。

当陈一川以祭祀坑为单位统计发型数时，又一个奇怪的现象出现了：一号祭祀坑辫发铜像有9个，笄发的有4个；二号祭祀坑辫发的铜像则是38个，笄发的是13个。为什么祭祀坑中辫发铜像与笄发铜像数量不相等呢？

辫发和笄发是古人经常梳的发型，单凭发型，想确定古人的身份都难上加难，何况要确定青铜人像的发型所代表的含义！

不过，青铜人的姿态却泄露了"秘密"。梳着笄发的青铜人像，大多显示出某种神秘的气质，几乎全部跟宗教有关：那身着华丽服饰、高高站立在祭祀台上的青铜大立人，双手夸张地举在胸前，仿佛正陶醉于盛大的仪式之中；头戴鸟头冠、下穿鸟足裤的青铜立人，似乎正在云蒸霞蔚中飞翔；青铜神坛上的四个大力士，身着太阳彩衣，手中紧紧攥着一根神秘的树枝。这些铜像无一例外，都是笄发的，他们无疑都从事着与祭祀活动有关的职业。

那些梳着辫发的青铜人像，神情闲适、安逸，更多人间烟火味儿，显然与笄发青铜人像身份不同。他们是一些什么人？属于古蜀国哪个阶层？既然是青铜雕像，那么，它们所代表的群体必然不会是平民与奴隶。陈一川认为，这些辫发青铜像代表的是一个世俗的权力集团。这个集团掌握王权，在距今3000多年前的古蜀国，他们是地位显赫的统治阶层。

他知道，远古时期国家权力并不是统一的。在原始社会，最大权力

三星堆笄发的青铜头像

通宽 23.8 厘米、通高 51.6 厘米，二号祭祀坑出土。这是二号坑 C 型人头像中的戴发簪头像，系采用浑铸法铸造。人像整体造型优美，神完气足。其头型为圆头顶，头上似戴头盔。脑后用补铸法铸有发饰，似戴蝴蝶形花笄，中间用宽带扎束，两端有套固定发饰。一般认为，这种戴发簪人像应比一般平顶头像所代表的地位高（三星堆博物馆供图）

三星堆辫发的青铜头像

通宽 19.6 厘米、通高 42.5 厘米，二号祭祀坑出土。这是 A 型金面铜人头像。铜头像为平顶，头发向后梳理，发辫垂于脑后，发辫上端用宽带套束，具有浓郁的地方民族发式风格。一般认为，这种金面造像代表社会最高层地位的人，他们手握生杀大权，并具有与神交流的特殊技能（三星堆博物馆供图）

231

的拥有者是主持祭祀仪式、负责占卜吉凶的人，他们并不负责管理氏族的日常生活，不去做带领成员狩猎、指挥战斗等"琐事"。受原始社会的影响，早期奴隶社会的统治阶层一般也分为神权与王权两个部分。

青铜人像的两种发型无疑透露了古蜀国内部的政权模式：笄发一族代表的是一个神权阶层，控制着古蜀国人的精神，充当着人与神灵的联系者与媒介；辫发权贵则奴役着古蜀国人的身体，驱使他们劳作、征战。按这种猜测来看，古蜀国的政权是一分为二的，两个阶层中，一个占有所谓的神权，另一个则把王权收入囊中。

那么，这两个阶层各是些什么族裔呢？

按照常理推测，远古时代，掌握至高无上的王权的，应该是土著民族，而掌握神权的，则可能是实力强大、让土著民族不得不做一些让步的外来民族。而这个外来民族很可能就来自西亚！看看祭祀坑里的那些青铜雕像，这是显而易见的。

事情的真相极有可能是，3000多年前一支西亚的商队通过丝绸之路到了成都平原，他们带来了原住地发达的文明和宗教信仰。古蜀国对这些自称雅利安人的来访者表示了欢迎。雅利安人神奇的青铜冶炼技术让古蜀人惊叹不已。雅利安人神秘、虔诚的祭祀仪式也被古蜀国人毫不排斥地接受了。古蜀国统治者按照他们的要求，用青铜为盛大的祭祀仪式锻造出一大批让神灵居住的面具和人像，以及让太阳居住的通天神树。在改变祭祀内容与仪式的过程中，西亚人顺利攫取了古蜀国的神权。从此，王权与神权并驾齐驱。

祭祀坑中，辫发铜像的数量远远超过了笄发铜像，说明辫发人群似应是社会中的主流人群。假定青铜头像代表上层社会人群，那说明社会贵族阶层中，辫发人群稍占优势。这些青铜人像中，有4个戴着黄金面罩。黄金是比青铜更为贵重的材料，这4个青铜人像应该代表了古蜀国的最高权力。他们中两个梳辫发，两个梳笄发，数量恰好相等，似乎是制作者在刻意维持某种平衡，也许这正是两个阶层之间的秘密协议。

　　除此之外，在三星堆文化乃至紧接其后的十二桥文化遗址中，也出土有众多辫发的"奴隶"造型——双手被绑在身后，跪在地上，可见阴刻发辫垂腰，这说明下层社会中辫发人群也占据了主要地位。由此，三星堆社会的基本结构大致可勾勒为：这是一个辫发人群占据主体的社会，辫发人群充斥了上层和下层社会。贵族阶层，辫发稍显优势，但在最高权力的掌控上，辫发和笄发人群势均力敌。

　　至此，陈一川不由想起鱼凫王金杖上的神秘图画：4根羽箭平行射穿两颗人头，箭头分别穿入两条鱼的头部，箭尾则是两只展翅的飞鸟。极有可能这里的两颗人头代表着梳笄发和梳辫发两个集团，鱼和鸟是他们各自的图腾，羽箭则相当于誓言。莫非神权与王权的分离在鱼凫王时期就开始了？

87

　　"他盯着这个王位已久，如今望帝禅让于您，不服甚至怀恨在心都是情理之中的。"大武士仲襄说道。这是一个高大健壮的中年人，可以想象若是着一身戎装该有多么威风。此时，他身穿蜀国贵族喜爱的丝麻"深衣"，脑后拖着一条长长的辫子，威严中多了几分风雅。

　　上任之后，鳖灵第一个召见的是仲襄，从望帝对他的态度可以推测这是蜀国众臣中极有分量之人。他跟随望帝数年，平北镇南，是望帝极为倚重的大将军。

　　"那是自然，人心如此，不足为怪。自来蜀国第一日起，我已有所察觉。只是望帝把如此重要之事交给一个外族人，令人费解。"鳖灵要仲襄不必拘礼，招呼他在自己身边坐下。

"那个巫师会巫术，他迷住了望帝的心窍。你看到神殿里的那些铜面具了吗？每次作法的时候巫师都要把它们挂在场子的周围。那些铜面具上有他施的咒语，挂在四周，便形成气场。可是这些面具面目皆酷似雅利安人，祭祀时我们汉人祖先的神灵还会降临福佑我们吗？只有天知道！"仲襄似有满腹牢骚，苦于望帝被大祭司施了魔法无处诉说，今日总算有了机会。

"那我们有自己的巫师吗？"

"当然有！过去鱼凫王在世的时候，起初祭祀仪式都是我们自己的巫师主持的。阿布丁来了之后，把他们杀的杀，赶的赶，已经所剩不多了。但我知道还有一些法术很高的术士隐藏了起来。如今真要寻到他们倒也不难。不知开明帝可有决心与阿布丁一决雌雄？"

"仲伯莫忧，假以时日，一切皆有可能。只是今日朝廷之上，大祭司的势力似乎很大，他与其助手把持了神界事务，而且也有了相当多的信徒，别人可能很难插手。我等需从长计议。"鳖灵笃定地说。知道了大武士的真实想法，他的心反而定了，"仲伯不是蜀国本地人吧？是否亦由别处迁来？"

"正是。我是东胡人的后裔。祖上在黄河北岸生活，后来起了战事，逃命至此。入蜀多年，同族人甚众，皆已落地生根。在下生在蜀国，窃以为就是蜀人了。"仲襄微笑着答道，他对鳖灵颇有好感，这个面目清秀的年轻人，知礼守矩，心性高简，对人亲切而有分寸，有股说不出的高贵气质。他自称楚地平民，失足落水，在蜀地被人救起，为答谢恩人，自荐治水。真相很可能并非如此。以他多年的识人经验，新王很可能是楚地的贵胄，身份卑微之人不会有这样的王者气度。但所谓真相也并非那么重要，倘若他真的出身高贵，又成为一代蜀王，于蜀国百姓而言，未尝不是一种福分。

"中原至蜀地，山高水长，路途遥远，全族人兴师动众，想必中原发生了大事件，莫非是灭国之乱？何时之事？"鳌灵关切地问。他和蒲姑借鳌身躲过一劫，只是醒来已是千年之后，这期间人世间发生了什么他们一无所知，夷吾和大鲧他们现在何处也毫无线索，仲襄自中原来，或许能打探到他们的下落呢。

"听祖上说，舜帝时期，黄河起了大水，共工大禹被派去治水。他吸取了父亲大鲧治水失败的教训，不用围堵，采取了疏导之法，获得成功……"

"你说什么？大鲧？大鲧到了中原？"鳌灵打断了仲襄的话，急切问道。

"对，大鲧曾经是舜的共工，他死后，舜便命他的儿子大禹治理黄河大水。禹依据地势的高下，引导高地的河川积水沿河道流出，洪水有了出处，便不再泛滥成灾。那些草木茂盛、禽兽繁殖的薮泽地，重新成为人们乐于定居的地方。禹治水有功，百姓都很拥戴他。舜便把王位禅让给了禹。禹建立了夏朝，夏王朝统治了400多年后，国势日衰。夏的最后一任君主史称夏桀，生性残暴，他认为君王之位可以永固，便不顾子民死活，横征暴敛，民众苦不堪言。

"这时黄河下游有个部落叫商。据说商的祖先契在尧舜时期，因为辅佐大禹讨伐三苗有功，被禹封于商，赐姓子氏。夏朝建立不久，商族就臣服于夏，成为夏的一个附属国。商部落的畜牧业发达，驯养牛马用作运输。商部落传到汤王时，已经很强盛，国力甚至可以跟夏抗衡了。商汤看到夏桀昏庸无道，便兴兵伐夏，夏桀的军队很快被打败，桀被流放。夏朝就这样被新建立的商朝取代了。

"商汤灭夏之后，拆毁了夏朝祭祀祖先的太庙，放火焚烧了夏朝的祭器，还把夏朝的百姓抓去为奴。我家祖上，就是在这样的情形下一路往南逃到此地的。"

"这些年竟然发生了这么多事情！"鳌灵听得目瞪口呆，由衷感叹道，又问，"那么委派鲧和禹治水的舜帝又是何人呢?"

"听人说舜帝原本是尧帝的一个大臣，为人正直可靠，能力又强，尧帝仙去时就把王位禅让给了他，他叫夷吾。"仲襄将了将下巴上的胡须，微笑着说。他蓄了络腮胡子，而且修剪得很整齐，这让他看上去与众不同。

"什么，夷吾?!"鳌灵失声叫了出来。

"对，据说他称帝之前的名字就叫夷吾。舜是一位伟大的君王，有大智慧和大悲悯。怎么，大王认识舜帝?"对鳌灵无端的激动，仲襄有点不解。

"可以这么说吧，他是我祖上的一位故人。这个消息真是太好了! 仲伯，谢谢你告诉我这一切!"震惊、狂喜、欣慰，鳌灵的心被各种说不出的情绪充满，他真的不知道该如何感激眼前这位武士了。

鳌灵送走仲襄，转过身来，已是泪流满面。

88

要了解两种铜像各自所代表的族裔，就必须弄清哪些民族爱留辫发，哪些民族爱梳笄发。

自古以来，汉族男女多蓄发，不轻易伤害自己的头发。这种敬畏，起初出于巫术，后来被儒家学说引为孝道。《孝经·开宗明义章》载:"身体发肤，受之父母，不敢毁伤，孝之始也。"我们华夏的始祖对于头发的爱惜，在典籍中也可以窥见一斑:平日剪断头发那固然是不可以的。如果强行剪断头发，那就是中国古代"五刑"中的髡刑。对于头发，规定要"五日一沐"，就是每隔五天要洗一次。于是，男性以冠巾束发，女性则梳成发髻。

古代梳辫发的有两种人。一种是游牧民族。这是因为骑行时辫发更方便，梳洗也更简单。比如东北部的鲜卑人就是把头发打成辫子（称为索头）。远古时期，现在的滇西地区嶲、昆明等地的游牧民族，也是辫发。滇池地区考古发掘所得青铜贮贝器人物中就有辫发者的造型。

另一种喜梳辫发的就是中原之外被称作少数民族的蛮夷。典籍中诸如"断发""被发（披发）""祝发""髡发"以及"辫发"，都是用在四周少数民族身上的。史书记载，在中原四周有"编发"习俗的少数民族就有"氐"。《魏略·西戎传》云："其妇人嫁时著袆露，其缘饰之制有似羌，袆露有似中国袍。皆编发。"《南史·武兴国传》亦提及氐人"著乌串突骑帽，长身小袖袍，小口裤，皮靴"。《通典》上说，分布于四川省平武县、甘肃省文县境内的白马藏人或即氐人的遗裔。由此可见，当时古蜀国的普通百姓里有不少人是梳辫发的，而且他们的装束长身小袖袍、小口裤，跟祭祀坑里的青铜人像石人像很接近。

不过，望帝杜宇应该笄发，虽然他来自朱提，同属于西南夷，但是他是濮族，濮族是农耕的民族。杜预《春秋释例》说："濮夷无君长总统，各邑落自聚，故称百濮也。"濮人氏族部落众多，散居在我国西部、南部等地。濮族是凉山地区最早的土著居民，他们从事农业生产，有先进的农耕文化，当地彝族称其为"濮苏乌乌"。据老彝文经典所载，彝族的祖先最初迁入凉山时，"濮苏乌乌"早已定居于此。彝族饲养牛羊，而"濮苏乌乌"种植庄稼，这与《华阳国志·蜀志》中杜宇王蜀后"教民务农"的记载相吻合。

《史记·西南夷列传》上说，西南夷分为四大类：第一类是夜郎、靡莫和滇、邛都，属于"魋结，耕田，有邑聚"族类的所在；第二类是嶲、昆明，属于"编发，随畜移徙，无常处"族类的所在；第三类是徙、筰都、冉駹，属于"或土著，或移徙"族类的所在；第四类是白马，属于"氐类"的所在。夜郎、靡莫和滇、邛都文化相近，均属濮越系族类，以定居农业为生产和生活方式。杜宇是濮族人，所以他"魋结"，也就是梳结成椎形的髻。

由青铜大立人的面部长相和身材，可以大胆推测当时的巫师便是通过南方丝绸之路来到古蜀的西亚人。西亚人着冠，包头，想必也是笄发的。

那么，除了望帝、西亚巫师和蜀地本地人，还有什么人呢？陈一川注意到，在三星堆两大祭祀坑的出土物里，有夔龙形兽面、虎吃人尊，凤鸟等，这些青铜器具有浓厚的中原风，难道还有中原人来到了三星堆？他知道，公元前1766年，商汤兴兵伐夏，在商灭夏时，很多夏民为避战乱逃离二里头，中原文化随着这些人流的南下而被动地对其他地区产生影响。比如南阳盆地和江汉平原就被二里头文化直接控制，而太湖流域的马桥文化也是当地的良渚文化遗留与二里头文化结合的产物，这些历史都是有考古实物支持的。

那么，从中原迁徙过来的这些夏人是笄发还是辫发？他们在古蜀的政坛中充当什么角色呢？权欲进一步膨胀的王权拥有者展开行动了吗？

89

祭祀结束回到宫殿后不久，无忌就感觉浑身发冷。外面艳阳高照，他却好似被扔进了冰窟窿一般。蒲姑帮他脱长衫的时候，感觉到一股阴风扑面而来。

"莫非有邪灵进入你身体了？"明明是温暖如春的天气，无忌却一再说冷，蒲姑警觉起来，"今天的祭祀仪式有什么反常的地方吗？"

"是有点奇怪。过去祭祀的时候望帝都是和我们一起在他的身后跪拜。今天阿布丁却让我一个人坐在他的正对面，以示敬重。好几次他都故意把气往我这边推，我都感觉到了。他肯定不知道我们是巫族。而且今天是祭地，所以阿布丁的肩膀和两手之间盘着一条粗粗的长蛇，蛇的头向上昂起，不断地扭动，嘴向我坐的方位前伸，嘴里吐出长长的芯子，很吓人。当时我就感觉背上阵阵发凉，只盼着仪式快点结束。"

蒲姑让无忌躺在床上，帮他脱去贴身内衣，见心口那里有一片淤血，淤血的形状像极了人的手，估计阿布丁的邪气就聚集在这里。她拿来做法的陶缸，把里面的木块点着了。又拿来一片龟甲，在上面画了一个符，念了几句咒语后扔进火里。然后又把一块水牛皮沾了水贴在淤血处，从火里拿出一小节木炭在牛皮上比比画画，嘴里念念有词。不一会儿，牛皮上冒出几丝青烟，青烟里混合着刺鼻的焦煳味儿，无忌不由连打了几个喷嚏。

"还好，浊气基本排出来了，今日我再请义父为你配一服药，熬了喝下补补元气。幸好你当时挡了一下，没入窍，否则就麻烦了。"蒲姑眼见无忌额上出了好多汗，刚才苍白的脸上有了血色，松了一口气。

"看来不可再拖延了。若是他知道此番没有伤着我，一定会生疑的。择日不如撞日，明日堂会，所有蜀国高层都要到场。就这样，明日见分晓。"无忌若有所思。前段时间，除了大武士，他召见了另外几位族君，探了一下他们的口风，才知道阿布丁傲慢无礼，早就让他们极为反感，过去大家投鼠忌器，碍于望帝对大祭司的倚重，不便多说什么，现在一听开明帝有意扳倒这些狂妄的雅利安人，都拍手称快。无忌差人去通知大武士做好准备，明日动手。

次日，开明帝王宫议政殿。

早朝时间，王公大臣们三三两两陆续走进大殿。阿布丁与几个神职人员一起，腰板挺直地跨过门槛，刚一抬头，他惊呆了：开明帝身着龙袍，气宇轩昂地站在王位前，正满面春风地含笑迎候他们。他竟然没事！

这怎么可能？他清楚地记得昨天他向他发功时他面色苍白的样子。按常规，回家后他会更加难受，因为他念的是碎心咒，一般人会在两个时辰内吐血身亡。他突然有点心慌，转头一看，只有大助手跟在身边，其他几个巫族都不见了踪影。汉人的族君们气定神闲地坐在各自的位置上，目光却有意无意地投向他。他更加慌了神，正不知道该怎么做，见大武士一身戎装，手抚青铜剑，大踏步向他走来。他连忙咳嗽一声。大助手正警觉地环顾四周，他也觉察到情况不对，听到阿布丁的暗号，一个箭步上前挡住了大武士。仲襄只觉得一阵巨大的冷气扑来，整个人仰身向后倒了下去。门外的兵士见状全部持兵器围了过来。还没等他们靠近，大殿里刮起一阵狂风，狂风卷起大武士和兵士然后重重地摔到大殿前的广场上。无忌见状大惊，伸手发功，只托住了仲襄，兵士们皆肝脑涂地。

不知何时，广场上已聚集了众多的乡民。这些乡民一见阿布丁，都齐齐跪下，匍匐在地。阿布丁站在血泊里，不发一言，双手平举，仰头看天。族君们都被眼前的景象吓呆了，站在那里不敢乱动，等着开明帝发令。被一阵阴风刮晕的王宫大门侍卫此时已清醒过来，看到议政殿前纷纷攘攘，便提起兵器往这边跑。可是，又是一阵狂风，这些兵士还没来得及靠近人群，就已经被吹得东倒西歪，好似被人向上拎起一般，脚都着不了地。

众人逃命的逃命，救人的救人，乱作一团，眼见阿布丁的法术就要成功。突然天空乌云密布，电闪雷鸣，一束强光从乌云缝隙处倾泻而下，径直照到阿布丁头顶上。然后一颗火星落在他的袍子上，不一会儿，他的浑身都着了火。阿布丁大叫一声，抱着头倒下了，在地上滚来滚去。火焰在他的身上越烧越旺，耀眼的光芒中伴随噼噼啪啪的响声。他的大助手吓得捡起身边的树枝，忙乱地去帮阿布丁拍打灭火，却惹火烧身，也被裹在火团里。就这样过了一会儿，阿布丁和他的大助手已经被烧成一堆灰烬。无忌带着众人走近细看，那堆灰烬里爬出一条蛇，蛇向他们摇了摇头，钻进旁边的草丛里不见了。

一阵花草的香气弥漫在空气里，无忌扭头向门外望去，蒲姑在一大群少妇村姑们的拥簇下正款款走来，走在她身边的正是银杏。这个姑娘跟蒲姑须臾不离，已经成为蒲姑的影子了。鳖灵称帝后，夫妇俩特意去了趟山里，费了一番口舌总算说服了父女俩来跟他们一起过。

天上的乌云全部散开了，阳光洒落在蒲姑秀丽的脸颊上，为她的笑容镀上璀璨的金色。她走到无忌身边，温柔地看着他的眼睛，轻声问："夫君，我来晚了，你没受伤吧？"

90

辫发的王权集团和笄发的神权集团之间的交锋跟三星堆两个大型祭祀坑里的上千件破碎的国宝重器有关吗？这些器物或烧焦、发黑、崩裂、变形、发泡甚至熔化，或残损、断裂甚至碎成数块而散落在坑中不同位置。考古专家鉴定，埋葬前明显经过有意的焚烧和破坏。是祭祀需要还是发生了什么天灾、人祸？

陈一川认为，目前在三星堆发现的两坑破碎国宝很可能并不是祭祀坑，而是器物坑，并且出于不同的目的。

这两个器物坑位于三星堆城墙东南50多米处，两坑相距25米，走向一致，都是东北—西南走向，坑口是非常规则的长方形，口大底小，坑壁修理得相当整齐。坑室内的器物分层摆放，填在上面的土经过夯打。这种埋藏方式之前从未见过。坑的年代初步定为中原的商末周初时期，这正是古蜀国的杜宇时代。值得特别留意的是：这两个器物坑并不是同时挖的，两者相隔100年左右。

从时间上推理，三星堆古城应该是古蜀先秦时代文化谱系中鱼凫氏的都城。三星堆三四期地层中出土的数量丰富的鹰钩嘴鸟头形器具可以证实这一点。一号祭祀坑应该是杜宇在取代鱼凫王时，"毁其宗庙，迁其重器"的遗存。历史上有关杜宇取得政权的方式，《蜀王本纪》的记载为：（鱼凫）王猎至湔山，便仙去。后有一男子名曰杜宇，从天堕，止朱提。有一女子名利，从江源井中出，为杜宇妻。乃自立为蜀帝，号曰望帝。

但事实很可能并非如此。鱼凫猎于湔山，莫名其妙仙去一事，真相也许是：鱼凫在湔山打了一仗，战死或逃走了。而这个打败他的人就是杜宇。鱼凫为蜀王，称霸成都数百年，杜宇居然将之击败，可见绝非常人。古人改朝换代时，有烧毁神庙的传统。杜宇这样的霸气之人，对于改朝换代这样的事，当然会极为张扬，毁庙祭祀这个环节不可能省略。从出土物看他应该是先放火烧了神庙，然后把神庙里的器物挖坑掩埋。

二号祭祀坑则可能是杜宇称王之后100年左右，三星堆地区发生了一场巨大的灾难。

陈一川曾特意仔细比较了两大祭祀坑的出土物，发现一个很有意思的现象：一号祭祀坑多了龙形饰、龙柱形器、龙虎尊、羊尊，二号坑多了大型青铜立人、太阳形器、铜铃。很明显，一号坑的汉文化元素要多一些，二号坑的西亚文化元素要多一些。这似乎在暗示，较之鱼凫时期，杜宇当政时外来文化的势力要强大得多，显然至少已经掌握了古蜀国的神权。二号祭祀坑里珍贵物品的数量和种类都比一号祭祀坑更为丰富华丽，也合乎情理。古蜀国在杜宇为王时期，由于常年征战，国土扩展了许多。杜宇还新建了国都与别都，与中原的周朝交好，礼尚往来，广结善缘。如此，蜀国神殿里的奇珍异宝当然要比鱼凫时期多得多。不管怎么样，这个王权和神权势均力敌的蜀国在它的鼎盛时期遭遇了一个灭顶之灾。

这场灾难很有可能就是曾给他们留下伤痛记忆的地震。据《国语·

周语》记载，商、周时期即公元前1189年至公元前780年，陕西岐山曾发生过几次大地震，是我国最早有明确史料记载的破坏性地震。虽然这个地点离三星堆的历史遗址大约400公里，但后者当时没有文字，所以地震震中可能实际上离三星堆很近，只是没有被记录下来。另一个可能就是，"西周三川皆震。是岁也，三川竭，岐山崩"，地震后三川因为堰塞湖而断流，三星堆因为缺水而无法居住，三川即今陕西省的泾河、渭河、洛河。

可以设想，古老的三星堆人因为岷山地震迁移到了成都平原，他们在这片肥沃的土地上犁土造田，养蚕纺丝，辛勤劳作，繁衍生息，还建造了神殿，把各方神灵都请进庙内。2000年过去了，突然一天，大地震再次造访。这个部族2000多年平静的生活再次被打破，整个三星堆古城地动山摇、房屋崩塌，无数的人畜死伤。此时正是望帝杜宇时期。

望帝率领众巫师和族君来到地震中失火焚烧的神殿，呈现在他们面前的是支离破碎、被烧得发黑的通天神树、青铜雕像，以及所有供奉的珍宝，落满一地。

人们伏倒在地，失声痛哭："神明啊，我们是那样虔诚地祭拜你供奉你，为什么还要让灾难降临啊？"

望帝发令："埋了吧，我们离开这个伤心的地方。"他记起自己取代鱼凫王时埋下的那坑器物。不如就埋在那个坑的旁边吧，让它们做个伴。

一场天灾，让曾经热闹繁华，作为古蜀国政治、经济的核心而存在的三星堆古城，被无情废弃。古老的三星堆人收拾起仅存的家当，黯然离开了祖辈们生活了多年的地方。只是，废墟之外，漫漫荒原，哪里才是他们未来的家园呢？

第十一章

苏坡乡金沙村　2001　沉睡千年

91

2001年2月8日下午，成都市西郊苏坡乡金沙村，蜀风花园建筑工地，一群工人正在工地上干活儿。早春的天气乍暖还寒，工人们却热得脱去了外衣。眼见一辆挖掘机轰隆隆一阵响，把铲起的泥土倾倒在土山旁。有个在附近平土的民工，无意中抬头看了一眼，突然发现新挖出的这批土有点异样：里面夹着大量白色的骨状物，还有一些石块、圆形石器和铜器滚落下来。他愣了一下，意识到了什么。随即高声喊着："挖到宝物了！"就扑到土堆旁，急切地在土里翻找，发现一只小小的看上去比较像玉器的小石块赶紧抓起来就往口袋里装。

其他人听到叫声纷纷放下手里的活计围拢过来。挖掘机司机连马达都顾不上关，跳下来就往这边奔。众人七手八脚，小一点的象牙片、乌木器、玉石器几乎全被哄抢。口袋放不下的就把衣服脱下来裹。一个村民来晚了，挤不进去在外面干瞪眼，一气之下拨通了110报案，说蜀风花园有人在哄抢文物，赶紧派人来。得到消息后，成都市考古所丝毫不敢耽搁，派出资深研究员蒋夏担任领队，带着三名考古队员立马驱车赶了过来。到达现场，眼前的情景让他们大吃一惊：土表面白花花一片，好像下过一场小雪。挖掘后他们方知这些白渣其实是被挖掘机挖碎了的象牙。祭祀坑里，整整齐齐码放了好几层象牙，场面极为壮观。

一番讲道理，挨个谈话，总算追回了一部分出土物，其中有玉璋、玉镯、玉磨石、玉琮、玉瑗、玉环、石斧、乌木器等等。根据后来的鉴定，这些文物大多属于商代晚期和西周早期，少量为春秋时期。当时仅蜀风花园这一处遗址，遭村民疯抢又收回的，加上后来的继续挖掘，总共出土了金器30余件、玉器和铜器各400余件、石器170件、象牙器40余件，出土象牙总重量近一吨。陶器就更多了，不计其数。

在出土的金器中，有金面具、金带、圆形金饰、喇叭形金饰等等，其中金面具与三星堆的青铜面具在造型风格上基本一致，其他各类金饰则为金沙特有。400多件青铜器主要以小型器物为主，有铜瑗、铜戈、铜铃，还有一些青铜神鸟，和三星堆神树上的挂件极为相似。石器有170件，包括石人、石虎、石蛇、石龟等，是四川迄今发现的年代最早、最精美的石器。

在金沙遗址，还出土了一具19.6厘米高的青铜小立人。与在三星堆出土的高达2米多的青铜立人相比，它们虽然高矮差别很大，但造型极其相似：同样的长衣，同样的姿态，空空的手中似乎都握着什么东西。

金沙遗址发掘的玉器种类繁多，并且十分精美。一些玉器与陕西石峁遗址（新石器晚期到夏早期）出土的玉器很相似。而类似中原地区二里头文化、商文化的文物，在金沙也有发现。金沙出土的玉器中，最大的一件是高约22厘米的玉琮，玉琮分为十节，颜色为翡翠绿，雕工极其精细，表面有细若发丝的微刻花纹和一人形图案，造型风格与良渚文化惊人地一致。

金沙遗址的出土文物，很多都是有特殊用途的礼器，应该是当时成都平原最高统治阶层的遗物。它们在风格上与三星堆文物相似，只是金沙遗址的考古年代比三星堆晚500年左右。

金沙青铜小立人

这件青铜立人像为圆雕状，由上下相连的立人和插件两部分组成，其中人像高14.6厘米，插件高5厘米，通高19.6厘米。人像的头上戴有一道环形帽圈，十三道弧形芒状饰沿着帽环周缘呈逆时针旋转，形如太阳的光芒。立人脑后垂有隆起的辫发，辫子为并列的三股，当垂至后背中部时，有一宽带将三股合为一束，再拖至臀部。立人身着衣、裳相连的短袍，下端长至膝部，腰间系带，正面腰带上斜插一短柄杖，杖头如拳。立人左臂屈肘于胸前，右臂上举至颈下，两只手指尖相扣，双拳中空，形成直径约0.5厘米的穿孔。上下两手间并不垂直，形成约55度的斜线，可能原有其他材质的物品穿过上下两手之间（成都金沙遗址博物馆供图）

奇怪的是，揭示金沙与三星堆神秘关联的各种文物，几乎全部集中在遗址中的祭祀区。三星堆的祭祀坑中出土了大量的象牙、青铜器，似乎是在举行某种特别的仪式，而出土的文物中，很多都有被灼烧过的痕迹，有些则被人为地破坏过。金沙遗址中的青铜器也一样，很多已经碎裂成残片。

金沙遗址证实了早在商周时期，金沙就已经是蜀文化的中心，分布面积在5平方公里以上。随着附近宫殿遗址的发现，金沙曾是古蜀国的国都这一猜测也被证实。从时间的延续性和文物特征的相似性上，已经可以确认金沙遗址直接承接了三星堆文化的核心元素，并发展延伸，三星堆和金沙先后都曾是古蜀国的国都。

种种迹象都表明，三星堆文明因某种特殊的原因从广汉突然消亡后，并没有从这块土地上灭绝，而是悄然迁徙到了成都平原的腹心地带金沙，继续以其独特的文化面貌在此延续和发展。

最为怪异的是，根据出土的文物推算，古蜀国的活动早在3000年前就开始了，但成都有文字可考的建城历史最早可追溯到战国晚期张仪筑"成都城"。如此辉煌的金沙古城，为什么没有被任何一部史书记载？为什么史书中有古蜀国的信息，却没有关于它的城市的描述呢？而且，这样一个繁盛的王国的首领到底属于传说中的哪一位古蜀王？为何史料中竟无人提及？

另外，金沙遗址所显现的文明特征与三星堆文明有明显的不同之处：三星堆文明是以青铜器见长，而金沙遗址是以玉器见长。是什么原因导致了这个突变呢？

92

春天的灵山，草木繁盛，树冠遮住了大部分日光，山中有些幽暗。

蒲姑和鳌灵正循着林中的小路上山。这是一条村民踩出来的羊肠小道，时值仲春，小道两旁灌木丛叶色碧绿可人，各种不知名野花正开得欢，空气中有淡淡的香气。左手边是深深的河谷，河谷里一小股山泉从高处流下，漫过大大小小的岩石，水面上光影闪烁，叮咚的水声伴着叽叽喳喳的鸟鸣，听不到任何人声的山林显得格外寂静。不时有一两只受惊的小动物蹿出来，又钻入草丛不见了。看着它们，蒲姑不由微笑了。

"你确定是在这里吗？"鳌灵轻声问道。

"就是这个方向，应该不会错。那日，我在家中突然感觉到一股妖风从议政厅吹来，料想情况有变，赶紧叫了众姐妹来家，在庭院里做法请求祖灵保佑，人多势众，法力比平日强了许多。但那妖风总也压不下去，反越来越盛。我害怕极了，就在我以为无力挽回，准备放弃时，这个山上突地升起一团浓烟，几乎覆盖了整个天空，然后一束强光从里面透出，直射到议政厅方向，我知道有救了。果然，当我和众姐妹赶到，就见阿布丁已经着火了，他的妖术那么深，我等普通巫族绝不是对手。此山中必定有大巫，而且不止一位。"说到这里，蒲姑突然站住了，侧耳屏息，"你听，有人声，这附近有人。"

正在这时，前方丛林中跳出一群人，动作灵巧如猴子，有男有女，皆是宽袖上衣、羽毛短裙的巫界装扮，为首的是个美少年，右手操着一条青蛇，左手操着一条赤蛇，笑道："哈哈，知道你们要来，俗事缠身，有失远迎，失敬失敬！今日鳖灵帝和夫人前来，若为答谢，就不必了，区区小事，不足为谢。若是来寻宗问祖，倒是找对了地界呢。"

鳖灵拱手作礼："幸会幸会！不愧是大巫，先知先觉。我们来此，当然首先是谢大侠们出手之恩，寻宗问祖之事，更是一直萦绕心头的。还请大侠指教。"

少年并不多言，只说了一句："两位请随我来。"便领着众人率先转身向山上走。

如此向前走了半个时辰，眼前豁然开朗，一块大大的平地上，每隔一段距离便有一个石头垒成的祭坛，围绕祭坛搭建着大大小小的石屋，一眼望去，就是一个个由石屋组成的圆圈，在这块平地的边缘，是一片屏障一般的山峦，山峦上一个大大的岩洞，一股清泉从岩洞中汩汩涌出，泉水汇集之处形成一个浅浅的小湖，湖面上云蒸霞蔚，彩虹横跨，非常美丽。

"那是盐泉。"少年见蒲姑出神地盯着那泉水看，解说道，"1000年前，帝舜娶中原女子为妻，生无淫。无淫长成后被派来治理巫载国。巫载国地处西南，唐尧之时便有人居住。巫载之民朌姓，食谷。不绩不经，服也；不稼不穑，食也。鸾鸟自歌，凤鸟自舞；百兽和乐，相聚相处。为何？皆因这眼盐泉。盐乃神奇之物，食之少许，便力量倍增，如今世人须臾不可离。灵山有盐和丹砂两种宝物，巫载国民凭此与山外交换粮食布帛，故无需耕种纺织便可丰衣足食，娱乐升平，被周围居民称作极乐世界。此地为巫载国的十巫营地，小巫和乡民们大都住在山下。"

鳌灵听了，心里一动，他记起义父曾告诉他，远古的羌人来到成都平原成为蜀族后，发现四川盆地食盐匮乏，唯有长江三峡和川东一带盐泉密集。居住在此的巫臷和巴人伐木煎煮泉水，以向四周的居民提供晶盐为生。莫非这些巫族就是他所说的巫臷？

"对了，自我介绍一下，我等乃灵山十巫，人称巫即、巫盼、巫彭、巫姑、巫真、巫礼、巫抵、巫谢、巫罗，皆由本巫咸所统，采药灵山，随时登降。"巫咸继续说。

蒲姑一听，心中大惊。她记起一次跟夷吾闲叙，他提起先王帝尧身边有一神医，名巫咸，以鸿术为帝尧医，深居简出，无人得见。难道眼前这自称巫咸的竟是他？他如何来到这深山里？

"你可是先王帝尧医？"蒲姑突然插嘴，巫咸先是吃了一惊，见蒲姑紧盯着自己，镇静了一下，淡然回答："夫人如何作此猜测？"

"因我是夷吾之女。我是蒲姑。"蒲姑说完，莞尔一笑。

"原来你竟是夷吾之女！难怪作的法功力如此之大，相隔这么远都感觉到了。那你是？"巫咸把目光转向鳌灵。

"我是无忌。"鳌灵微笑着，柔和的目光与巫咸对视。

"你就是太子无忌呀！先王仙去后我就归隐山林了，那时你还小，一时竟没认出来。这真是太好了！当时出手相救，只是从夫人作法的气场上感觉到你们跟我有种神秘的联系，或许是同宗同族。如此亲近，是万万不敢想的。我的功力还是不够，也是距离太远了。可是你们俩为何如此年轻呢？不会被夷吾施了法术休眠数年吧？"巫咸打趣道，脸上浮现出抑制不住的欢喜。

"你这么青春年少，莫非也是借身还魂？"蒲姑反唇相讽，说完也开心地笑了。

"使命在身，别无他法。先王吩咐我，永活世上，用神药护佑苍生，一日不可懈怠。不过，自今日起，我们在蜀国就算是有了亲人吧？"巫咸的眼睛里有了泪光。

"那是自然。只是夷吾是如何去了中原的呢？"鳖灵问道。

"夷吾在花厅国称王后，兵强马壮，疆土一再扩大，后来一直打到了平阳，用武力征服了当地的北人，与大理皋陶一起励精图治，从此百姓安居乐业，民心归顺，夷吾也最终成为一代圣王，被人称作帝舜。"

"父亲！是你把女儿引到这里，让巫咸告诉我们这一切的吗？"蒲姑在心底呼唤着慈爱的父亲。

"我听蜀臣说大鲧也到了中原。这是怎么回事？"沉默了一会儿，鳖灵问道。

"良渚大水时，大鲧带着年幼的儿子禹和众乡亲乘舟进入东海，沿海而上，不久就遇到一片陆地。登陆后方知这便是密都的丹土。那里土地肥沃，呈丹色，适宜人居，他们在那里生活了很多年。后来大鲧之子大禹被族人推为首领。禹的部落越来越强大，不断向北向西扩张，最后与舜帝会合，成为舜的下属国。当时黄河经常改道，洪水泛滥，百姓深受其害。舜便命禹去治水，禹用疏导之法治水成功后，在民众中威望极高，舜年老后把王位禅让给了禹。"

"那夷吾仙去后葬在何处？"

"夷吾知道自己不久于世之后，思念故土，思念江南，要禹陪同他南巡。夷吾说，虽是中原成就了他的伟业，但南方才是他生命的根。南巡途中，夷吾在苍梧之野仙去了，禹把他就近安葬在江南九嶷山，立碑建陵。事毕，禹只身回到良渚，登临会稽山会诸侯，祭诸神，明君位，示一体，从这里开始了他的帝王之路。"

"巫咸，你可知阿牛后来怎样了？"蒲姑犹豫了一下，打断了他们的对话问道。

"我听夷吾说，阿牛不放心他娘，过了几日就返回良渚了，到良渚时正好你和无忌的船刚刚离开。他就找了只小船尾随你们。谁知刚行不久就见你们的船被海浪打翻了，他赶紧下去救人，救起了八婆和虞姑。当时虞姑被水打晕了，人很虚弱，他就把她们带回了莫角山，想等虞姑静心休养好了再走。谁知虞姑一病不起，竟撒手人寰。后来大水退了一些，阿牛就带着他娘、八婆和众乡亲一路往北逃难，最后在处州定居了下来。夷吾在花厅时跟他们时有往来。"

听到这些，蒲姑和无忌心如刀割，竟一时无语。他们默默地看着远方，思绪飘回到了昔日良渚的日日夜夜，那个有夷吾和阿牛，也有虞姑和八婆的时光。过了一会儿，还是无忌打破了沉默：

"那你又为何出现在此地呢？"

"良渚大灾时，有一部分乡人随我沿江逆流而上，来到此地，成为巫载国国民。"

"良渚乡民及其后人现居何处？"无忌问道。

"他们世代住在雒城。"

"雒城？可是马牧河沿岸的雒城？"

"正是。那里一直是蜀国的圣都，是蜀国最繁华之地。"

"难怪看着那么熟悉！我治水时去过那里，所有景物都让我感到莫名亲切。"无忌若有所思地说。

"后来岷山地动，危及雒城，一场山崩地裂，所有的富贵荣华都烟消云散，雒城成了一片废墟。良渚后人不得不四处逃散，很大一部人去了益州，之后世代在那里生活。雒城因此被废弃了，后来望帝派人做了修缮，只保留了宫城的祖界。"

"原来是这样！"无忌恍然大悟，心中疑惑全部解开了。没想到自己缺席的这1000多年，世上竟发生了这么多大事！突然，他想起蜀国眼下的燃眉之急："巫咸，蜀国正需要大祭司，巫载国可否援助一个？"

"就让巫礼去吧。他专做这个的。来，我们先用膳。"

方桌上已经摆上了丰盛的菜肴，三人加入到众巫之间，把酒杯高高举起。

"蒲姑你怀孕了，就不要喝酒了。多吃这个。"巫咸轻轻拿过蒲姑手上的酒杯，盛了一小碗山药乌鸡汤放到她面前。

"你说什么？怀孕？没把脉你怎会知晓我怀孕了？我自己都还不知呢。"蒲姑惊奇地睁大了眼睛。

"把脉才知晓那还算是神医吗？而且我还知你二人行房极为快乐，你腹中是个小皇子。"说完，巫咸意味深长地眨眨眼睛。众人哄堂大笑，无忌和蒲姑脸飞红云……

十巫营地上笑声乘着风传出去很远，盐泉上的彩虹高兴得嘴巴都连上耳朵了。人世间还有比亲人团聚更美好的时刻吗？

93

嘉陵江与东河交汇处，距四川省阆中市约5公里的地方，有一座山叫灵山，又名仙穴山。《寰宇记》卷86阆中县载：仙穴山"在县东北十里……"。

2016年，阆中市文成镇梁山村的一位村民去灵山的山腰台地开荒修建蓄水池，却意外挖出一些陶器碎片和石器。当时这里是一片已经荒芜了近20年的荒地，村民马上报告了当地文物局。接到报告后，蒋夏当即带着考古小队对这个遗址展开调查、勘探和抢救性考古发掘。

经过一番勘察，他们在这个呈南北分布，南北100米，东西60米的遗址上发现了灰坑、房址、墙、灶、柱洞、燎祭等遗迹，出土了大量的陶、瓷片、骨样。从文化层和遗迹间叠压打破关系以及出土物，他们发现灵山遗址从下往上依次叠加着新石器时代晚期、唐宋、明清及近现代多个阶段的遗存，以新石器时期的遗存最为丰富。

出土物大多为陶容器和石礼器，说明生活在灵山的先民并不是以农业生产或手工业生产为主。尤其是精心磨制的三孔石刀，显示这里很可能是祭祀场所。因为中国新石器时代及夏商时期的石刀，通常形制巨大并且磨制精良，作为礼器使用。这些礼器上多钻有圆孔，以表现星象。灵山遗址的三孔石刀或许是以三孔象征三星。而陶容器既有可能是祭祀者的生活器皿，也有可能用作祭祀容器。

蒋夏认为这个遗址应该是一个新的文化类型，它的聚落性质不太像一般的居住遗址。从山顶上的燎祭遗存看，这里很有可能是新石器时代晚期的祭祀点或观象点。他仔细考察了灵山遗址发掘现场，发现这里甚至有人工堆积的痕迹。如果真是这样，灵山就可能更具古文化的特殊意义了。

何况"灵山"一名本身就与古蜀王鳖灵有关。《周地图》云："灵山峰多杂树，昔蜀王鳖灵帝登此，因名灵山……天宝六年敕改为仙穴山。"在仙源之乡古蜀，鳖灵是一个颇有点传奇色彩的人物。据说他原是荆人（今湖北、湖南），不小心落水淹死，其尸流亡，溯江而上至成都，竟活转过来，蜀王杜宇对此人一见如故，即刻立他为相，并命其治水。杜宇年老后，禅让王位于他。

鳖灵一生去过很多地方，其中就有灵山。只是不知道鳖灵登灵山出于什么目的。是作为帝王的一次寻常踏青呢，还是去举行祭祀仪式？抑或有更深层的渊源？

据成都的地方志记载，还有一座被称作灵山的山，这就是凌云山，之所以叫灵山也是因为鳖灵曾来过这里。

乐山大佛所在的凌云山位于青衣江、岷江交汇处，《水经注·江水》卷三十三记载：南安"县治青衣、江会，襟带二水矣。即蜀王开明故治也"。而"鳖灵即位，号曰开明帝"，说明鳖灵在乐山定居过一段时间。现凌云山下街道犹名"篦子街"，篦子即"鳖子"的通假，鳖子即鳖灵。凌云山因鳖灵之故被称为"灵山"，并一直沿用至唐代。

《水经注》《太平寰宇记》曰：鳖灵"凿巫山，开三峡"，方使"蜀得陆处"。这举世闻名的长江三峡，经传说的渲染，竟是丛帝治蜀时留下的水利工程，因而备受历代传颂。

很久以来，温、郫、崇、新、灌这五个县因为享受都江堰的"水旱从人"而"不知饥馑，时无荒年"，成为富裕的代名词，是天府之国的核心区域。

开明王五世的时候，"自梦郭移，乃徒治成都"。古蜀国在成都建都，成都从此成为全蜀的政治文化中心。蚕丛和鱼凫两位国王为生存发展所进行的漫长迁徙到此画上了句号。开明王朝迁都成都后"立宗庙，以酒曰醴，乐曰荆，人尚赤"，"其庙称青、赤、黑、黄、白帝"，开启了"礼乐征伐自天子出"的全盛时代。其时手工业极为发达，"成造"漆器精美绝伦，还出现了官方市场"成都市"，个体商贾的贸易近至汶山、筰都和僰，远至夜郎、滇越。

以成都为起点的南方丝绸之路也进一步拓展，蜀商经云南至缅甸、印度、阿富汗等地，将丝绸等土特产销往东南亚、南亚、西亚以及欧亚大陆，并将当地的海贝、玻璃制品等带回蜀地。据说张骞出使西域时曾在大夏国（今阿富汗）见到蜀地生产的蜀布、邛杖，十分惊讶，向当地人打听，得知这些商品都是大夏商人从古身毒道运来的。

金沙遗址很可能就对应着这一段繁华的历史。

蒋夏知道，与鳖灵有关的发现，还有1980年在新都马家公社发掘的一处战国早期大型木椁墓。墓的葬具是一只独木棺，比较奇特的是，在腰坑里清理出的鼎、壶、编钟、兵器等铜器，都是按5件一组摆放的。这让人想到蜀地的"尚五"习俗，和中原商周时期流行的"五行"思想。

他们还在椁室里发现了两枚印章，显示墓主是开明王朝时期的王或者贵族。

成都城区的商业街发掘的一片战国早期的大型墓葬群，被认为是开明王朝王族的陵寝。这批墓葬里有17具船棺或独木棺，棺内陪葬大量青铜兵器、陶器、漆器、竹木器。墓坑里还有多具殉葬或陪葬的小型匣形棺。船棺是远古的一种独木舟形葬具，在古代中国的巴蜀、吴越、闽越，和东南亚一带都流行以船为棺的葬俗，寓意为把亡灵送过阴阳两界相隔的河流。

2017年，在成都市青白江区大弯镇双元村，又发现了近200座春秋至战国时期的船棺墓群。其中最大的一座墓位于中间，漆黑厚重的船棺躺在两米多深的墓坑内，可以清晰看出棺身连同棺盖是由整段古木制成。其中的漆木器纹饰特征、铜印章符号特征与成都商业街船棺墓葬出土的同类器物特征非常接近，记录着开明王朝的辉煌岁月。

可见春秋战国时期，开明王朝之"蜀国"已盘踞中国西南，十分强大了。

94

那么为什么三星堆文明是以青铜器见长，而金沙遗址是以玉器见长呢？三星堆遗址没有给出答案。但这个答案在金沙遗址中找到了！

在金沙遗址出土的一条金腰带上，同样有人头、鱼、鸟、羽箭，但人头图案却从两颗变成了一颗。权力拥有的两者间，是不是有一个消失或衰落了，剩下的一个成为古蜀国真正的统治者？

金沙遗址中出土的小铜立人，头上戴着象征着太阳的高冠，手像三星堆的青铜大立人一样无限夸大举在胸前，依稀有笄发铜像的影子。不

金沙十节玉琮

2001年在金沙遗址考古出土。琮质为青玉，高22.2厘米，上大下小，器表共分十节，每节以器表的转角为中轴组成一个简化人面纹，共计四十个人面。此玉琮从造型、纹饰、琢刻工艺上看都与金沙遗址出土的其他玉器有显著的差别，而与长江下游地区良渚文化晚期的玉琮完全一致，可以说是一件典型的良渚式玉琮。这件玉琮的特别之处，是在琮的一面上端还刻画有一人形符号，这是以往良渚玉琮上少见的。人形头戴着长长的冠饰，双手平举，长袖飘逸，双脚叉开，或为带领氏族成员祈福驱邪的大巫师（成都金沙遗址博物馆供图）

同的是，这个青铜立人脑后拖着一根辫子。金沙遗址确实也找不到梳着笄发的青铜人像了，只剩下辫发铜像，王权拥有者们似乎不仅继续掌握着古蜀国的王权，还得到了原本不属于自己的神权。

古蜀人在一场灾难中逃离三星堆，来到金沙。在这个过程中，王权拥有者趁乱抢夺了神权。历史的真相也许就是这样。这就是为什么三星堆文明是以青铜器见长，而金沙遗址是以玉器见长。合理的推测是，这些获得了神权的王权拥有者们，是某个爱玉的民族。那么，来到古蜀的爱玉民族会是谁呢？

答案大概要从那尊酷似良渚玉器的十节玉琮身上寻找。

从雕刻工艺上看，这件玉琮上的简化人面纹饰和良渚文化玉琮上的琢刻技法完全相同，特别是简化人面纹的眼睛为管钻钻刻，三角形眼角和嘴部采用微雕工艺以及表现羽冠平行直线纹的纹饰等，与商周时期仿良渚玉器上纹饰的琢制工艺有明显的不同。

鉴定发现，十节玉琮的玉质与金沙其他玉器相比也有显著的差别。金沙遗址出土玉器的主要材质来源于汶川的龙溪玉，大多不透明，材料疏松，表面硬度低。但这件玉琮块度大，透明度较高（半透明），质地致密，并有着较高的强度和硬度，因此可以认定它不是本地制作的产品。

　　那么是不是来自良渚文化呢？有文献说，在已发现的良渚文化遗址中，虽然因为土质的原因，常见土沁之后呈现的鸡骨白玉器，但在上海、苏州、嘉兴等地区出土的良渚文化玉器则可以见到有青绿色或湖绿色的。可以断定，十节玉琮就来自太湖地区的良渚文化，因为后来长期埋在金沙地区，避免了大面积土沁。

　　琮体一面的上射口处刻画的人形图案，线条笨拙，转弯处还见一些歧出，与美国弗利尔博物馆所藏的良渚时期的玉璧和玉镯上的刻画符号大致同形，而这种风格的刻符在金沙现已出土的其他玉器中尚未发现。有学者认为这些刻符的年代不会早过距今4800年，它们很可能是反映着良渚文化中晚期的祭祀形式及其含义。

　　因此，无论从材质、形制、工艺还是纹饰，金沙遗址出土的这件十节玉琮都具有十分浓厚的良渚文化风格，是一件典型的良渚文化晚期的玉琮。而最有说服力的一点是，金沙出土的其他玉器都是商周时期制作的，唯有这件十节玉琮出自新石器时期。对古蜀而言，是一件名副其实的"进口产品"。

　　因为玉琮在良渚文化中是神圣的礼器，唯有国王或者祭司才可能拥有，考古学家们推测，距今3000多年前，有一个良渚的王带着十节玉琮和他的臣民逃离灾难中的良渚来到了金沙。随着这支良渚人群的到来，良渚文化中独特的神权思想、对玉琮的重视与崇敬应该也影响到了古蜀人。这件玉琮辗转到了金沙时，已经有了1000多年的历史，对于金沙先民来说，它已经是一件"千年古董"了。玉琮的表面有污秽及油沁的痕迹，神面纹的羽冠阴线、眼睛和鼻部的微雕也较为模糊，这都是器物被长期使用的结果，也是漫长沧桑岁月给它留下的痕迹。所以这尊随同它的主人流落到金沙的玉琮被继续使用，并被金沙时期的古蜀人视作"沟通天地"的"国之重器"。在一次具有特别意义的重大祭祀活动后，它被埋藏在了金沙遗址祭祀区内。随着金沙遗址的大白于天下，世人得以目睹它炫目的美丽。

在祭祀区，蒋夏带着考古小队还发现了有大量石璧、石饼、石璋堆积的区域。这些石器层层叠压、倾斜放置，形成扇形、环形的布局结构，跟金沙遗址墓葬的朝向一致。还有一处堆积，全部使用石饼形器，垒堆成一个乌龟的形状。乌龟乃长寿之物，也是巫师们喜欢用来卜问吉凶祸福的灵物。所有这些看上去都意味深长，似乎有着某种神秘的象征意义。他们在这里也确实发现了19片卜甲。最大的一件长度达到了46.4厘米，是迄今中国发现的最大的卜甲之一。这些龟甲上布满了钻、凿和烧炙的痕迹。用龟甲占卜是中国中原地区的商朝和西周盛行的习俗。而且在三星堆遗址的出土物里并没有发现卜甲。难道中原汉文化对古蜀巫界和神权的影响也是到了金沙时期才得以实现？难道这些夺取了神权的辫发之人就来自中原？

蒋夏发现，与三星堆相比，金沙的人间烟火味儿要浓烈得多。三星堆古城里只挖掘出祭祀坑、城墙和库房基址，既无宫殿亦无高等级墓葬，而金沙出土的古遗迹几乎涵盖了生活的方方面面：大型建筑基址、大型祭祀活动区、一般生活居址区、墓地等。位于三和花园的大型建筑基址，在西南地区尚属首次发现。根据房址的面积、布局结构和周边的出土物分析，他认为这一建筑很可能是商代晚期至周代早期（前1046—前771）的宫殿建筑。金沙遗址范围内，还广泛分布着一般性生活居址，在这些生活区内，发现大量的灰坑、陶窑、水井、水塘、墓葬等。这些小型的房屋建筑多采用"木骨泥墙"的建筑形式。灰坑里除了陶器、石器，大多为生活废物，动物和植物残存。在居址附近还发现了陶窑作坊、窖穴、水塘、取水平台、水井，以及木质、铜质、石质的生产工具。

蒋夏不能理解的是，如果金沙遗址果真是三星堆遗址的后续文化，为什么它们的构成有如此大的差异。三星堆古城真的是金沙之前古蜀国的都城吗？据记载，鱼凫王定都鱼凫城，杜宇"都郫，别都瞿"，鳖灵"建都广都"，那么，三星堆为何人所建，做何用场？也许张光直的观点是对的：中原三代都在立国前后屡次迁都，其最早的都城却保持着祭祀礼仪上的崇高地位。也许蚕丛或者鱼凫所建的三星堆古城一直都是作为一个"圣都"而存在的。各代都有一个永恒的"圣都"，也各有迁徙行走的"俗都"。

他想起一次考古年会时遇到的那位来自凉山彝族文化研究所的阿余铁日。彝族人阿余铁日是古彝语研究者，他曾对古彝语中"祖界"一词进行考察，发现其彝语发音和三星堆遗址的马牧河的"马牧"同音，按照古蜀语和彝语遵循"左言"的规则，其翻译成今天的发音即为"牧马"。阿余铁日由此认为，彝人的"祖界"与三星堆的马牧河有密不可分的关系。追溯到彝人的迁徙之路，以及考察当今彝族毕摩所唱的《指路经》中的信息，阿余铁日认为，三星堆旁的马牧河就是彝人祖界所在。最惊人的发现是，民间收藏玉石器中就有灵柩、灵偶，与当今彝族祭祀中的木头灵偶在形式和功能上一模一样。他综合多种考察结果，提出了一个惊世骇俗的观点：三星堆遗址就是古彝人安葬祖灵的二次灵魂之处，也正是古彝人的祖灵祭祀之所。那些出土的大量青铜和玉像为"祖灵偶像"。

这样的言论让蒋夏细思极恐。他知道，彝族文化的"祖界"观念与"三魂说"有关。彝族人普遍认为已故祖先有三个灵魂，它们各有归属，其中一魂守焚场或坟墓，一魂归祖界与先祖灵魂相聚，一魂居家中供奉的祖先灵位上。祖界是本民族的祖先发祥分支之地，亦是始祖和后世各代祖灵聚会之所。彝文《指路经》上描绘的祖界"草上结稻穗，蒿上长荞麦，背水装回鱼儿来，放牧牵着獐鹿归"，是一片美丽丰饶的乐土。那么，三星堆古城到底是有众多古蜀人居住的政治经济中心，还是古蜀先民的"祖界"？如果是"祖界"，是三星堆人特意为他们的祖灵建造的，还是在遭遇一场大灾难，先民迁移到金沙后，把这变成了一个专用来祭祀和安葬先祖二次灵魂的场所？所谓"圣都"，不就是"鬼城"吗？

正在这时，办公室的电话突然铃声大作，蒋夏吓了一跳，赶紧拿起听筒。话筒里传来陈一川的大嗓门："小蒋，三星堆发现三号祭祀坑了，就在二号祭祀坑旁边。"蒋夏吃惊地张大嘴：又是祭祀坑！莫非三星堆古城真的是古蜀人的祖界？

95

除掉阿布丁，丛帝鳖灵按照计划开始治理他的国家。古蜀历史上的最后一个朝代开明王朝正式开启。

改朝换代时"夷其宗庙，焚其祭器，犁庭扫穴"，鳖灵当然不能破了规矩。他将三星堆古城里杜宇的神庙捣毁，又将神庙里供着的那些高鼻阔嘴的青铜人像、面具、雕像、神树等所有物件都砸击、焚烧，然后按照大武士仲襄的指点，在望帝的器物坑的一侧挖了一个长方形土坑，全部分层埋入土中，最后将60多根象牙铺盖其上，以作厌胜之用。

接着，鳖灵迁出郫邑，定都广都樊乡。他要在这个以其"盐井、渔田、铁矿、好稻田"而"盛养生之饶"、富甲一方之地，开始他的帝王伟业。

出于仁慈，他没有对境内的雅利安人下手，而是颁布了一条政令：为了尊重雅利安人的民族习俗，开明政府特意将邛都划为特别行政区，来安置雅利安人。邛都实行自治，除不允许有军队之外，有很大的自主权。选择迁入邛都的雅利安人可以得到政府发放的安家贝币，希望回故里的会得到更多补助。无论是走还是留，政府都会派出船只帮助他们搬家。

邛都地处高原与盆地的过渡带，北部、东部和南部皆为水流湍急的沫水、丽水迂回环绕，人称水廓城，居民多夷人。其间高山耸峙，河川盘错，峡谷幽深，景色甚为壮观。邛都在古身毒道的必经之路上，应该最适合雅利安人沿古身毒道访问故里或贩运通商。

鳖灵治水时走遍古蜀国的大山大河，对这些当然是了如指掌。做出如此安排，除了拿得出手的理由之外，当然心里还有一个小小的盘算。这里上山入云，下山是河，交通极为闭塞，雅利安人一旦进了邛都恰似鳖入了瓮，谋反的念头大概从此就断了。

除去了心头之患，鳖灵找来大武士仲襄。

"我发现蜀地甚多族裔杂居，濮、賨、苴、龚、奴、獽、夷、蜒、滇、僚、僰等，而且山民们常年与狼虫虎豹为伍，靠打猎为生，民风彪悍，争强好胜。各部落之间相互征伐不断，时常为了些许小事便大动干戈。我以为民风乃国风，民风正国方强盛。仲伯居此地多年，又为望帝内臣，对此有何建议？"

"帝所言极是。目前蜀地有不少盗匪，劫道抢杀，民众怨声载道。但这些人掩藏山中，行踪不定，望帝虽有心整治却又无可奈何。从帝开国伊始，不妨从此处入手，整顿民风。除掉这些祸害，必获万民拥戴，丛帝的江山也就安坐无恙了。"

"仲伯说得在理。这些盗匪倒也不全是十恶不赦之人，有些是生活所迫走投无路，才上山为寇的。对待这些土匪，我以为可分而化之。冥顽不化者杀，愿意过平安日子的抚！杀一儆百，惩前毖后，民风必得以整治。"

"这招高明！"仲襄不由拍案叫绝。

"还有，我想近日就差宰相大人去各地走走，了解一下民情。蜀国疆土辽阔，山地居多，贫富不均，富庶地区的乡民和生活窘迫的乡民要互相帮衬着才好。倘若宰相大人能便服出行，获得翔实的一手资料，我等再商议朝廷能做些什么。民安了国才是真的安。"

"臣知道丛帝心地仁厚，这是蜀国百姓的福分。"仲襄由衷赞叹道。当初见第一面，他就从这个年轻人的眼中看到了他发自心底的善良。集勇敢果断与怀柔庶民于一身之人一向可遇不可求，天降丛帝，蜀国之幸呀。

"接下来的事情就有劳仲伯您了。"鳖灵白皙的脸上浮起一丝笑意。仲襄会意："臣明白。"君臣二人抚掌大笑。

当天晚上，鳖灵的第一个儿子出世。婴儿小脸红红的，哭声洪亮，看上去非常健康。这个将被称为卢帝的人此刻躺在襁褓中，沐浴着父亲无忌和母亲蒲姑充满爱意的目光，好奇地打量着这个世界。

此时，巫礼已走马上任古蜀国大祭司，主持祭祀仪式。无忌吩咐：祭祀仪式意在取悦神，更在为民祈福，你要将蜀地百姓放在心里。蜀民多辫发，你也入乡随俗。还有，我从良渚带来一尊十节玉琮，可交与你祭祀时用。蜀地若有玉石，亦可采集一些制作祭祀礼器，玉是人神沟通灵物，不可全为青铜器物取代。青铜尊、鼎为中原至尊礼器，可以保留。蜀地民族甚多，祭祀形式和内容要有所兼顾，不可偏颇。

蒲姑已拜巫咸为师，定期去灵山学穿越术。她的心里藏着与另一个世界的秘密，连无忌都不知道。虽然现在她的功力还远远不够，那一天何时到来也毫无征兆，但是她愿意付出所有的努力，做好远行的准备。

开明王朝时期，鳖灵雄才大略，足智多谋，民族融合，蜀国完全统一。后方安定之后，鳖灵和大武士仲襄一起，率众将士，经年南征北战，东讨西伐，开疆拓土。他们向北攻秦至雍，又取南郑，东伐楚至兹方（今湖北松滋），所统"蜀"之疆域，更为辽阔广大，远超杜宇时代。

96

1997年11月，三星堆遗址西侧的仁胜村砖厂在取土时挖出1根象牙和4座长方形土坑，四川省文物考古研究院立即展开抢救性发掘，吃惊地发现这个不起眼的土坑之下竟是一大片公共墓地。这就是三星堆遗址迄今为止发现的唯一的一处墓地——仁胜村墓地。

考古人员在大约900平方米的范围内发掘出29座墓葬，全部为长方形竖穴土坑和狭长形竖穴土坑墓葬。墓葬的分布极为密集，且排列有序，简繁程度并不一致。墓室加工较为考究，大多数墓葬有一具人骨架，葬式皆为仰身直肢葬，头部朝北偏东。这29座墓葬里，17座出土有玉器、石器、陶器、象牙等几类随葬品，其中玉石器大多是三星堆遗址首次发现的新器形，如玉锥形器、玉牙璧形器、玉泡形器、黑曜石珠等，其中玉牙璧形器极为罕见，玉锥形器则明显地具有长江下游良渚文化的风格，引人注目。这些玉器都没有使用痕迹，应该归入礼仪用器范畴。有一件玉牙璧形器表面钻有9个圆孔，可能与古代占卜术有关。学者认为这批墓葬的年代约为新石器时代晚期至中原的夏王朝时期。

与属于宝墩文化晚期遗址的成都南郊十街坊和西郊化成村坑墓群相比，仁胜村墓地表现的丧葬习俗，诸如墓室处理形式、掩埋方式、墓向、头向乃至随葬品构成等方面都有明显不同。仁胜村墓葬挖得非常深，而宝墩文化墓葬却很浅。仁胜村墓地的随葬品里有玉器和陶器。陶器是磨光黑陶圈足豆，而当时在宝墩文化中还没有出现陶豆，也没有出现玉器，更不用说用玉器和陶豆随葬了。这说明仁胜村墓地所属文化主体与"宝墩人"在文化价值观等方面存在明显的差异。

佩玉和用玉器随葬是长江下游良渚文化的典型特征，尤其是泡形器、璧形器和锥形器，更是良渚文化的代表器形。在仁胜村墓地，共发现了4

件泡形器。泡形器整器为圆形，一面平整，另一面呈圆凸拱起，平整面的圆心处钻有一浅圆窝或圆穿，通体打磨光净，与良渚文化中带盖柱形器之器盖的形制、施钻面极为相似，但施钻方式与孔（窝）形态不一。考古学者初步推测仁胜村墓葬所出的泡形器可能是受良渚文化中带盖柱形器器盖形式的影响而在本地制作的。他们还注意到石家河文化肖家屋脊出土的一件圆形玉饰的整体构型也与泡形器较似，似乎给出了长江流域此种制器形式的传播路线。

这里出土的2件璧形器，一面平整，一面拱起，形器体量极小，估计是利用边角余料在本地加工制成的。"璧"属三星堆文化玉石器群中数量较多的器类之一，不仅在燕家院子、仓包包祭祀坑及一号、二号祭祀坑等有为数不少的玉（石）璧出土，在遗址地层内亦多有发现。其中既有成套列璧，亦有形体硕大的单件石璧，还有上千件石璧半成品及坯料、磨石等，可谓蔚为大观。毫无疑问，玉（石）璧在当时古蜀人用玉制度中占有特殊地位。

与三星堆文化时期尤其是两坑出土的璧环类器物相比较，仁胜村墓葬出土的玉璧形制相当特殊，器形原始，器物穿孔的形态与修饰技法上也与三星堆文化时期的璧、瑗、环等不同，而与张陵山出土的璧、环形似。初步可以断定，仁胜村墓葬所出璧形器的器形和风格与良渚文化相关，有可能是将外来文化因素与自身土著文化相杂糅而创出的特色器物。

仁胜村墓地出土的3件锥形器，形制与良渚文化墓葬中所出的同类器高度相似。成都南郊十街坊宝墩文化晚期遗址出土的圆锥形骨器亦表现出良渚玉锥形器的风格，应该不是偶然。说明东南远古文化与成都平原新石器时代晚期至夏代的古文化之间确实存在着某种形式的文化互动。

关于玉锥形器的用途，学界有多种看法，有人认为是墓主颈饰或者冠饰的组成物件之一，也有人认为是用于顶穴疗病的砭针，或者是宗教礼祭活动中的法器，还有观点认为方柱类锥形器是加工玉石器时用于精确定位的钻头，等等。仁胜村墓地出土的玉锥形器出自墓葬群中随葬玉石器品类和数量最多、遗迹现象最为复杂的两座墓葬之一，这只锥形器的榫部无穿孔，所以不可能做串联环佩的颈饰等装饰，专家推测它的功能应该是象征地位及权势的礼器。

仁胜村墓地的锥形器很容易让人联想到金沙遗址出土的十节长琮。那尊青玉十节琮为典型的良渚文化玉琮，它的制作年代与寺墩、草鞋山等遗址的年代相近，约为良渚文化晚期，是纵越千年、辗转流传下来而出现于商周时期的成都平原的古器。仁胜村墓地时间约为距今4000年前，而在这一时期，非常发达的良渚文明突然间衰落消失。目前可以合理推测的是：当时的良渚文化圈遭遇了一场灭顶之灾，在那些不得不逃离故土的良渚人中，有一支进入了成都平原，来到了三星堆，或者说，来到了仁胜村。结合同样具有良渚玉锥形器风格的石家河文化的玉笄等来看，这一支来自东南的良渚人很可能是途经长江中游来到了西南腹地。

从三星堆晚期房址出土的木棍、泥块、竹片等痕迹，考古学家们推测在多雨潮湿的川西平原，古蜀先民居住在木骨泥墙的干栏式房屋里，而这些房屋的原材料就是满山遍野的翠竹。缫丝、髹漆工艺、干栏式建筑，与长江下游的良渚文化如出一辙。是地理环境相似使然还是良渚先民曾经到过这里？

97

陈一川被央视主持人撒贝宁邀请去《开讲啦》节目做访谈。

陈一川个儿不高，穿着家常的夹克衫，脸上挂着谦虚的笑容。因为常年做田野考古，晒得黑黑的，浑身上下看不到一丝书卷气，要是走在田埂上估计十有八九会被人当作农民兄弟。

开场，撒贝宁满怀崇敬地说：陈老师，听闻您20年坚守三星堆遗址，真的很不容易。陈一川朗声回答："其实也说不上是坚守，因为在考古时感到非常开心，与当地的村民相处也很融洽，有时候吃个卤菜夹锅盔，再喝点烧酒，日子也过得挺自在的。"刚说完，下面已经笑声一片。

他说起1980年12月刚开始发掘三星堆的时候，因为附近比较荒凉，他们几个人就住在当地砖厂的窑洞里。几块红砖一码，里面弄些稻草，安好床板就成了宿舍，每天自己开火做点简单的饭食对付着过。当时砖厂都是乡镇企业，雇了不少本地的农民工。他们去了之后，常常是农民工在那边挖土烧砖，他们在这边做抢救性发掘，之间还不时有些互动。刚开始，他们工作时有不少人围观，看他们翻翻挖挖很稀奇。他们每天挖出陶片、石器、石块，偶尔有一块骨渣之类的东西，农民工并不理解，慢慢地看的人就少了。有人跟他们说：你们老这样会赔本的。他们把考古队员当成挖宝的了。

陈一川告诉听众：每次发掘，出土的陶片数以千万计，别看陶片很不起眼，但分期、断代全靠它们。出土的碎陶片拼接成完整器形后，可用类型学来进行分析。所谓类型学，就是把器物形制伴随岁月流逝呈现的变化，比如说，陶器从高瘦形变成矮胖形了，陶器表面的纹饰风格变了之类，排成一个时间轴，这样遇上新出土的陶器，在时间轴上一对比，就可以判断它更接近于哪个年代，得出相应的推论。

"事实上，中国人做考古的历史并不悠久。20世纪20年代，'疑古'思潮兴起，几乎瓦解了之前所建立的中国古史体系，重建中国古史体系成为中国史学界的当务之急。刚刚引入中国的考古学成为这一宏大学术目标的重要方法。'上穷碧落下黄泉，动手动脚找东西'，那时候，虽然时局动荡，来自国内外的考古学家却都充满热情地奔波于田间地头，找寻着各个历史时期的文物。三星堆遗址的考古工作也经历了这个阶段，大致从1929年开始，一直延续至新中国成立之前。"

陈一川满怀深情地回忆起他们对三星堆遗址大规模挖掘的过程:"那是1986年,我们对三星堆开始了新一轮的发掘。这次发掘面积比较大,有1000多平方米,参加的人也多了,有实习的学生,还有经过我们培训的各个地区文管所的干部。我们发现出土的文物跨越的时间涵盖了距今4800年到距今3000年这个阶段。也就是说,在近2000年的时间里,三星堆遗址的使用没有间断过,古蜀文化一直在这个地方生长。这样一来,古蜀文化的序列就建立起来了,这个很重要。

"2013、2014、2015这3年里,我们相继发现真武宫城墙、青关山城墙、西城墙拐角段,加上1999年发现的月亮湾城墙,2013年、2014年对仓包包城墙、马屁股城墙和李家院子城墙的相继发掘,我们在三星堆遗址的西北部合围出一座小城——月亮湾小城,在月亮湾小城的东侧确认了一座新的小城——仓包包小城,即三星堆城址的内城。这样,三星堆城址北部的内城格局就很清楚了。之后,我们又对东城墙、西城墙和月亮湾城墙的南段重新进行解剖,最终确认三星堆城址还有一个外城。"

说到让人惊艳的三星堆祭祀坑,陈一川比较激动:"三星堆祭祀坑出土文物一直以来都是大家关注的重点,围绕着这些文物有着太多的未解之谜。这些出土物的意义在于帮助我们认识当时古蜀国受到过哪些外部影响。比如,三星堆祭祀坑内出土了57件玉璋,是南中国地区集中出土玉璋最多的遗址。而且使用玉璋也是古蜀文明的重要特征之一。我们了解到1000公里之外的越南北部于20世纪七八十年代也出土了不少玉璋,它们的形制、纹饰跟三星堆祭祀坑所出玉璋惊人地一致。所以,我们可以推测当时古蜀跟越南是有很密切的交往的。

"刚才有听众问到金沙文明和三星堆文明之间的关系。它们的传承关系非常明显,最突出的就是太阳神崇拜。无论是三星堆遗址出土的青铜神树,还是金沙遗址出土的太阳神鸟金饰,都突显了古蜀人对太阳神的崇拜。有考古学家指出,金沙的太阳神鸟还是对当时天文现象的一种真

金沙商周太阳神鸟金饰

2001年出土于金沙村的太阳神鸟金饰为商周时期的金器，现收藏于成都金沙遗址博物馆。商周太阳神鸟金饰整体为圆形薄片，外径12.5厘米，内径5.29厘米，厚度0.02厘米，重20克。图案分内外两层，内层等距分布有十二条旋转的齿状光芒；外层由四只相同的逆时针飞行的鸟组成。商周太阳神鸟金饰图案目前被确定为中国文化遗产标志，同时其本身亦被列入《第三批禁止出国（境）展览文物目录》（成都金沙遗址博物馆供图）

实记录，它表现的是日食情况下的情景。为此，我专门找到了日食情况下的图片进行对比，发现太阳神鸟金饰中的神鸟是处于一种'振翅'疾飞时的状态，显得非常惊恐。所以它是古人对天文现象最朴素的'预警机制'。"

说着，陈一川从椅子上站了起来走到舞台中间，弯着胳膊挥舞了起来，一边挥舞一边解释："你看，如果是安详的时候鸟的翅膀不会打得那么开。"观众席上响起热烈的欢呼声。

撒贝宁微笑着说："谢谢陈老师精彩解说三星堆！现在呢，既然谈到了金沙遗址，我想我们今天请的另一位神秘嘉宾该出场了。"他提高嗓门，"有请蒋夏先生。"

98

掌声中，一位中等身材的男士健步走上台。

"我给大家介绍一下啊。蒋

夏，成都文物考古研究所高级研究员，现任金沙遗址博物馆副馆长。蒋夏老师主持和参加过数十项重大考古科研项目，他担任领队所发掘的成都平原史前城址群和金沙遗址，证明了成都平原是长江上游文明起源的中心，为中华文明多元一体学说提供了证据。今天我们就请蒋老师重点给我们聊聊古蜀国都金沙遗址都有哪些有意思的发现。"撒贝宁一边介绍，一边安排蒋夏坐在陈一川旁边的那张椅子上。现在台上由两人对谈变成了三人群议了。

"大家不觉得我们今天的节目有点太奢侈了吗？两位重量级的考古专家跟你们聊神秘的古蜀文化。"撒贝宁煽情地说。观众席响起热烈的掌声。

"蒋老师，我很好奇，作为现任金沙遗址博物馆副馆长，您是怎么走上考古这条不归路的？"撒贝宁首先抛出一个问题。眼前这个胖胖的、个子不高的中年男人，有一张正派的国字脸，浓眉大眼。头发也略长，相比陈一川的小平头，多了点艺术家的风采，跟朴实和厚的陈老师明显是两种气质。

"谢谢！这个说来话长了。1983年高考的时候我报考的其实不是考古专业，甚至不是历史系。我当时报的是西南政法学院刑侦系，准备做公安，与考古专业相差甚远。我们当时是先填志愿，把志愿交上去，等分数出来，可以改志愿。考完之后，我的分数比较高，尤其是历史分数非常高。我的班主任一看，没通知我就直接给改填四川大学历史系考古专业了。就是这样的机缘巧合让我走上了考古之路。起初是想，遍访名山大川、文物古迹也不错。真正接触到实际工作才发现跟最初的想法截然不同。你要追求一个目标，就需要耐心和耐得住寂寞。考古研究尤其如此。郭沫若先生说过守得住寂寞做考古学家，这是非常正确的。

"真正对考古学发生兴趣，是在我的田野实习之后。大学刚开始的两年，考古课程多是讲各种器物，文化的编年，我觉得有些枯燥。但是经过大三的田野实习，我发现自己喜欢发掘工作。在那次实习中，几位老师发现我在认土质土色、划地层、辨识叠压打破关系上颇有悟性，最后还给我打了个高分，这让我颇有成就感。实习之后，我就下决心学习考古了。

"所以我常常对来实习的学生说，大家可能刚开始不一定就对考古专业感兴趣，因为有些同学是被调剂过来的。但是兴趣是可以培养的，假如听了一些专业课，经过了田野实习，感觉这个专业适合自己，那就下定决心去学吧。考古学研究是一个不断解谜的过程，很有意思。就像侦探一样，要去把一些纷纭复杂的现象、问题给解释清楚。逐渐有了这样的兴趣的话，就跟着自己的兴趣走，多读专业方面的书。古文字、古文献，'博闻强识，钩深致远'。如果说考古学是穿越、连通、揭示、还原、印证、追赶传说并理性求证的科学，那我们就是为着找寻失去的记忆而踏上穿越时空旅程的人。"

"蒋老师，我插个话哈。我怎么觉得好像你们考古专业的学生都是被调剂过来的。是不是自主选修考古专业的人特别少啊？"

"是这样的。我们中国的考古学都是放在历史系的。一般人不选考古，是因为它跟我们日常生活相距比较远，或者说不那么实用吧。在国外，考古学是人类学的一个分支。上大学的时候，为了让我们了解人类学是什么，老师还给我们讲了一个经典故事：一位欧洲山村的主妇在家宴请远道而来的客人。她一碗一碗地给客人盛饭，客人一碗一碗地吃光。她暗暗吃惊地继续盛饭，客人则坚持不懈地吃，直到都被撑倒在地。原来，双方的文化密码不同，发生了误会。女主人觉得不给客人盛足饭是不礼貌，客人来自不同文化，觉得不把主人的饭吃光是不礼貌。

"人类学研究的就是这种不同人类行为下面隐藏的文化密码。比如玛格丽特·米德的名著《萨摩亚人的成年》揭示出，在南太平洋岛上的土著社会，青春期并不构成在西方社会中那种人生必经阶段，大家可能对青春期浑然不知。美军在太平洋战争中面对强悍的日本人摸不着头脑时，马上求助于人类学家本尼迪克特。她的《菊与刀》一度成为美国理解日本的指南。"

"那么，考古专业都学些什么呢？"撒贝宁被蒋夏的故事吸引了，问道。

"非常杂。古人类、文明起源、群体遗传学、人体构造、聚落、城市、交换体系、分配体系、宗教与巫术等等，外加两性研究、艺术、神话学、语言学，真的是包罗万象。人类学的研究方法，是把社会或文化当作一个整体来研究，对不同的文化进行广泛的比较。

"我还记得当时老师指着满黑板的课程内容，说，这些看上去是不是都不那么实用？但正所谓'世人莫知无用之用'。我们现在所处的全球化时代，有更多的文化碰撞和交流，使人类学生逢其时。从最实用的层面讲，跨国公司到海外拓展，所面对的市场、合作伙伴，乃至法律体系，都可能是按照不同的文化密码运行。缺乏人类学的分析力，甚至连消费心态都难以把握。事实上，即使是在美国本土市场运作的广告公司，离开对受众心态的人类学分析，也难以制造出上品广告来。

"这当然不是说大学生都应该学人类学。大学的重点，在于培养学生的头脑，即分析力、理解力、判断力。有头脑才能适应所面临的挑战，所需要的技能则随时可以在实践中学习。在这方面，人类学这种比较抽象、理论化的学科，比起财会、商务等具体学科来，往往是更好的训练手段。许多研究表明，商学本科的学生，即使在从事商务有关的工作时都无明显优势，在申请读MBA等高级课程时甚至可能吃亏。因为对培养专家的研究院来说，申请者的专业无关紧要，关键在于是否有头脑。而是否有头脑的关键性指数，则在于是否对抽象、深奥的问题有理解力，是否对超出自己直接生活经验的东西感兴趣。只能想想赚钱之类自己身边事的，往往属于缺乏头脑、难当大任者。

"乔治亚理工学院的21世纪大学中心的主任德米洛（Richard A.De-Millo）曾是惠普的高管，非常务实。最近他在《纽约时报》上讲了件很有意思的事情。20世纪初IT泡沫破灭时，大量学习电脑专业的学生找不到工作。当时德米洛作为电脑学院的院长，为学生就业前景找到企业高层，问他们究竟需要什么人才。对方答道：传统的电脑技术人员谁都不缺，但那种有讲故事能力的人才特别稀缺，因为电脑游戏正热，游戏需要精彩的故事结构。一夜之间，文学这个最没用、最不实际的专业，成为电脑这一最有用、最实际的专业的救星……"

99

"蒋老师，您今天不是来招生的吧?"撒贝宁笑着打断蒋夏的滔滔不绝。

"也未尝不可啊。好不容易逮着个机会上央视。"蒋夏也笑了，"不过我说这么多，并不完全是王婆卖瓜。事实上，从事考古工作时间越长，接触考古标本越多，你对它们的了解越深，就越能感悟到这一职业独特的魅力。走进博物馆，就是走进古老的历史，更是走进先人的世界。一只杯，不仅仅是沾着岁月沧桑的杯；一只碗，也不仅仅是曾在历史河流浸过的碗。每件文物里，都住着一个活生生的工匠。他们也许是金匠、玉匠，可能是铜匠、石匠，或许是陶匠、木匠。眼前的这件文物，有可能就是他倾其一生所打造。当我在寂静的展厅中轻挪脚步，我甚至能听到它们的吟唱。标本各有个性，曲调也不同。有的音调高昂，是长篇叙事；有的浅吟低唱，委婉动人，似在述说各自的故事。每当这个时候，我就会屏住呼吸，侧耳细听。"

"哇，这也太有诗意了吧！难怪刚见到您的时候我就觉得您有艺术家的气质。我的直觉没有骗我。"撒贝宁有几分夸张地说。蒋夏却依然满脸的认真：

"不是开玩笑。我真的听到过它们告诉我的故事，或者说心灵感应。我举个例子，三星堆一号祭祀坑没有铜铃出土，二号祭祀坑出土的铜铃已经有9种样式，这之间相隔100年的时间。然后到了金沙遗址，出土的铜铃数量就更多了，形制也有了明显的变化，更接近编钟的发音方式。跟它们一起出土的还有两个大石磬，长1.1米，是中国目前发现的最大的商代石磬。这两件石磬上均有穿孔，其中一件石磬上还刻有两组弦纹，都是纯六度自然音阶。石磬是古蜀王在祭祀时用来演奏的乐器，你能想象出在祭祀活动中，16件铜铃被挂在各自的挂架上，两个石磬一左一右摆放，它们被风吹动，或被人敲击，发出悦耳动听的音乐，舞者们翩翩起舞的情景吗？而且从出土的神坛雕像，我们还知道这些舞者常常手上还拿着玉璋或弓、戈等物件。

"还有刚才陈老师说的太阳神鸟就是我们在金沙遗址发掘的。这个金饰件刚出土时已被揉成一团，考古人员认真、科学地记录之后，小心翼翼地将金饰复原展开——金饰上刻画的'太阳'和'鸟'的图案清晰地呈现出来。因为这处遗址伴随着显示王权的大量玉器、金器的出土，我们推测这件金饰极有可能就是古蜀王举行盛大祭祀典礼遗存下来的宝物。

"这件太阳神鸟金饰是商周时期的文物，整体上似一幅现代剪纸作品，线条简练流畅，充满动感。引颈伸腿、作势欲飞的鸟，本应很有力度，却因为旋涡状的太阳动感太强，反而变成被动地滑翔。张力十足的飞鸟因为翅膀的收缩而下降，锋芒毕露的太阳由于弯成弧形而掩藏等等，给人极大的想象空间。这件太阳神鸟含有的历法知识就体现在它的飞鸟和太阳芒纹的数量上。不知道大家注意到没有，飞鸟和太阳芒纹的数量分别是4和12，这并不是巧合，它们表示着特定的含义：外层4只逆向飞行的鸟，每只鸟对应3个月牙，不多不少，不偏不倚，恰好说明每只鸟代表一个季节，4只飞行的神鸟代表着春夏秋冬四季轮回。也说明古蜀人已经有了四时的概念，也与《山海经》等文献中记载的'使四鸟'等神话传说相关联，这种鸟崇拜可以说是三星堆文化中古蜀人的鸟图腾崇拜的继承和发展。

"金沙遗址虽然出土了数千件珍贵金器、玉器、青铜器、象牙器等，但也留下了许多谜团，例如：为什么这种文明会突然神秘消失？金沙遗址与三星堆遗址有什么关系？金沙出土的玉器为什么和良渚文化惊人地相似？为什么有如此精湛手艺的古人却没有留下任何文字？我们希望在新一轮的考古挖掘中找到一些线索。而且，金沙遗址距离有2310年历史的成都老城只有5公里，这里已出土的文物比三星堆遗址出土的文物种类更丰富、做工更精细。但与三星堆遗址一样，金沙遗址在中国的历史文献中也没有任何记载。

"正是因为金沙时期的古蜀人在今天我们发掘的祭祀区进行了长达几百年的祭祀活动，古蜀先民们把大量珍贵的金器、玉器、象牙等作为祭品虔诚地奉献给祖先和神灵，才使得我们在3000多年后有了这些收获，在缺乏任何文字记载的情况下，得以窥见古蜀先民丰富的物质与精神生活。考古学，为今天和过去搭起了一座桥，让我们知道人类是怎样走到今天的，它离我们并不遥远。"

蒋夏讲完，台下掌声雷动。下面的提问环节，有个年轻人站起来，自我介绍，竟然是话剧《盗墓笔记》的导演！这位年轻人说，《盗墓笔记》出来之后，经常会有人跟他联系，有的告诉他去一个古墓遗址考古了，事先特意画了详细的线路图，挑了个月黑风高的夜晚，结果还是被保安抓起来了。还有的说看了《盗墓笔记》爱上考古了，打算选学考古专业了。现在好像有点全民考古热的意味，那么考古会不会成为一种时髦的风尚呢？

陈一川一听乐了，说：如果考古真的成为一种全民关注的事情，我很欣慰，因为这是一种文化的传承和自我教育。但是同学们一定要想明白啊，盗墓和考古可不是一码事儿。千万不要擅自去挖古墓，那个是违法的。所有的挖掘都是要申请得到授权才可以付诸行动的。连我们想在哪儿动土都要按正常程序申请的。我看大家都来学考古专业吧，学了考古专业，就能以考古之名堂堂正正地挖宝了。

蒋夏则动情地说：梦想，是无处安放的精神宝石，对于我们漫长的一生，是非常可贵的。有了梦想之后，我们要做的就是为这枚宝石找一个适合它的托儿。是戒指呢，还是项链、手链？显然，能托起挖宝之梦的，肯定不是盗墓，而是考古。欢迎同学们加入我们的考古大军，荒原废墟，山林旷野，是你们施展才华的舞台。你们是共和国未来的考古人！

台下掌声雷动，两人相视一笑：被冷落了几十年的考古，真的已经迎来了它的黄金时期？

第十二章

杭州　2019　今月曾经照古人

100

对杭州人来讲，2019年的春节是一个以考古为主题的春节。为了配合良渚古城申遗，良渚文化博物馆将和金沙遗址博物馆联手举办一个大型的玉器博览会。博览会的名称为"从良渚到金沙"。计划展出所有在太湖流域发现的和在古蜀各大遗址发现的精美玉器。良渚是玉琮的发源地，玉琮出现的范围，已被视作良渚文化辐射的范围。所以这次展出的还有来自全国各地的玉琮。

这个为期两个月的博览会有一系列的活动，其中就有"良渚人的一天"实景活动，活动的地点定在良渚遗址公园的大莫角山上，在开幕式那天隆重上演。

"良渚人的一天"出自艾优那个天马行空的小脑瓜。它的构想是这样的：在良渚宫殿所在地大莫角山上，布置一个良渚时期的生活场景，屋外有水井、庭院和竹栅栏，屋内有睡房、堂屋、灶间等，睡房安置一张漆木床，灶间有土筑锅灶、矮桌、小凳子，矮桌上摆上几只良渚时期的陶钵、陶碗，陶钵里盛着牛肉汤，一只碗里是米饭，一只碗里是煮猪肉。主要活动在堂屋进行。堂屋放一张方木桌，几只供人跪坐的蒲垫，方桌上有几只陶杯、一只陶盘。盘子里放上那时候才会有的水果和零食，比如桃子、菱角之类。再请一位美女小姐姐穿上良渚人的服装，戴上良渚人的头饰和玉饰品，装扮成良渚人的样子，在这里现场演示从早上起床，然后到后院去采摘新鲜蔬菜，煮饭，进餐，以及纺织、刺绣等等各种活动，直到晚上洗漱完毕后上床睡觉。

还可以为这个实景设计一个情节，比如该女子以养蚕制丝为生，其夫是一个民间玉师，这样良渚的两大特色产品玉器和丝绸就都可以安置了。如果再添加一个现代人穿越造访的环节，还可以借玉师之口传播一点玉器的启蒙知识。

为了展示良渚贵族的奢华，也不妨把该女子设计成良渚国的公主。公主爱上了英武的王宫侍卫，可是为了保持良渚国的安定，其父王决定把她送往北方的花厅王国和亲。两个相爱的人儿不得不分开。若干年后，良渚国出兵攻打花厅王国，王宫侍卫报名参战。由于有公主里应外合，一战而胜。武士抱得美人归。佳人武士的爱情总是动人的，年轻人一定喜欢这个故事。只是这样就把公主置于婆家娘家的两难之中。一日夫妻百日恩，亲手置夫君于死地大概也不是什么美好的体验吧。而且这样一来就不是良渚人的一天了，而是良渚人的一生了。另外就是，这个故事涵盖的场景比较复杂，置景可能比较困难。

或者为了迎合大众对宫斗剧的狂热喜好，把该女子定位成良渚国国王的一个宠妃。美貌之外，还兼有温柔、善良、顾全大局等优良品德。最重要的是，该女子雍容典雅、颇具才情，有"国王从此不早朝"的个人魅力。自从有了这个宠妃，后宫中所有的女子，包括王后，都有了生存危机。而且，国王沉迷于温柔乡，不思进取，太后和大臣担忧天下不保，也视这个女子为眼中钉。该女子成为众矢之的，各种流言蜚语几乎将其淹没。险象环生之时，这个看似柔弱的女子显示出极大的勇气和人生智慧。她镇定自若与各方周旋，劝说夫君以国事为重，还劝国王不要把精力都消耗在自己一人身上，桃红柳绿都是春，也给其他姐妹取悦夫君的机会。最终赢得了所有人的认可。这个情节的场景很容易设置，所有活动空间都是在王宫里，一间房的道具足够了。而且有众多美女出场，非常赏心悦目，相信大众一定会喜欢。但是同样的问题，这不是良渚人的一天，而是良渚人的一生。

对艾优这个异想天开的主意，吴勇给予高度肯定，不光跟博物馆的馆藏人员、物资调控人员、电工技师都打了招呼，还给她配置了几个新来的大学生当助手。策划这个活动，在艾优并不难。毕竟在实地亲身体验过。她现在一闭上眼睛，在良渚生活的那些日日夜夜就浮现在眼前。从起初的茫然、慌乱，到适应之后的自在逍遥，那种感觉是如此奇特，让她至今难以忘怀。她决定好好经营一下这个项目，把所有好的创意都用上。她甚至想，为了让美工人员和演员更容易进入角色，打造最佳效果，是不是还要先草拟出一个剧本。

101

创意有了，场地和光影设备都是现成的，下一步就是招演员。

此时距离春节还有差不多一个月的时间，艾优决定马上开始。自从来到考古所，她从未像现在这样有感觉。看来考古这件事也可以很好玩，它存在的意义不只是博物馆里陈列的出土物，它与大众的联系可以是多方位的。在5G时代，直观、有趣地展示考古成果已经不是什么难事。声光电制造的视觉冲击、在场感、参与意识完全可以取代博物馆里那些单调、枯燥的解说，让观众在不知不觉中了解祖先的生存智慧和人类从远古一路走来的每一个重要时刻。说不定就在不远的将来一门被称作"考古传播学"的边缘学科就诞生了呢。

事实上，这个活动的景物配置是次要的，倒是对演员的要求极高。这个人不光要长相甜美，还需具备远古时期女子的气质，那些只知名牌、眼神空洞的现代新女性是绝对不行的。那么史前女子的气质是什么样的呢？

在良渚，艾优接触到的女性有虞姑、八婆。在城墙工地，也遇到几位去给夫君送饭的民间女子。虞姑当然很好地代表了贵族淑女这个族群。她的气质当中最有别于现代女性的特征是"弱"，以她为参照物，现代的女子都太强悍了。见到她的第一眼，艾优就想到西施。据说春秋时期越国美女西施有心口疼的毛病，犯病时常常会手按胸口，紧锁双眉，越发妩媚可爱、楚楚动人。邻村有丑女东施效仿其皱眉之举，未得其美，反增其丑。这就是"东施效颦"的典故。虞姑之美，就让她想到这个故事。脑子里有了虞姑，靠化妆与品牌包装的现代美女就都成了得其表而失其里的东施。

虞姑穿着普通的青色麻布衣，浑身上下除了夷吾为她磨制的青玉龙首玉环无任何装饰。但是她的头发乌黑油亮，皮肤细腻白皙，眼神里透出一个从未受过饥寒之苦的女子特有的善良和纯真。如果说她的淑女范儿来自"弱"，那么她的贵族气则来自她的"无邪"，跟穿着无关。对于美到骨子里的女子，朴素的服饰只会加分。

其实良渚之行，最让她大跌眼镜的是八婆。尖嘴猴腮，满脸皱纹，瘦骨嶙峋，自打在杭州西湖边第一眼见到，这个老巫婆留给她的印象就极恶劣。她的脸上写满狡诈，连笑容都那么阴险。但是，在夷吾的宫殿里生活一段时间之后，艾优渐渐喜欢上了这个老太婆。她对夷吾忠心耿耿，对夷吾的两个女儿关怀备至，处事精明，有点傻奸，心眼儿并不坏。而且，最重要的是，无论是虞姑、八婆，还是城墙工地上遇到的妇人，她们都有一种在现代人身上很难见到的东西——纯粹。这种纯粹来自简单的人际关系和自然的生活方式。跟"无邪"一样，"纯粹"也是一种回不去的状态了。

可是在21世纪的杭州，到哪儿去找虞姑这样的女子呢？

102

艾优在《钱江晚报》上打了招人广告，还在"浙江在线"发了一条消息。她甚至借到上海看望爷爷的机会跑到上海戏剧学院去逛了一整天。整个校园，美女如云，可是艾优没有发现一个是她心目中的虞姑。

艾优只好从报名的人员里面选了。倒是有很多自认为符合条件的年轻女子应聘，很多是大学生，也有不少高中生。从简历和照片刷掉一批，剩下的感觉还不错，就约她们来面试。高中生排在第一天，大学生第二天。

面试官有吴勇和艾优，艾优甚至还请来了杭老坐镇，以防她和吴勇看走了眼。吴勇对艾优说："说好了啊，我帮你这个忙。春节过后，你也要帮我一个忙。"

"没问题啊，必须的，吴同学的忙肯定得帮。说说看，我能帮你什么忙？"艾优答应得很爽快。

"年后跟我回趟家呗，冒充我女朋友。老妈催得紧。"说的时候，眼睛看着别处。

"这个啊，我得想一想，把我名声搞坏了，以后谁还敢收我啊。"艾优若无其事地笑着说，"不过，要是你也帮我一个忙，可以考虑。"

"什么忙？你说吧。"吴勇松了口气。

"你先跟我回趟家，冒充一下我的男朋友。老妈快把我逼疯了。"艾优笑着说。

"行啊！那就说定了。"说完两人对视一笑，同时红了脸。

面试那天，来了不少女孩子，大都面目姣好，文静端庄。因为在招人广告里，艾优列出的要求是：形象美好，气质优雅，有西施的神韵。高中生还没自立，大都由妈妈陪着。等候的大厅里平白多出不少大妈，吆三喝四，闹哄哄的。

一天面试下来，极为失望。吴勇说，不就一个活动嘛，差不多就行了，别要求太高。我看这些女孩长得都不错，气质也基本符合你的要求，从中选一个最好的就可以了。艾优说，不是长相，长相不重要，关键是没那个淑女范儿。说到西施，就以为只是病态美，其实要透过现象看本质，那不是病态，是出世的慵懒，是超凡脱俗。

"我看第二个面试的那个女孩形象和气质挺符合你要求的。"吴勇耐心地说。

艾优知道他说的是那个长得酷似林黛玉的女孩。这个是杭州中学的高中生，由她妈妈陪着来的。这女孩确实很接近广告里要求的条件。身材修长，五官精致，颇有一种古典美。第一眼看上去，艾优也不禁眼前一亮。接下来，艾优让她念一段台词，自己配合这段台词设计几个动作。不知道是没听明白还是心不在焉，好几个地方都念错了。艾优不想放弃，就纠正了一下让她重复做一遍，谁知那女孩一下子就哭了，扭头就走，连个招呼都不打。出门的时候，艾优注意到陪她来的是一个官太太模样的女人，应该就是她妈妈吧。那女人回头恨恨地瞪了他们一眼，就气哼哼地拉着那女孩上车走了。

"那女孩不行，连句批评的话都听不得。我刚才还特意把坏话往好了说呢，到时候导演可比我严厉多了。都是公主病，在家再怎么受宠没关系，出了门没人惯着她。我的虞姑要镇得住场子，抓得住观众，是全场的灵魂。这个女孩肯定不行。不光是娇气，她没那个气场。"艾优知道美女面前，根本别指望男人会客观，所以不理吴勇了，转脸问杭天旭：

"杭老，您觉得呢？"

"不合适就再等等。明天不是还有一天吗？小艾是对的，咱们是第一次搞这种活动，女主角还是要慎重一点，别砸牌子。"杭天旭笑眯眯地说。他是看着吴勇和艾优一点点成长起来的，他们目前对考古学的热忱让他无比欣慰。

103

第二天，来了一拨大学生。总体上感觉要好一些。但是，面试了所有的人，依然没有十分满意的。有的形象气质很好，说话吐字不是很清楚，或者嗓子不够亮，声音像蚊虫一样，出不来。

"这些都是学生，又没受过正规训练，怎么可能字正腔圆地说学逗唱样样都好？而且这是在杭州，你们南方人本来就zhi、chi不分，ne、le不分，就说你自己，那普通话也不是那么标准嘛。"吴勇说。这两天里见到的美女，比他一生见到的美女都多，估计他已经挑花眼了。这样的面试真的很挑战他的定力。

"不是标不标准的问题，是她们不好好说话。现在的女孩子怎么都这样，说个话都不能好好说，拿腔拿调的，装淑女吧?"

就在他们打算收摊的时候，从门外匆匆走进一个年轻女子。女子身着柔软的绸缎长裙，外面披着一条灰色的羊绒坎肩，脚步轻盈，几乎是翩然而至。发髻高耸，白皙姣好的面容上不见任何化妆痕迹，美丽而干净。吴勇和杭老都惊呆在那里，一动不动，泥塑一般。艾优简直不敢相信自己的眼睛，她吃惊地捂住嘴："虞姑! 你怎么来了？"

女子微微一笑，做了个万福："艾优小姐好! 我是蒲姑，虞姑的妹妹。我刚刚才得知你的活动在招人，是不是晚了？你们人选定了吗?"她看了一眼旁边的吴勇："吴先生好! 我是艾优的朋友。来得匆忙，随便套了一件衣服就出门了。估计你们需要这个样式的。"

吴勇一迭声说："不晚不晚，美女，我们就等着你呢。这套衣服也好，良渚时期的人就是这样的。"他突然理解了为什么艾优对面试的那些女孩都不满意了，如果她脑子里预设了这个叫蒲姑的女子，她肯定觉得别人都不合适。

蒲姑转向杭老，做了个万福："杭老师好！小女拜见前辈！打扰了！"

杭天旭一时没醒过神来，迷迷瞪瞪地回答："幸会幸会！艾优还有你这样的朋友啊？那我们还招什么人啊，直接请你来不就得了？姑娘你这是从哪儿赶过来的？"

"我就是咱们杭州人，后来随夫君去了四川成都，一直在那里生活。这次专程赶过来助艾优一臂之力的。"蒲姑有点顽皮地冲艾优做了个鬼脸。

艾优呆呆地看着蒲姑，眼泪无声地顺着她的脸颊流下来。蒲姑伸手抹去她的泪水，说了句："傻女子！"眼泪也夺眶而出。两个虽属不同年代却已神交已久的女孩紧紧拥抱在一起，喜极而泣。吴勇在一边有点走神，这个女子似曾相识，在哪里见过？

104

己亥年春节终于在大家的期待中来了。

博览会的开幕式上，杭天旭代表老一代考古人讲话：

"今天的博览会，让我想起1929年6月6日的首届西湖博览会。那个博览会历时137天，观众超过了一千万人次，设了革命纪念馆、博物馆、艺术馆、农业馆、教育馆、卫生馆、丝绸馆、工业馆，从不同的角度，以不同的主题，展示了当时中国的经济文化所达到的高度。可以说西湖博览会是中国近代史上民族工业与文化振兴的盛会，它意味着中国民族工业开始清醒地审视和自觉地激励自己。地处孤山南麓照胆台、陆宣公祠一带的艺术馆，展示了自先秦下迄现代的各种艺术珍品，包括古今书画、青铜瓷器、漆器玉器、刺绣金石等。良渚文化的发现者施昕更先生正是在这里首次接触到了良渚玉器、黑陶和石器，并且从这里走上考古之路的。

"西湖博览会闭幕后，为了保存博览会期间广泛征集来的物品，浙江省政府第266次会议决定筹备建立永久性浙江省西湖博物馆，直辖于省政府。而西湖博物馆就是我们浙江省博物院的前身，所以我们今天的考古发现与那次博览会有着极深的渊源关系。可以这么说，没有90年前的那次博览会，就没有我们浙江省博物院，就没有我们浙江省文物考古研究所，也就没有后来的一系列良渚文化遗址的发现。今天，我们用这满屋子的发掘物缅怀我们的施昕更、何天行、卫聚贤、董聿茂等前辈，告慰他们对发现良渚文化的殷殷期待。"

听到这里，坐在贵宾席的施忆良已经泪眼模糊。作为施昕更的儿子，在这个特殊的时刻，心情尤其不平静。随着杭老的讲述，往事一幕幕出现在他的眼前：

施昕更在浙南颠沛流离、四处求职之时，留在良渚的施忆良与母亲正在沦陷区为生计挣扎。施昕更病逝那年，施忆良还只有8岁，他还不懂死亡的含义，不知道在他人生的重要日子里，这个被他称作父亲的人再也不会出现，他还在憧憬着见到爸爸的那一天。爷爷是在父亲去世一年之后才从熟人寄来的《瑞安日报》上得知这个消息的，包裹里还有一封父亲给爷爷的亲笔信。爷爷看了老泪纵横，悲痛欲绝。过了不久，母亲也去世了，忆良小小年纪就在闹市区摆起了香烟摊，与爷爷相依为命，艰难度日。在遭遇战乱蹂躏的中华大地，个人的命运似一叶浮萍，随波飘零……

105

吴勇代表新一代研究人员发言：

"我们这次博览会的主题是'从良渚到金沙'，意在从玉器的视角，找出良渚文化和古蜀文化这两个伟大的文明之间的联系。我觉得在这方面深入挖掘一下非常有意思。我们知道，良渚文化遗址发掘出很多精美的玉器，尤其是玉琮。在三星堆、金沙遗址，也发现了不少玉器，这之中就有玉琮。特别是在金沙遗址，我们的四川同行还发现了一尊产自良渚的青玉十节玉琮。我常常想，在远古时期，位于长江下游的良渚先民和地处长江上游的古蜀先民究竟有着怎样的交往与传承呢？是'我住长江头，君住长江尾。日日思君不见君，共饮长江水'那样的关系呢，还是'君生我未生，我生君已老。君恨我生迟，我恨君生早'那样的关系？

"良渚文化存在于距今5300年到距今4300年的史前，古蜀文化兴盛于中原的夏商周时期。良渚先民的时代早就结束，五代蜀王的时代也已结束。但是，那些印刻在杭嘉湖平原的温暖岁月，那些发生在蜀地的神秘往事，在考古学家们的洛阳铲下，抖落满身的尘土，惊现于世。它们是那么生动鲜活，让人难以分辨哪些是历史，哪些是传说，哪一代王是神，哪一代王是人。可是，这又有什么关系呢？人类文明初期，本来就是人神共处的时代。始于神话，终于考古。从良渚文化的反山、瑶山、汇观山、莫角山，到蚕丛王的'瞿上城'、鱼凫王的'鱼凫城'和三星堆古城，开明王朝的广都、成都，出现在我们眼前的是一条相互关联、清晰明了的历史承袭线。在上古文明的版图上，这条线连接起华夏各民族的点点繁星，组成一条灿烂的银河。它让我们知道，中华文明的起源不是一个点，不是一根蜡烛照亮四面八方，而是四面八方的火花汇聚成了中华文明的火炬，照亮了神州大地，照亮了东方古老的天空。"

贵宾席上，还坐着施忆良的儿子施时英，应邀从加拿大赶来的万光明、麦秸和杰瑞，还有从四川赶来的陈一川和蒋夏。工作人员席位上，坐着艾优和蒲姑，他们静静地听着，眼睛里泛着泪光……

2016年11月6日　动笔于加拿大温莎家中
2020年8月15日　改定于加拿大温莎家中

施昕更： 良渚人，西湖博物馆馆员。发现良渚文化遗址第一人。著有《良渚——杭县第二区黑陶文化遗址初步报告》一书。

董聿茂： 抗日战争时期西湖博物馆馆长。

何天行： 杭州人，毕业于复旦大学中国文学系，曾任浙江大学人类学系器物学教授。发现良渚黑陶文字的第一人。著有《杭县良渚镇之石器与黑陶》一书。

万光明： 施昕更在瑞安工作期间房东老万的外孙。抗日战争时期随加拿大传教士奥特曼牧师一家移居加拿大温莎市。就读多伦多大学人类学专业，后在蒙特利尔麦吉尔大学任教。

奥特曼： 加拿大传教士，万光明的养父。抗日战争爆发后携家人和万光明回到家乡——加拿大安大略省温莎市，并把万光明抚养成人。

杰瑞： 奥特曼牧师的儿子，童年在中国度过，抗战爆发后随父母回到加拿大。就读滑铁卢大学教育学院。中国改革开放后来中国定居，开办了中国第一所英语私立学校。

麦秸：奥特曼牧师的女儿，在中国出生，童年在中国度过。抗战爆发后随父母回加拿大。就读多伦多大学文学院。其长篇小说《中国姆娘》获美国福克纳小说奖。汉学家，终生从事翻译工作，把中国的文学作品介绍给英文读者。

杭天旭：浙江省文物考古研究所研究员。作为领队亲历了良渚文化反山、瑶山、汇观山、莫角山等遗址的发掘。

吴勇：浙江省文物考古研究所研究员。作为领队亲历了城墙、良渚古城、防洪水利工程等遗址的发掘。

艾优：浙江省文物考古研究所研究员。参与了城墙、良渚古城、防洪水利工程等遗址的发掘。

淳于王：良渚文化晚期良渚国的国王。

无忌：淳于王的儿子，良渚国王太子。后沿长江逆流而上到达蜀国，成为第五位蜀王鳖灵。

夷吾：良渚文化晚期淳于王时代的大祭司。后迁徙到了中原成为一代圣帝舜。

虞姑：夷吾长女。良渚大水时病故。

蒲姑：夷吾次女。后成为鳖灵之妻。

无杜：夷吾之父，良渚文化中期先王时代的大祭司。

燕道诚：四川广汉月亮湾农民，发现三星堆遗址第一人。

葛维汉： 美国人，1911年作为传教士来到四川。后返回美国芝加哥大学，获得宗教学博士学位，继而在哈佛大学专修人类学专业。1932年，重又踏上中国土地，在华西协合大学任博物馆馆长，兼任人类学教授，教考古学、文化人类学。

陈一川： 四川省文物考古研究院研究员，作为领队亲历了三星堆古城遗址和两大祭祀坑的发掘。

蒋夏： 成都市文物考古研究所研究员，作为领队亲历了金沙遗址的发掘。现任成都金沙遗址博物馆副馆长。

当考古与小说相遇（后记）

　　我跟别人说我写了一部有关考古的小说，他们的第一反应就是：我看过《盗墓笔记》，你这个也是关于盗墓的？我就想，在普通人的观念里，是不是盗墓才有资格被写成小说？或者人们并不清楚考古工作者具体做了什么，以为考古跟盗墓是一回事？也可能他们觉得考古跟小说的距离有点远，毕竟小说的本质是虚构，考古的核心是实证。人们读小说主要还是为了娱乐，考古那么枯燥，写考古能有什么戏剧性和娱乐性呢？

　　但是我觉得，在凡事都在创新的年代，考古与小说终究是要相遇的。当考古的史料装进小说的框架，读者收获的就不仅是阅读的快感，还会有考古学方面的知识。在风行文化阅读的今天，考古小说，正当其时。

　　对于一个关注家庭、情感的写手来说，这部小说可说是一个另类。事实上，它更像是我的读书笔记。2016年，一个偶然的机会，我去参观成都的金沙遗址博物馆，看到一尊青玉十节玉琮。据解说员介绍，这尊玉琮虽然在金沙遗址出土，但它的风格和玉质都属于浙江的良渚文化。当时我对良渚文化和古蜀文化都很陌生，对玉琮更是一无所知。参观完了之后，出于好奇我到网上搜索了一下玉琮，发现这个外形类似笔筒的物件竟然是个未解之谜！

　　好在网络时代信息资源极为丰富，我一点点追踪，试图找出良渚十节玉琮现身金沙的缘由。在这个过程中，博物馆那些曾经在我漫不经心的目光中掠过的文物一件件变得鲜活起来。我想，何不以这个现身金沙的良渚玉琮为线索写一部穿越的爱情小说呢？正好当时我的上一部长篇刚刚出版，还没有新的写作计划，于是大致梳理了一下思路就动笔了。

但写作的人都有一个体会，就是写着写着，笔下的故事仿佛有了生命一般，偏离作者预设的走向发展。我写《玉琮迷踪：从良渚到金沙考古探秘》时，就遭遇了这样的困境。随着挖掘过程的深入，我的写作兴趣已经由最初的寻找金沙十节玉琮的源头，伸延为探究中华文明的源头，小说的主题也由男女爱情，上升为老一辈考古学家对祖国远古遗存的深情。完全背离了写作的初衷。余华说过：虚构的人物同样有自己的声音，作家应该尊重这些声音，成为一位耐心仔细、善解人意和感同身受的聆听者，而不是叙述上的侵略者。我决定听从故事本身的意愿，写考古发掘，写考古学家。

我花了近3年的时间写完了初稿。用小说的形式来表现考古过程、考古学家和文物知识，于我是一个新的尝试，虽然完稿了，到底能不能达到出版要求自己心里也没底。不久，中国良渚古城遗址在第四十三届世界遗产大会上申遗成功的消息传来，这或许是这本书稿得以出版的一个契机。怀着一丝侥幸，我把书稿发给浙江文艺出版社副总编邱建国先生。

2019年11月，趁我回国开会之机，文艺社特意为这本书开了一个5人改稿会，参会的是文艺社的邱建国副总编，我的责编余文军先生，资深编辑罗俞君女士，浙江文物考古研究所的王宁远研究员。会上，老师们直言不讳，指出这部小说的致命缺陷。当时这部小说虽然是用一个虚构故事串起来，但第一稿中有大量关于考古史实的论述，这不光冲淡了小说本身的文学性，也造成非考古专业的读者的阅读难度增加。几位编辑老师的评价好似当头棒喝，让我如梦初醒。王宁远老师说："虽然有几处需要改动，但总体来说我还是蛮喜欢这部小说的。"这对我是极大的鼓励。

说实话，涉足写作10多年，出了4本书，这是我第一次参加改稿会，而且是这样一个说真话的改稿会。我不得不佩服文艺社的严谨与认真的出书态度。事实上，当时找到他们出这本书，一方面是因为良渚文化的考古遗址就在浙江省杭州市的余杭区，另一方面，是欣赏文艺社在编辑中一丝不苟的行事风格。与文艺社结缘，是因为他们出版的两本书，纪念改革开放40周年的《四十年来家国》和纪念新中国成立70周年的《故乡的云》，收录了我的两篇文章。当时的编辑陈园和罗艺对我的文章几乎是逐字逐句地推敲核实。我从此知道，浙江文艺出版社不光是一个有情怀、有担当的出版社，还是一个极为专业、负责任的出版社。

这次说真话改稿会，对我的写作有着极为深远的意义，可看作是我的"人生第一堂文学课"。我是理科生，写作完全是出于爱好，没受过任何正规训练。邱建国副总编、我的责编余文军老师，以及文艺社罗俞君老师都是资深编辑，王宁远老师是发现良渚水利系统的考古专家，对良渚文化遗址的挖掘和发现非常熟悉。这本书遇到他们真的是非常幸运，他们改变了这本书的命运。

改稿会后，我一直犹豫是局部修改还是另起炉灶。就在这时，我读到一篇文章，谈到写作历史类题材时作者容易被史实捆绑，跳不出来，心里一惊，意识到我的这部小说正是走入了这个误区。这才是老师们认为它不像小说的根源。于是，我根据老师们的修改意见，大刀阔斧，砍掉枯燥的叙述性内容，重新设置人物和情节，重写整本书。

重写的过程非常顺利，每天都有着强烈的创作欲望，灵感不断。短短4个月的时间，我完成了这本书的二稿。除了章节标题和主要结构，这完全是另外一本书了，另外一本无论是文学性还是思想性都不可同日而语的书。

这期间，我们生活的世界正在遭遇新冠病毒的侵袭，这种直接攻击人类肺部导致呼吸困难的病毒，夺去了成千上万人的生命，被称为"第三次世界大战"。各国都告诫自己的国民，待在家里，实施隔离，不可有五人以上聚会。航班停飞，国境封锁，没有人外出旅行，连公园都关闭了。我任职的研究所也关了，所有人在家上班。正是在这个慢下来的世界里，我宅在家里，与我书中的人物共同讲述远古时期良渚和古蜀发生的故事。我每天足不出户，沉浸在那种纯粹与美好里，几乎忘掉了眼前的危险。

　　在重写本里，我以全能视角，设置了两条主线，一条副线。这两条主线，一条是考古挖掘的过程和出土物的写实故事，一条是远古时期生活场景的虚构故事，现在和过去，实与虚，交替呈现。一条若隐若现的副线专为延续良渚文化发现人施昕更的故事而设。三条线时而平行，时而交错，在时间和空间上任意穿越。有家国情怀，也有爱恨情仇，还有神巫灵界，诸多通俗小说的元素包含其中。这是我写作生涯中，第一部超越了自我生活经验的小说，也是最挑战我的虚构能力和想象力的一部小说，更是一部从书写情感到书写历史的转型之作。我对它的问世充满期待。

　　学者王国维在《古史新证》中曾说："上古之事，传说与史实混而不分，史实之中固不免有所缘饰，与传说无异，而传说之中亦往往有史实为之素地，二者不易区别……"在没有文字记载的年代，传说的真实性是不可忽略的。这些民间口口相传的传闻，即使看起来略显荒唐，却也可能隐藏着某种真相，并非空穴来风。因此，在这本小说里，既有信史文物、发掘过程，也有情景重现、神话传说，它的使命，是让读者于轻松阅读中了解华夏历史长河中最天真烂漫的上古文明，产生中华文明起源的大追问。

　　这本小说的写作过程，让我爱上了考古，让我养成定下心来查史料的习惯，让我明白一切皆有可能，只要保持走的姿态，就一定可以抵达终点。我与这本小说，彼此成就。

　　我同时也相信，读完这部小说，读者的下一个博物馆之旅将会更为有趣。

文章

2020年4月16日于加拿大温莎

293